流光记

杭州往事

萧耳 著

广西师范大学出版社
·桂林·

流光记：杭州往事
LIUGUANG JI：HANGZHOU WANGSHI

图书在版编目（CIP）数据

流光记：杭州往事 / 萧耳著. --桂林：广西师范大学出版社，2022.10

ISBN 978-7-5598-5306-6

Ⅰ.①流… Ⅱ.①萧… Ⅲ.①随笔－作品集－中国－当代 Ⅳ.①I267.1

中国版本图书馆 CIP 数据核字（2022）第 153409 号

广西师范大学出版社出版发行
　广西桂林市五里店路 9 号　　邮政编码：541004
　　网址：http://www.bbtpress.com
出版人：黄轩庄
全国新华书店经销
珠海市豪迈实业有限公司印刷
　珠海市香洲区洲山路 63 号豪迈大厦　邮政编码：519000
开本：880 mm × 1 230 mm　1/32
印张：11　　字数：178 千
2022 年 10 月第 1 版　　2022 年 10 月第 1 次印刷
印数：0 001~6 000 册　定价：59.80 元

如发现印装质量问题，影响阅读，请与出版社发行部门联系调换。

又闻香

一个人的嗅觉,能超越真实与虚幻之界吗?桂花时节清秋夜,独在蛾眉月下散个小步,前朝往事、梅边柳边、鹃声鹤梦,一一浮上心头。

许多年以来,有很多个黄昏,风咝咝地吹。和不同的朋友一起在北山街走,经过新新饭店、如庐,一拐弯,到了葛岭半山腰上,喧闹的市声渐渐地隐没了,再往深处走,石阶很长,青苔在细缝里生长着,脚下有些湿滑。也不知走了多少级石阶,几座老别墅已在眼前。山门吱呀呀地半开了。隐幽的小院内,有数株红蕉怒放,有白鹅两只,见有人来,就引颈高歌。

进屋,焚香,饮茶,听琴,赏曲,隔开了浮世,恍若时光倒流,是唐是宋,是明是清?天已黑了,打着手电下阶。当日夜里,在完全的黑暗沉寂中,似梦非梦地,似嗅到暗香。

还有很多个黄昏,也在北山街上走,走着走着,拐进一条小路,再走段路,上百来级台阶,到宝石山半山腰,有一座两层的黄色小楼,这里刚点亮的灯光,属于纯真年代书吧。

很多外地朋友来，对他们好，那就带他们在湖边或葛岭，从下午待到深夜。

立冬以后，在薄暮的残阳里，把自己溺在一座老城，久不出门的身躯变得静默平缓。至夜，对面的山影被罩在无边暮色之中。就这样发呆，在北纬30度的杭州发呆。

在光阴里与它厮磨。有时是和熟悉的女子，长发素衣地走在北山街上，在夏日会起念想的湖边秋叶，已金黄落了一地，兀自静美。水岸边，褐色的残荷，茎叶凋萎，依然矜立湖上，几番的苍峻，像一个阅尽繁华略倦怠的长者。

太熟悉身处江南的这城，时常会有不需身躯跟进的游走。在这城池，从前有武林门、望江门、清波门、涌金门、候潮门、庆春门等十大城门，如今老城墙是没有了，记忆的雨丝风片中，只留下云中青瓦。新的都会风扑面而来，一日日茁壮。久远的事情，似真非真，恍惚似梦，缥缈如雾。

庆幸在这自小生长的不大不小的江南之地，还留着一些物证。

每次去保俶塔时，常对钱家的吴越国小王朝心生恍惚，仿佛那是一个遥远化外、异域小邦的风流韵事，忽然飞来，移植到了西子湖边。绕着瘦削的塔转了几圈，那背了一千年历史的古塔依然是入定的神态，方压住了疑惑，塔仍是静默的，却有将你从虚无之境拉到真实的力量。

那吴越国的钱姓国王，以及后来的南宋赵家诸帝，都是胸怀不大却务实的国君,算上出生于杭州富阳的孙权,他们对于"天下"的胃口,似乎都比不上同时代的枭雄们。钱镠的时代,北望有雄心勃勃的宋太祖兄弟。南宋赵家的时代,成吉思汗正举弯弓射向中原大地。孙权的江山,是在曹操和刘备"天下英雄,唯使君与操耳"的夹缝中,巧智地放下了一张孙家的板凳。江南之地,自古风骚有余,稍逊霸气,但三分灵性、三分柔韧、三分民间生活的勃勃生态,也能成就一个偏安的时代。

这曾经的王城之上,刀光剑影从来不是真正的主题。这片土地没有背负过如扬州十日、南京大屠杀般血腥沉重的历史,所以民生大过江山,世俗之气氤氲,更关注的是一代又一代的民生幸福,也更能接纳不算伟岸的小安小康:农耕,经商,读书,求仕,以及生而为人的各种欲望。城里的人们,在现世的生活之中翻滚,男男女女,欢喜悲愁紧贴着小我的柔肤。一代又一代的市民,慢慢地树立起一些都市人的规则——交易的规则,渐至有了令马可·波罗惊艳的江南城市文明。

这历来是一片尊重个体感受的土地,如埋香骨于青芝坞的南宋女诗人朱淑真,一个人的相思和闺怨,也能传唱千年。如钱塘名妓苏小小,几声轻轻的浅唱,就越过了多少王侯将相,在西泠桥侧,占据着西湖边最热闹醒目的宝地,仰慕者一代又一代,络绎不绝。苏小小九泉之下,不知做何感想。

无论是吴越王钱镠、宋孝宗还是更早的吴主孙权,他们身上都有一种务实和顺应民意的聪明,适时地放下金戈,停罢刀剑,将扩张疆土的野心收起,面朝治下的土地,将这里经营成让北方的完颜亮们垂涎不已的繁华之地。想来他们都是聪明之人，若不将心思应付好民生，对热爱生活的江南百姓来说，这私家的天下，姓赵姓李又干己何事。

每次在保俶塔边，望着那护佛象征的石头瘦塔，都会感叹江南钱塘的人杰地灵，该是怎样的一方水土，能将钱镠这个私盐贩子出身的粗人，改造成一个能诗会书的儒雅国君呢？

在宝石山的石壁之间攀爬，曾一瞬间突发奇想，如果成吉思汗来到杭州居住上数年，这条粗野的汉子，曾说出"人生最大的快乐在于到处追杀你的敌人，侵略他们的土地，掠夺他们的财富，然后听他们妻子儿女的痛哭声"的大汗，是否会为当初的言行羞愧？是否也会偶尔生出钱镠式的柔情，像钱镠那样，给一位不在身边的佳人写去情书，深情叮嘱远游的佳人，"陌上花开，可缓缓归矣"。

成吉思汗不曾到此，忽必烈也未必驾临过杭州，倒是顺治二年（1645年），清兵入了城，战乱中死了很多人。三年后，穿城十里的清兵旗营（又叫旗下营）建起来了；旗营就在今天的湖滨一带，但改朝换代的大戏落定，江南至柔之水终将吸附旗营的杀伐之声，让戾气消散于湖光山色之间。

钱塘水乡，杀伐之声，军营号角终难入梦，要做梦，也不如做个郎情妾意的绮梦吧。这水流、云动，柳影清疏中生长的文明是柔软的，今日钱塘屋檐下，耳边常闻青壮男子矛盾纠结的心思。青年和壮年男子，爱也是江南，怕也是江南。爱这江南温柔佳丽地，怕这轻柔的湖风、缠绵的香氛，软化了男儿一直紧绷的世俗野心。普天之下，大约只有寥寥几个都市，你不需要有很多钱、很多富贵，就能让湖山花树款待你每一个日子。若你愿停留下来，在此居住些时日，哪怕居室再小，但只要一出门，便会发现这里的湖山不长势利眼，无论是达官贵人还是平头小民、贩夫走卒，如果你喜欢他们，他们便也喜欢你。

常听雄姿英发的青壮男儿说，或许到老了，我要在西湖边，或在龙井找块地、盖间房，永久地住下来。他们的心愿，每一个杭州人都能了解地付之一笑，但这跃跃欲试的功名心，终究与这清静平和的城和湖会渐行渐远，等白发苍苍时，你还归得来吗？

白露之后，老友聚会，海外归来的游子设宴在葛岭山腰，后来得知，我们脚下之园林，正是当年贾似道的半闲堂所在，大家不免唏嘘一番。有多少人想在功成名就之后，在杭州的湖山之上占领一地一屋，围绕湖山竞造别墅之事，一代代在此上演，前朝的大都已毁于历史的尘埃之间。昔日葛岭上贾似道的"半闲堂"有多奢侈，如今也只留一座红梅阁，一些前朝的花草，任凭后人想当年了。清末、民国初年，达官贵人资本家沿湖大建别墅豪舍，如康有为这等颓败的晚清遗老，晚年也在湖边筑康庄，过上穷奢极欲又清雅端方的老古董生活，骚人墨客、官吏富商、梨园戏子、僧僧道道来往于此，极一时之盛。如今新一代的功成名就者，也绕不开一个西湖梦，追慕起名人老别墅里的华丽烟尘，做梦都想将会所豪宅盖到看得见西湖的地方。

一个西湖边的梦想，既可大俗，也可大雅。而西湖的清澈，孤山的清高，非一般凡夫俗人能纳为知音。

只叹大多数人会忽略古城的气节。岳飞、于谦、张苍水、文天祥，还有武松，这些豪迈的男人也曾在此地雁过留痕，在清柔湖边的城池之上，涂上一抹凝重坚硬的笔墨。

生逢乱世，雄心需要的不仅是阳刚的向外之心，还必须有现实的支撑，时不利兮，空余壮心，大丈夫如岳飞、文天祥都会发出壮志难酬的悲叹，而气节二字，不是扩张，却是坚守。那清峻孤高不同流合污的气节是不需要现实支撑的，那是一个人的品节。

如你懂得西湖，西湖与那环绕半湖的青山，山高水长，或不能成就伟业，却能成就气节。

不会因那湖上春波、桃柳媚影、霏霏烟雨，就断了气，丢了魂。

柳永说，钱塘自古繁华。自他说出繁华之后，又有多少繁华和繁华落尽后的沧桑与清寂，在这人间天堂，一幕幕地演过。

我很庆幸，我是那个守在这里几十年，只须等着你们来的。

萧　耳

杭州往事记忆之旅示意图

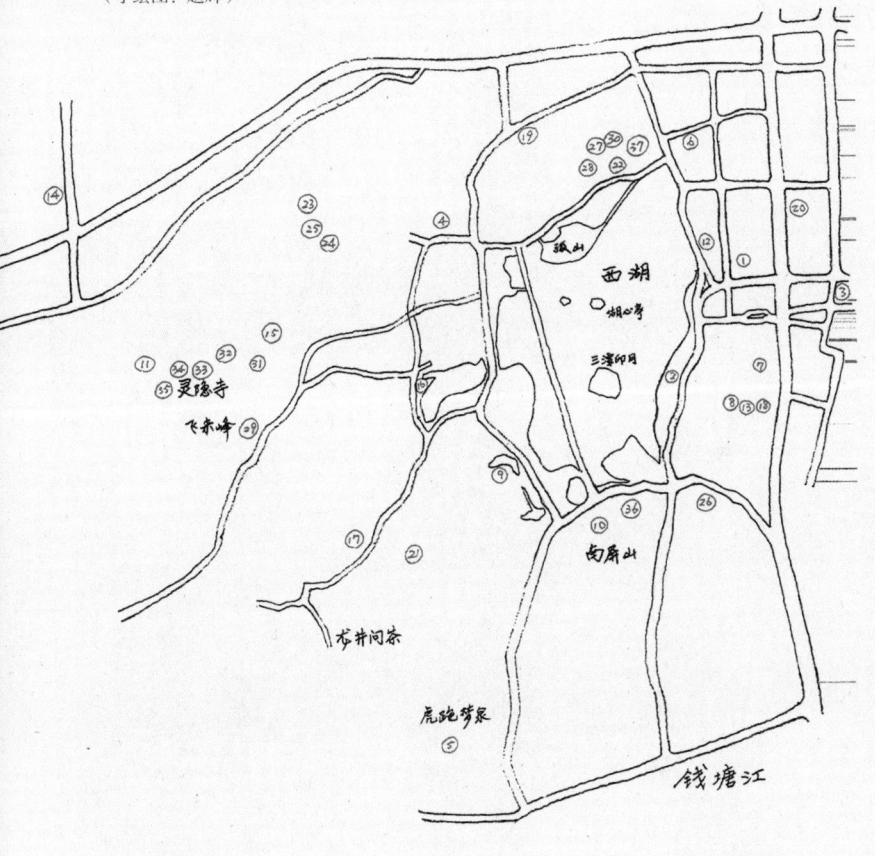

（手绘图：赵辉）

① 大塔儿巷
② 勾山樵舍
③ 龚自珍纪念馆
④ 林风眠故居
⑤ 虎跑寺
⑥ 陆游纪念馆
⑦ 于谦故居
⑧ 三茅观
⑨ 于谦祠
⑩ 张苍水祠
⑪ 韬光寺
⑫ 摹烟别墅
⑬ 吴山
⑭ 西溪
⑮ 白乐桥
⑯ 醉白楼
⑰ 龙井
⑱ 伍公庙景区
⑲ 黄龙洞禧园台
⑳ 风雨茅庐
㉑ 烟霞洞·烟霞民居
㉒ 智果寺
㉓ 灵峰
㉔ 杭州植物园
㉕ 韩美林艺术馆
㉖ 万松书院
㉗ 抱朴道院
㉘ 初阳台
㉙ 天竺三寺
㉚ 红梅阁
㉛ 北高峰
㉜ 法云古村
㉝ 灵隐寺
㉞ 理公塔
㉟ 呼猿洞
㊱ 净慈寺
㊲ 保俶塔

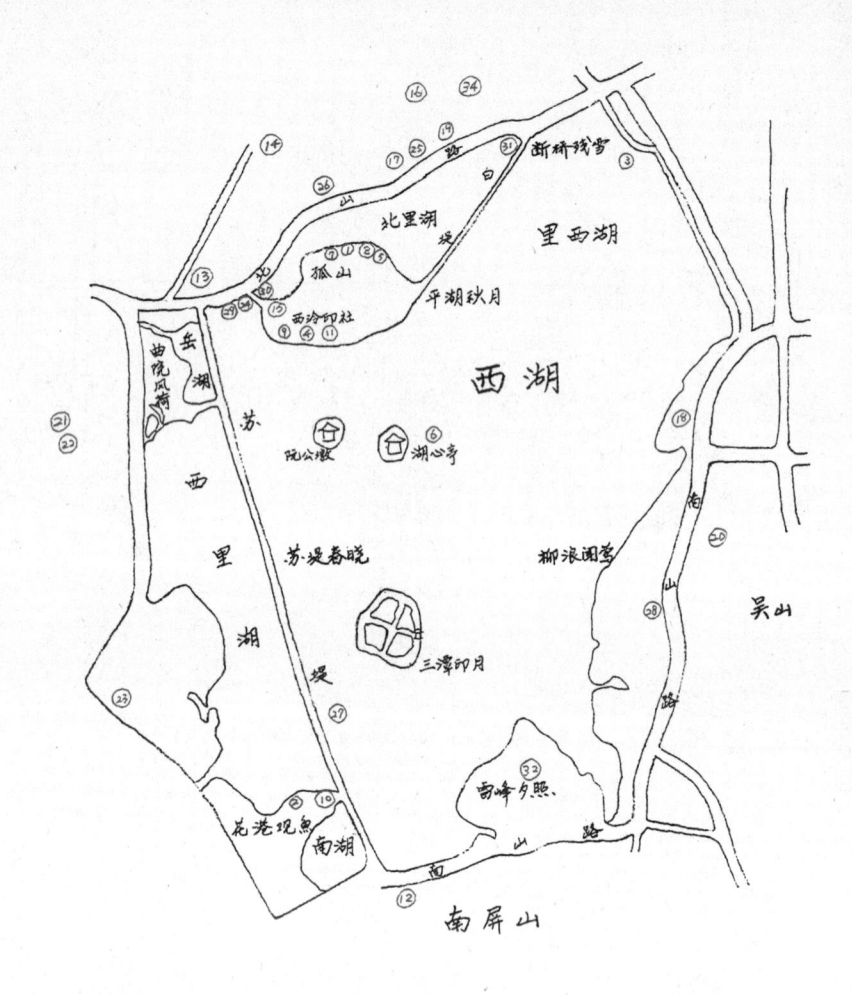

① 曼殊塔
② 林徽因纪念碑
③ 湖畔诗社纪念馆
④ 西泠印社四照阁
⑤ 冯小青墓
⑥ 湖心亭
⑦ 孤山放鹤亭
⑧ 林社
⑨ 俞楼
⑩ 蒋庄
⑪ 西泠印社
⑫ 章太炎纪念馆
⑬ 岳王庙
⑭ 牛皋墓
⑮ 秋瑾墓
⑯ 静逸别墅
⑰ 西湖博览会博物馆
⑱ 放庐
⑲ 如庐
⑳ 勾山里
㉑ 赵公堤
㉒ 盖叫天故居
㉓ 盖叫天墓
㉔ 武松墓
㉕ 抱青别墅
㉖ 秋水山庄
㉗ 苏堤
㉘ 清波门
㉙ 苏小小墓
㉚ 西泠桥
㉛ 断桥
㉜ 雷峰塔
㉞ 保俶塔

目录

辑一 蕙的风 〉1

曼殊 〉3
徽因 〉11
雨巷 〉19
湖畔 〉28
小青 〉36
杨柳 〉43
樵舍 〉51
林逋 〉58

辑二 朝的阳 〉65

定庵 〉67
林启 〉75
绣孙 〉81
鸿儒 〉88
凤眠 〉95
弘一 〉102
太炎 〉109

辑三 正的午〜117

杏花〜119

栖霞〜125

少保〜132

苍水〜138

女侠〜144

静逸〜151

武林〜158

辑四 碧的影〜165

如庐〜167

勾山〜172

韬光〜178

笠翁〜184

蕉园〜190

醉白〜198

寄庐〜204

周璇〜210

辑五 慢黄昏 〉217

茅庐 〉219

抱青 〉226

秋水 〉232

烟霞 〉238

朝云 〉244

淑真 〉250

易安 〉256

苏小 〉262

蝶仙 〉268

辑六 夜航船 〉275

同窗 〉277

道人 〉282

女妖 〉288

知交 〉293

女鬼 〉299

隐人 〉305

猿声 〉311

隐帝 〉316

国君 〉322

后记 〉329

辑一 蕙的风

◎ 曼殊

从清末到民国时期，西湖的奇僧有两位，一是李叔同，二是苏曼殊，两人性情、经历大不一样，却都在日本留过学，入了当时著名的文学团体"南社"，一位有日本夫人，一位有日本母亲，两人被称为"南社二僧"，也同在上海为《太平洋报》主笔。李叔同出家的那年，恰好苏曼殊在上海去世。后来，西湖边就多了两座特别的佛塔：一是孤山的曼殊大师之塔，一是虎跑的弘一大师之塔，隔着西湖遥遥相望。

从前有个中国的男演员迷上了摇滚乐，整天听一首约翰·列侬的歌《昨天》，他对别人说他的精神故乡在英国，人们以为他疯了，后来，他在孤独中死了。我却很理解他，一个人的故乡和精神故乡，可能是同一个地方，也可能相差十万八千里，就如苏曼殊，飘零一生，魂归西湖，是圆满的结束。

苏曼殊又是如何跟杭州扯上因缘的呢？苏曼殊1884年生于日本，学名苏元瑛（亦作玄瑛），小字三郎，曼殊是他的法号。他祖籍广东，父亲是在日本做生意的华侨，母亲是日本人。他的出生就很离奇，据说是父亲苏杰生和妾河合仙的妹妹河合若的私生子，这出生带着"耻"感。苏元瑛从小生母过世，由河合仙抚养长大，六岁后认祖归宗，却是在大家族里寄人篱下，得不到关爱。小时候生病，广东老家的亲戚认为他没救了，就把他弃在破屋子里等死，他连命都是捡来的。他短短的一生只有三十五年，基本上萍踪浪迹，居无定所。来杭州十三次，居住的时间或长或短，不过是西湖芸芸过客中的一人，但最终得偿心愿，埋骨于西湖孤山，成了孤山的一部分。

苏曼殊与西湖是如此投契，看他年轻时穿西服的照片，还有后来僧人打扮的照片，都是眉清目秀的才子相，这副样子，也是最与西湖的柔波相配的。

杭州就像是他的精神故乡，孤山的"孤"字，也正是曼殊一生断鸿零雁般孤寂的那一个"孤"字。

提倡白话文的新文化运动先驱、诗人刘半农是苏曼殊的朋友，曾写诗怀念他："残阳影里吊诗魂，塔表摩挲有阙文。谁遣名僧伴名妓，西泠桥畔两苏坟。"

两座苏坟，一座的主人是苏小小，乃西湖名花，另一座是苏曼殊，世称西湖名僧。

一僧一妓，还有一侠。孤山的西泠桥畔，还有一位女侠与名僧比邻，那是也葬于此地的秋瑾，而曾为秋瑾烈士遗诗写序的，正是"革命僧"苏曼殊。苏曼殊去世六年后，终得归葬孤山安魂，也是当年安葬了秋瑾的女侠生前闺中密友徐自华帮的忙。

苏曼殊短暂的一生里，成就了好几个传奇的身份：诗僧、画僧、革命僧、情僧。他的诗画都堪称一绝,他还是中国最早的翻译家,懂英文、日本、法文和梵文,他最早将拜伦、雪莱、彭斯等人的诗翻译成中文,还译过雨果的《悲惨世界》,他的小说《断鸿零雁记》《天涯红泪记》《绛纱记》等,都轰动一时。说到如此奇才,人们不免惊叹,他一生不过短短三十五年,东西南北地漂泊,一半时间在中国,一半时间在日本,其间还曾云游东南亚。虽自称佛门弟子,世俗上的热闹事也没少干:与清末民初的各色人物交游,结社;也曾放浪形骸,显名士做派,与南社的文人们吃花酒,抽雪茄。他身上的那么多才华和博学是如何获得的呢?且不说诗和画都登峰造极,仅外语一样,我们普通人,一生学一门外语都未必学得精,苏曼殊是四国外语,除了叫人惊叹天才之异,真是无话可说了。

苏曼殊名头最响的,要数一项"情僧"。早些年读过一本他

苏曼殊与母亲河合仙　　青年苏曼殊

苏曼殊画迹

的传记，名为《情僧长恨》，一看便知这是个风流多情、尘缘未了的和尚。他是个浪漫的人，有多次恋爱，或日本女人，或中国姑娘，即便是与妓女交往，也都对风尘红颜怜惜有加。他一生都在情与佛之间徘徊，他的放纵也是有尺度的。初恋的日本姑娘为他蹈海殉情，这段伤痛的经历曾使他心灰意冷，只能到佛门寻安慰，后来又促成他写了哀感顽艳的小说名篇《断鸿零雁记》。他还写过不少情诗，这一点颇与历史上有名的藏族诗人、六世达赖喇嘛仓央嘉措相仿。苏曼殊曾在东京的一个演奏会上邂逅了调筝人百助枫子，但曼殊已是出家人，有情人不能成眷属，于是"情僧"在感伤中作画《为调筝人绘》，又作十首情诗遣怀，抄录其中一首：

乌舍凌波肌似雪，
亲持红叶属题诗。
还聊一钵无情泪，
情不相逢未剃时！

想起从前印象深刻的一部好莱坞老电影《真主的花园》，讲一个修士耐不住清规戒律，受人间欲望驱使回到凡尘，与旅途中邂逅的一位红颜相爱，但内心始终矛盾不已，最终他决定斩断情丝，与红尘女子诀别，重又回到那高墙大院内，献身于他的真主。高墙大院内外，是两个世界，诀别时情人的目光，直叫人断了肠。苏曼殊少年时便有禅心，一生几度出家，还自学梵文译经书，但革命和红颜两件事终不能放，革命尚未成功，他有英雄末路之叹，时常感到幻灭，又因中日混血儿及私生子的身世，曼殊既留恋红颜的温柔知己，又向往佛门的深沉皈依。

苏曼殊是个革命党人，在中国新旧时代的交替进程中，的确不该被"情僧"或"天才"之类的身份所遮蔽：他是孙中山创建的同盟会的元老，还在日本留学时，就参加了抗俄义勇队，加入了军国民教育会，从事过暗杀活动。辛亥革命一爆发，他就回国参加革命，袁世凯窃取革命果实时，是他发表了著名的檄文《讨袁宣言》，传诵一时。他和孙中山的关系不一般，在上海期间，曾住在孙中山家里，孙中山曾评价他"率真"二字。后来苏曼殊在上海病重，蒋介石又把他接到家里养病，当时的蒋夫人陈洁如待他很好，亲自照看他。他的丧事是国民党元老汪精卫主持操办的，可见他在革命党人中是受到尊重的人物。他是个有一腔革命激情的人，又是个容易幻灭的文人，他的死因很离奇，如果说放纵，他最放纵的是自己的食欲。他一生都在暴饮暴食，贪吃甜食，如粽子糖、八宝饭等等，似乎是对人生幻灭后但求速死，终于自我作践，得了严重肠疾而英年早逝。

曼殊大师临终留言，"一切有情，都无挂碍"，相比弘一法师的"悲欣交集"，也很耐人寻味。

他一生交往的名单中，有一长串当时的激进新派人士，其中包括陈独秀、章太炎等人。1905年的秋天，苏曼殊在杭州，时时思念前不久在上海分手的挚友陈独秀，还画了一幅《泛舟西湖图》寄给他，而陈独秀在未来，还有电光火石的不凡路要走。

苏曼珠在杭州停留处，最亲厚的是南屏山北麓的白云庵。清末，白云庵曾为浙江革命党人秘密集会场所之一，孙中山、徐锡麟、秋瑾、陶成章等都曾到过白云庵。白云庵在夕照山下雷峰塔遗址西侧。园中水木清华，寺后丛植万花，原为宋朝名园"翠芳园"。清雍正年间，郡人汪献珍重加葺治，易名慈云，增构亭榭，杂莳花木，沿堤为桥，以通湖水。乾隆皇帝南巡时，赐名"漪园"，并书"香云法雨"匾额，后又改名"白云庵"。白云庵又名白云禅院，由明末白云上人创建。禅院的主持得山、意周，都是苏曼殊的朋友，同情革命，得山为光复会的外围人士，意周是得山的弟子，苏曼殊曾绘《深山松涧图》赠给得山，绘《古寺禅声图》赠给意周。1913年9月，孙中山发动的"二次革命"失败，苏曼殊因发表《讨袁宣言》而遭通缉，避走杭州，又住在白云庵中避难。抗日战争杭州沦陷时，白云庵又作为掩护游击队员处所，后遭拆毁。

苏曼殊曾有诗《住西湖白云禅院》，为后人留下一幅白云禅院的画卷。

> 白云深处拥雷峰，
> 几树寒梅带雪红。
> 斋罢垂垂浑入定，
> 庵前潭影落疏钟。

只可惜今天的白云禅院早已废弃，像曾经倒塌的雷峰塔，只留得几处废墟。断壁残垣之下，一片荒凉残景，再也不见当年的"庵前潭影落疏钟"了。

孤山残荷

苏曼珠在杭州还住过韬光庵、新新饭店、杭州图书馆及陶社、秋社等处，常与友人同游西湖，共观钱塘潮，荡桨垂钓，饮酒赏画，或倾谈国事。等到离开，西湖的欢会，又常缠绕在他梦里梦外。这"契阔死生君莫问，行云流水一孤僧"的浪子，却将西湖比作圣湖。

杭州诸景中，他还画过《孤山图》，是远在东京探亲时思念孤山画的，"闻道孤山远，孤山却在斯"。从日本寄给南社好友柳亚子等人的书信中，他也不忘提及西湖和孤山："尽日静卧，四顾悄然，但有梅影，犹令孤山邓尉，入吾魂梦。"天涯一孤僧的孤山情结，在此昭然若揭了。

他又曾在革命失败后，住在北高峰山腰的韬光庵，夜听鹃声，感念国家多难而心潮起伏，起来作《听鹃图》。苏曼殊的画，时人公认为精妙绝伦，但他一生作画不算多，这些为赠送友人而作的珍贵的杭州画卷，不知今天是否仍幸存于世。

苏曼殊墓遗址在孤山公园，在孤山北麓大片草坪中央的一处矮树林中，有曼殊塔一座。20世纪60年代，杭州清理西湖风景区墓葬时，苏曼殊墓被迁葬到吉庆山。苏曼殊墓遗址处，原来就有一座石塔，已于20世纪50年代被毁。后来复建的新石塔，为剑状六面石塔。

徽因

写此段文字时,又是一个人间四月天,江南柳绿花红,燕呢莺飞。一到这四月,便又一次想到了林徽因,脑子里浮现出她春天的诗句。

> 你是一树一树的花开,是燕
> 在梁间呢喃,——你是爱,是暖
> 是希望,你是人间的四月天!

4月1日的清晨,趁早晨的清静,到南山路上的花港观鱼去看林徽因,听说此公园里新立了林徽因的纪念碑,却还未专程去看过,而此时是个恰恰好的时间,因为4月1日正是林徽因的祭日。

一路上,见西湖清晨的碧水,在轻风中微微地荡起,想起民国时正值青春的那些风流人物,后来者未能赶上那个风情万种的时代,却总有抒不尽的追慕情,化作昨日旖旎的回响。

林徽因碑

试想着把林徽因、梁思成、徐志摩、金岳霖，还有胡适、费正清、沈从文、朱光潜等一干人物放置于中远距离的舞台上，就像看侯孝贤的电影《海上花》，全是美轮美奂又朦胧的中长镜头，你不由得总想凑得近些，再近些，以便能看得清楚，看得真切。

俱往矣，那些或新月或朝霞的曼妙烟云。如今我在清晨的花港观鱼辗转再三，终于在西大门的湖边空地上，看到了那块铁黑的碑。这是一件关于林徽因的意象雕塑，中间镂空的部分，原来是短发的、民国装束的林淑女的剪影，只是薄薄的一壁纪念碑立于这浩渺的湖边，显得有几分渺小。

面朝西湖的林徽因，在一弯新月与梦魂之间，不知是否回归过被她称为"半个故乡"的杭州？

林徽因祖籍福州，但她在杭州出生，一直到八岁，她都跟随祖父和家人住在杭州陆官巷和蔡官巷。林家老宅是那种江南的青砖宅院。林徽因祖父林孝恂，在当时可算得是新派开明人士，在江南当地方官时，林家家塾曾开风气地请了林琴南这等西派人物当老师，还请来外教，教林家子弟学英文和日文。林家子弟中，出了林徽因的父亲林长民这等风云一时的立宪派人物，还出过林觉民等黄花岗烈士。林徽因就是从这样的家庭，走出了杭州，踏遍了半个地球，画出一段新月照水般的人生足迹。

哲学家金岳霖曾赠梁思成林徽因夫妇一联，道"梁上君子，林下美人"。这一对"君子美人"，且不说干过多少轰轰烈烈、载进了史册的"正事"，逸闻也留下不少。处在"君子美人"的风口浪尖，必引起好奇者的围观，在他们生活的年代如此，如今也是如此。人们有窥探心，想拿放大镜看看君子是否真君子，美人脸上是否有雀斑皱纹。曾在新月社的泰戈尔诗剧中饰演公主的林徽因，对自己被封"林下美人"的反应也挺有意思的。夫君梁思成幽默地说，我就是要当这"梁上君子"，因为这梁，是房梁的梁。梁思成一生为创立中国建筑学体系，可谓殚精竭虑，此说倒也贴切。而美人呢，她说她可不要当林下美人，她是有很多事情要做的。这一对夫妻，曾在中国和欧美各地考察建筑，娇小柔弱如徽因，上屋下梁，搭梯爬墙，倒如梁上悍妇了。

一提林徽因，人们便称"才女"，其实她的第一身份如其墓碑上所刻，是"建筑师林徽因"。她也是中国第一位女建筑师，和丈夫梁思成一起建立了中国大学的第一个建筑系。东北大学刚建系时，只有他们两位老师，因为中国的建筑学一直是个空白，他们二位干的都是开山祖的事。中国近代文学史上多一位女作家，无非姹紫嫣红里又添一朵玫瑰，若中国建筑史上少了林徽因，那建筑史的很大一部分将要改写了。

她的很多诗文其实都是在业余时间创作的，比如在养病期间为排遣心绪而写。重读林诗，如《那一晚》：

> 那一晚我的船推出了河心，
> 澄蓝的天上托着密密的星。
> 那一晚你的手牵着我的手，
> 迷惘的星夜封锁起重愁。

依然觉得她的诗不逊于任何近现代的诗人。她曾是"新月派"早期的女诗人，二十岁那年，印度大诗人、诺贝尔文学奖得主泰戈尔访华，徐志摩、林徽因和父亲林长民、胡适等人负责接待。当时的一张林徽因、徐志摩和泰戈尔的合影登在报上，成为燕京美谈："林小姐人艳如花，和老诗人挟臂而游，加上长袍白面，郊寒岛瘦的徐志摩，犹如苍松竹梅的一幅三友图。"泰戈尔六十四岁生日的那天，林、徐等人在北京演出了泰戈尔的诗剧《齐德拉》，林徽因演公主齐德拉，徐志摩演爱神玛达那，林徽因虽以才华和美貌名动京华，在美国留学时又专门学过舞美，但对她来说，这只是一种玩票罢了。也就是那一年，她陪同泰戈尔等人一起回到儿时的故乡，重游了春天的西湖。

众所周知的是，大诗人徐志摩曾在剑桥期间热烈追求少女林徽因，为她写了不少情诗，并和张幼仪离了婚，但林徽因对徐志摩是何感情，至今未有定论。情窦初开的十六岁少女，面对才华横溢的诗人或许有过心动,但选择终身伴侣时,冰雪聪明的林徽因或许自有主张。徐志摩的"情敌"确实太过强大,对方乃是比林徽因只大三岁的梁思成。梁思成不仅是梁启超的大公子,且堪称是完美的青年才俊,从小在日本长大,回国后上清华园,英俊儒雅,多才多艺。在因车祸断腿留下残疾前,他踢足球、吹小号、画画,样样来赛。而且因为两家是世交,林徽因十四岁时就认识梁思成了。一边是青梅竹马的佳公子,一边是半路杀出的浪漫诗人,对林徽因来说,从小虽得父亲宠爱,但眼看着母亲何雪媛被父亲冷落的凄凉,或许使她可能选择更有安全感,也知根知底的梁思成。天平上另一个重要的砝码,便是对建筑学的热爱。林徽因少女时随父旅居英国,受房东太太影响,就立志将来要学建筑,梁思成受了林徽因的鼓动,也立下了学建筑的志向。在立志一起将建筑作为毕生事业的那一日,命运已将这对志同道合的璧人绑在了一起。

林徽因、梁思成、徐志摩、金岳霖之间有说不完的故事,我没去看《人间四月天》这类电视剧,后人除了演绎,很难真正走进那一代文化精英的心灵。只是我的一种感觉,梁是建筑,徐是诗歌,金是哲学,所以注定了梁是徽因一生的爱人与同行者,而徐志摩和金岳霖,却一前一后,成为这位灵性、才情非凡又美丽非凡的女子的灵魂知音。

从前读过两篇旧小说,冰心的《我们太太的客厅》、钱锺书的《猫》,据说都有影射林徽因之嫌,只是两位作者都不认账罢了。影射的是20世纪30年代,梁林二人在清华园任教期间,

林徽因的花港

住北京东城北总布胡同,每逢周六常在家中办下午茶会,于是林徽因成了小说中矫揉造作、爱慕虚荣的沙龙女主人。据说冰心这么写,大多是因为女人间的"羡慕嫉妒恨"。梁林家的客厅,在当时确实将中国文化和学术界的大腕们一网打下半网。他们家的客厅延伸至连在一起的金岳霖家的客厅,成了京城文化界的中心,林徽因因其美貌才情风度,是这"中心"中的"中心",俨然沙龙"女王",座上客如金岳霖、胡适、徐志摩、沈从文、朱光潜、梁宗岱、李健吾等,个个都是响当当的人物。在"太太客厅"品茗清谈,既谈风花雪月,也论天下大事,与普鲁斯特的巨著《追忆逝水年华》中,某位漂亮无聊的伯爵夫人举办的巴黎贵族沙龙自是大为不同。若要讽刺这种西方舶来的风雅,那么20世纪20年代英国伦敦的伍尔芙姐妹,60年代纽约的著名女知识分子苏珊·桑塔格，都是沙龙"女王"，都要成为被讽刺的对象了。至于说冰心的子弹射向的是那年代养尊处优的太太们的"商女不知亡国恨"，那子弹更不该射到林徽因身上了。

林美人或许太耀眼，20世纪30年代时，也曾爱过华屋美服，据说女人缘不太好。率性的林徽因还干了件"得意之事"，她刚和梁思成从山西考察古建筑回京，干脆就送了冰心一大坛子山西老醋。钱锺书和林徽因两个都爱猫，两家为邻，他们的猫宝贝老打架，钱家的猫吃败仗的多，为此和林家结下了"猫梁子"。大学者也食人间烟火，若写《猫》真是为自家爱猫报仇，那真是痴人了，不过这种笑谈，我是不大相信的。

哪怕因为太出风头而被影射了，林徽因和梁思成也是不大在意的，因为事实是最好的明证：林徽因绝非轻佻时髦的太太沙龙女主人，梁思成也不是平庸窝囊木讷，只配给太太当陪衬的好好先生。这对夫妇，既可以拥有风花雪月的京华时光，也可以为了古建筑在中国的各个地方风尘仆仆，风餐露宿。全面抗战爆发后，他们离开沦陷的北京，辗转内地，随"营造学社"迁居到四川一个叫李庄的小镇，度过了几年最艰苦的岁月，贫病交加，却不改其志，绝不离开祖国。病中，林徽因给美国女友、费正清夫人的信中写道：

> 正因为中国是我的祖国，长期以来我看到它遭受这样那样的苦难，心如刀割。我也在同它一道受难。这些年来，我忍受了深重苦难。一个人毕生经历了一场接一场的革命，一点也不轻松……

美人不仅是水面上的一弯新月，有时也是海上的暴风骤雨。在病中，她因苦闷时常会脾气暴躁，很难对付，有时会没头没脑地骂丈夫。她和梁思成的留学岁月，恋人之间也时常争吵斗气。八年全面抗日战争的最艰苦时期，曾经爱美的林太太有补不完的破衣服，又为繁重的家务浪费了她的时间而暴躁。梁思成这"君子"，不仅要面对思维飞快的才女，还得侍候多年的病妻，当得也是累心的，但他又是无怨无悔的，故她一生都是在被爱中。得知抗战胜利的消息时，夫妇俩用杜甫的"却看妻子愁何在，漫卷诗书喜欲狂"来形容内心的激动。

在他们共处的最后时光，阴霾已经密布于天空，在经历了设计国徽、人民英雄纪念碑的事业辉煌后，等待他们的却是作为中国建筑界赤子最痛心的事，北京的城墙被拆掉了，梁思成为此而痛哭失声；愤怒的林徽因，再一次显示出柔弱女子性情中"泼妇"的一面，她不仅哭，还指着当时的文化高官吴晗的鼻子大骂一场。

林徽因最后一次来杭州，是新中国成立前为重建雷峰塔，受邀来杭州做实地考察并提方案。此后，这位身患肺病的杭州女儿，一直在跟北方冬天的严寒对抗着，她再也没能回到童年生长的这片温柔的土地，而蔡官弄的林家老宅，也渐渐地被嘈杂的都市声淹没了。

近闻北京北总布胡同的梁林故居也拆了，幸亏四川李庄，梁林夫妇自己设计的平房居所还被当地人小心地保护着。2019年5月，在费城宾夕法尼亚大学，我向梁林夫妇当年求学的建筑系的那幢楼行了注目礼。风流总被雨打风吹去，如是我闻。

◎ 雨巷

杭州誉称天堂,能让人在时光中流连又流连的景物,不过有两种,一是湖畔,二是小巷。那让人流连的,无非是湖畔的风,小巷深处的雨。

杭州的老巷子,相比上海的石库门里弄风情,更多一分小家碧玉的温润。诗人戴望舒的雨巷就在城里。戴望舒的家,从前在解放路附近的大塔儿巷 11 号,他家那房子建于民国初年,是粉墙、黛瓦、木窗的中式弄堂小楼房。只在一个清晨的寻寻觅觅间,"大塔儿巷 11 号"门牌依旧,却不见老宅的丝毫影子,如今叫 11 号的,是一家临街的店面房,与城里街边的任何一家寻常小店一个模样。一百年的光阴掠过,真是变了沧海桑田。

如今的大塔儿巷虽仍在江南,也是一样的绵绵春雨天,为生存疲于奔波的人们穿梭于小巷。雨天走在小巷,更怕汽车溅起泥水,弄脏了衣裤。丁香花不见,丁香般诗意难寻,小巷空留惆怅。

她彷徨在这寂寥的雨巷

撑着油纸伞像我一样

像我一样地

默默彳亍着

冷漠，凄清，又惆怅

她默默地走近

走近，又投出

太息一般的眼光

她飘过

像梦一般地／像梦一般地凄婉迷茫

像梦中飘过一枝丁香地

我身旁飘过这女郎

她静默地远了，远了

到了颓圮的篱墙

走尽这雨巷

在雨的哀曲里

消了她的颜色

散了她的芬芳

消散了，甚至她的

太息般的眼光

丁香般的惆怅

丁香一样结着愁怨的姑娘，众里寻她千百度，如今更不易寻。现代女性的美都偏浓艳，在阳光下，有太阳花的热烈性感，即便胸中有愁结，也可能在夜晚流连酒吧咖啡馆，而不是独在寂寥的雨巷彷徨又彷徨。那清淡的，微蹙着眉，像一个雨巷的梦境般的姑娘，或许只有在林风眠的仕女画中才能觅得吧。

戴望舒1905年出生于杭州大塔儿巷的一个小康人家，原名承，字朝安，父亲戴立诚曾在杭州财政局和中国银行任职员，对儿子的期望都在名字里了。他的家庭，并非是比他早一年出生在杭州的女诗人林徽因家那样的名门，也不像另一位江南诗人徐志摩的海宁家族，财力雄厚。这或许就注定了戴诗人的未来，只能是一个"小布尔乔亚式"的抒情者。再过六年，中华民国（1912—1949）成立，中国历史上新旧转换的年代到来，而戴望舒其人，就像英国的那些桂冠诗人一般，注定要在那个文化也新旧交替的年代，以一首家喻户晓的新诗，举起中国象征派诗歌的旗帜。他将成为那个曙光般的新时代中，最早接触西方文化的佼佼者之一。他天生聪明，和徐志摩的妻子陆小曼那样，是较早能说法语的中国人，日后，他的诗歌创作从法兰西的诗歌精神中吸收营养，同时，他还成为一名出色的法语翻译家。

戴望舒几乎与徐志摩一样有名。相比康桥与翡冷翠的徐志摩，风一样的轻灵，海阔天空的飘逸，又最终以"飞"的方式去往另一个世界，戴望舒也曾远渡重洋去了法国，但他一生似乎都

戴望舒的雨巷

走不出江南逼仄的小巷,走不出那窄窄一片天下的阴雨淅沥和低回寂寥。他失败的爱情,所爱非人,最终使《雨巷》成了诗人一生的哀歌。

  撑着油纸伞,独自
  彷徨在悠长,悠长
  又寂寥的雨巷
  我希望飘过
  一个丁香一样地
  结着愁怨的姑娘

当然，我们无法去指责那个叫施绛年的姑娘，她极可能是"丁香姑娘"的原型。她无意，且无辜地走进了诗人潮湿的雨巷意象中。她是著名作家施蛰存的妹妹。施蛰存当年是上海《现代》杂志的主编，赏识戴望舒的才华，一来二去，两人成了很亲近的好友，这是那年代典型的文人情谊。两个才子同龄，都生在杭州，在杭州上过学，后来又同在上海震旦大学求学，一起出入上海文人圈，因相知而成莫逆之交。

这段友谊是美好的，好到了戴望舒有段时间就住在施蛰存的家里。施小妹绛年进入戴诗人的视线时，她只是个性情活泼的女中学生，也就是林徽因遇上徐志摩的二八年华。施小妹大约也是美丽的，但她不是文学女青年，不能与戴望舒心灵相交，她心目中的如意郎君，也非浪漫多情的诗人。那段爱情从勉强开始，虽

逼仄的雨巷

经曲折的八年，最终以戴诗人独自吞下无花果，施姑娘得以解脱而收场。

从爱情的经历来看，戴望舒确实不如徐志摩潇洒，却同样爱得轰轰烈烈，而且是如此地专注，但悲剧是从一开始，他错爱了。那个年代的才女，林徽因、陆小曼、王映霞都能被才子的多情打动，但施绛年据说并不喜欢戴望舒的长相。我们今天从老照片上看到的戴望舒，感觉还算仪表堂堂，不知那年岁对男人的审美标准是什么，反正施姑娘觉得戴诗人不好看，大概因为戴诗人脸上有一些麻子。戴望舒苦苦追求不得，绝望之下竟威胁施姑娘要跳楼殉情，被吓着了的施姑娘才勉强同意订婚，可她又来个缓兵之计，你既爱我，就得去留学，去求取学位功名。姑娘一声令下，本没有出洋经济实力的戴望舒，就这么为红颜踏上了奔赴法兰西的旅途，那悲壮的情态，很像从前被定了亲的准岳丈家逼着上京赶考，必求得功名方可完婚的穷书生。戴诗人从此与心上人一别三年。到了法兰西，他也不怎么读书，主要是翻译些作品，穷途末路时，只好归国，但等到的却是心上人早已琵琶别抱的伤心消息。

失恋的戴诗人，以一记响亮的耳光，了结了对施家小妹的八年苦情，他心里一定是恨的，但强扭的瓜到底不甜，他的挚友施蛰存也只有叹息了。雨巷中不食人间烟火的丁香姑娘，本只是耽于幻想的诗人的意淫，现实中的丁香花要追求自己的幸福，义无反顾地奔着能给她稳定的中产生活的冰箱推销员去了。丁香姑娘走了，南唐李璟的"青鸟不传云外信，丁香空结雨中愁"，倒成了诗人顾影自怜的写照。

有时候，即便是在那个文人地位已相当高的"黄金三十年代"，文人在美丽女郎的眼中，也这么一文不值啊。

戴望舒一生只有短暂的四十五年，除了以诗闻名，他还是位翻译家，通法语、西班牙语和俄语几种外语。一声叹息，为何美人不爱才子呢？仅精通外语这一点，就足以令我辈艳羡了。他辗转了几个地方，杭州、上海、香港，编过一些文学刊物，但总的来说，是个郁郁不得志的人。

爱情的不得志，又造成了戴望舒整个人生的不得志。阴雨天气一直笼罩着他内心过于封闭的小巷。后来，他结过两次婚，两任妻子都是因爱慕他的才华嫁给他的。第一任妻子穆丽娟，又是上海作家朋友圈中穆时英的小妹，可穆妹妹不是那施妹妹，他心里真正装的，只有"丁香姑娘"施妹妹。两任妻子受不了他的心已旁属和冷漠相待，都离开了他。

也是这春天，我读过"湖畔诗社"诗人汪静之的诗集《蕙的风》，还有他和妻子符竹因之间长达十年的情书集子，不免有些感叹。汪静之活了九十多岁，戴望舒的人生只有他一半长，汪诗人爱情圆满，戴诗人求而不得。后来，汪静之也从杭州去了上海。同为诗人，湖畔诗人与雨巷诗人，人生境遇、爱情悲欢何其不同啊，是老天厚此薄彼吗？

读汪静之的诗，仿佛清晨的湖风吹荡，仿佛少年不识愁滋味，仿佛少年情窦初开时。读戴望舒的诗，那些太息与惆怅，丁香花与雨伞，意境也幽静优美，只是总觉得有一点小家子气，

江南雨巷的寻常样子

巷子的气象不够开阔，不如湖风吹得清爽骀荡，可以闭上眼睛，任风吹着。

戴望舒笔下的"雨巷"，并不唯独杭州专有。烟雨蒙蒙的三四月，江南，城里的一条深巷，小镇的一条弄堂，都会有悠长又寂寥的雨巷。很多时候，江南的巷子是缓慢移动的空镜头，雨滴不急不缓，没完没了地落在青石板上，那丁香一般的姑娘，会不会在小巷的尽头娉婷一现呢？这是今日的悬念了。

江南的油纸伞，如今也少见了。杭州曾有老字号伞厂，名天堂伞，其中的工艺伞别致婉约，打开伞，就像托起了一个古典的梦；如今看那柄伞，倒是更适合歌舞晚会上制造的江南意境，却不太与现实的街道风情相衬了。

再说戴望舒的雨巷，也不必太执着于大塔儿巷了，大塔儿巷虽已消逝了前韵，幽美的雨巷们也一条条地遁去，不过在江南，青石板的小巷依然还不会绝迹的吧。偶然地,陆游与孩儿巷,与杏花结了缘;偶然地,戴望舒与大塔儿巷,与丁香花结了缘,丁香与杏花,都是江南春天的花,是春风中,我见犹怜的那一朵朵。

大塔儿巷与皮市巷交接,长百余米。据称宋朝时巷里有个"觉苑寺",寺中有座"城心塔",大概是位于郡城中心的意思,巷以塔名。戴望舒故居现已不存。

湖畔

是哪里吹来
这蕙花的风——
温馨的蕙花的风?

蕙花深锁在园里,
伊满怀着幽怨。
伊底幽香潜出园外,
去招伊所爱的蝶儿。

雅洁的蝶儿,
熏在蕙风里:
他陶醉了;
想去寻着伊呢。

他怎寻得到被禁锢的伊呢?

他只迷在伊底风里，

隐忍着这悲惨而甜蜜的伤心，

醺醺地翩翩地飞着。

薫的风，4月的花香浮动，心也浮动，诗情也浮动。

两个青年人，一个在上海，一个在杭州，一个刚参加工作，一个还是校园的书生，你来我往，鸿雁传书了一些时日，杭州青年就对上海青年说，你快来吧，正是西湖最好的春日，我们不妨来个湖畔相会。

这书信频频往来间的浪漫，并非属于恋人，而是两个热爱新诗的男青年。他们后来的相会纯粹是为了诗。相会的地点定在杭州而不是上海，或许因为杭州这地方，确有一分诗意。

20世纪20年代的火车，开得慢吞吞的，不过在杭州的青年汪静之终于在火车站接到了特地从上海前来的诗友应修人。这从未谋面者的私人约会，在今天的网络时代已是司空见惯，不过在

湖畔，薫的风

那个时代，听起来像拜伦和雪莱相会般的天真烂漫。

"汪应会"，起因是汪静之在报刊上发表了几首新诗，同样爱诗的应修人看到了，就开始给他写信，然后他们终于见到了彼此。

谁也不曾料到，就是4月杭州的那么几个日夜，中国现代史上的第一个诗社就此在西子湖畔诞生。晚年的汪静之在西子湖畔散着步，追忆着九十余年的逝水年华，或许仍然会被那一天惊艳，"你是天边的一片云，偶然投入到我的波心"，人生就是如此。

两个青年在湖畔谈诗，谈得不过瘾，后来，又有两个青年来了，于是两个变成了四个。后来加入的两个青年，是汪静之在浙江第一师范的同学，也是新诗爱好者，一个冯雪峰，另一个潘漠华。四个人当时都不超过二十二岁，从五四运动的星火燎原之后，一心爱上作新诗。他们只是偶尔地，即兴地，往清晨的湖上投下一粒石子，便激起了一阵阵的涟漪。这清新的涟漪，在晨光与轻风下生长，从湖畔涌到江海，遂成大浪。

1922年的春天，汪静之与冯雪峰、潘漠华、应修人四个新朋旧友在湖上泛舟，在湖畔青春做伴，诗酒年华谁与共，心头最要抒的情，乃是年轻人对于爱情的向往。应修人灵光一现说，我们不如结个诗社吧。

杭州西泠印社内，有一处绝佳的临湖赏景的阁子，名叫"四照阁"。此阁原为宋代古迹，始建于宋初，为都官关氏之别业。旧阁在现华严经塔旁，年久阁废。1914年，西泠印社同人重建此阁。1922年4月，湖畔诗社就在这重建的四照阁上成立了。

湖畔诗社原来在湖畔居二楼

成员为冯雪峰、应修人、潘漠华、汪静之四人。之后，有魏金枝、谢旦如（澹如）、楼建南（适夷）等人加入。

四个还有些稚嫩的青年，真做起事来倒是有板有眼。诗社没有固定的组织和章程，只是一种友爱的结合，其成员绝大多数是浙江第一师范学校的学生。他们曾先后出版冯、应、潘、汪的诗合集《湖畔》（1922年），冯、应、潘的诗合集《春的歌集》（1923年），汪静之诗集《蕙的风》（1922年）和《寂寞的国》（1927年）等。《湖畔》上面题写的是，"我们歌笑在湖畔，我们歌哭在湖畔"。歌哭歌笑，多么清新潇洒肆意啊！朱自清说："他们住在世界里，正如晨光来时的薄雾里。"

杭州城市的文化志上，又添了漂亮的一笔：湖边不仅有西泠印社，也有湖畔诗社，在古与新的文化大道上，各领着时代的风骚。而今你也在四月天的清晨，下西泠桥，不远处就是西泠印社。爬到西泠印社的小山坡，方方正正飞檐峭壁的一间阁子，可以坐

湖畔居一角

下来，要一杯雨前的龙井茶，窗前是满湖春色，就着湖波、新柳色和新桃红，呷一口新茶，四顾之间，1922年春天四个年轻诗人的结社场景，便活脱脱地还原了几分。

最近重看的一部韩国导演李沧东的电影《诗》，像一曲生命的挽歌，一群平凡不过的男人女人学习写诗，在诗的情境中重新认识生活，只因他们心中，诗是美好的。

毋庸置疑，诗确实是美好的啊。

下四照阁，沿着白堤走，一路走到断桥，下了断桥，又沿湖岸走上一小段，看着湖上荡漾的小舟小舫，很快就到了湖畔诗社的纪念馆。湖畔诗社，的确是临湖而居，比西泠印社更贴着一面的湖水。每每想到隔二桥相望的一印社和一诗社，便觉得杭州人真有些骄傲的资本。不是吗？这并不显张扬霸气的江南城市，真是做到了旧不疏，新不漏啊。

四人之中，诗名最盛的汪静之始终与政治保持距离，专注地怀着他的爱梦，作着情诗，我以为他是中国的华兹华斯或彭斯这样的人物,我喜欢他始终爱情充盈的内心,还有那始终如清晨朝露般的一分轻稚,仿佛他是不会老去的。后来另三位青年都成了革命者或走上政治道路,比如说冯雪峰,知道他后来的政治生涯再回看他的青春期,便会为革命者早期的亮丽人生感喟不已。

龚自珍有诗句"三生花草梦苏州",汪静之便是"三生花草梦杭州"了。这个浪漫的诗人,去世前还出了本诗集,名叫《六美缘》,把自己一生的恋爱史及后来的婚外恋坦诚地公之于众,这是诗人与六位女子的感情故事。每一位女子在他眼里都是美的,可以入诗的,所以,他的情诗是这般地有名,他的情诗集《蕙的风》在当时几乎横扫诗坛。原来那些仿佛在情人耳边呢喃流转的昵言蜜句,在今天也是可以打动人心的。

汪静之是安徽绩溪人,"我的朋友胡适之"的老乡,在20世纪20年代初,曾是浙江一师的学生。当时的浙江第一师范在国内声响很大,曾是新文化运动在南方的堡垒。他的朋友中,不仅有亲密无间的湖畔诗人,还有鲁迅、郭沫若这样的文学巨匠。他曾爱过一个叫曹佩声的姑娘,他的第一首情诗就是为佩声而写,但这段恋情有心栽花花不开,后来佩声出嫁,再后来佩声成为胡适的情人,在杭州烟霞洞与胡适留下了另一段爱情故事。

不过曹佩声婚后仍不忘汪静之的痴情,于是干脆当起红娘,这红娘干得很豪爽前后共邀过八位女同学与汪静之共游西湖,想促成一段新的恋爱,堪称豪举。最终,曹佩声的苦心有了结果,汪静之爱上了临平人,浙江一师女学生符竹因。汪静之最出名的情诗集《蕙的风》,倒可以赏出诗人的爱情,仿佛是不知道向哪个方向吹的风，但最终汪静之情归符竹因。

1923年，热恋中的汪静之，"魂随妹妹西湖飞，恋恋彼方招不归"，为约会方便，他在外租房居住，两个大胆追求爱情的年轻人甚至触犯了校规，情书被校方没收，因是否偷尝禁果问题引起轩然大波。他们之间，从婚前到婚后，经历了不少风雨，她从"我的甜柔的绿漪"变成"竹因爱妻"，一本《漪漪讯》的情书合集，正如他所言，"爱情已映在那张白纸上了"。

汪静之也不是一个晕头晕脑、只知作情诗的男子，他还是一位有男女平等意识的男子，曾写信对恋人说，对女性代称为"她"是很不公平的，不如以娇柔温静的"伊"来代称更好，也议论过离婚异于"出妻"，认为"出妻"是弃绝女子，非常不人道，也可见他对女性的尊重。汪静之喜欢女子清美、洁美，不要俗美、浊美，所以还在信中婉转批评某一日符竹因的装扮——穿红鞋、衣领上滚金边是时髦妇女俗装饰，建议恋人将领边去掉，又说蓝布鞋最清雅。

汪静之于1924年离开杭州赴武昌教书，静竹恋几乎同时修成正果，此后漫长婚姻岁月，静与竹相伴六十余载，多情的诗人后来也曾心猿意马，但最终怀着忏悔回到了竹因身边。

他们的女儿有个很美的名字，叫伊甸。1980年，静竹同订遗嘱，其中提到两人死后骨灰合并，分撒于孤山全部梅树根部，给梅树做肥料。后来他们的另一部分骨灰撒在杭州另一探梅胜地灵峰，静和竹都爱梅，灵峰也是他们经常来探梅的地方。

杭州是汪静之心中的第二故乡。少年时曾歌哭在湖畔，歌笑在湖畔，后来东奔西走，辗转半个中国，但西湖也常入他的梦。"文革"前夕，汪静之被打发离京回乡，敏感的诗人感到山雨欲来，从此和家人回到杭州，隐居在望江街道，静静地躲过了随之而来的风暴。直到1982年，湖畔诗社建社五十周年，白发汪静之在西子湖边恢复了湖畔诗社的活动，直至20世纪90年代诗人去世，湖畔诗社才真正成为一个封存的历史名词。

相比之下，另三位从杭州出发，经历更激越人生的湖畔诗人，中共党员应修人、潘漠华在20世纪30年代就已先后牺牲，冯雪峰后来成了新中国文化战线上的领导人，但50年代后也惨遭打击、迫害，1976年含冤而死，汪静之是四人中最淡泊，也是最幸运的，他也是写诗时间最长的一个。

最后，一生儿女情长的诗人化为清晨湖上的那一缕风，随着湖波绿漪，潇洒翻飞着，消失在了湖畔。而湖畔诗社，一段只属于青春期诗情的绝唱，永远驻在了杭州。

小青

说到杭州，就要说西湖，说了西湖，就要说孤山，说了孤山，就要说冯小青。

冯小青谁人不知？形影相吊，顾影自怜，卿需怜我我怜卿，与谁卿卿，唯与小青。镜中的自己，水中的自己，画像中的自己。极度的孤独，引起极度的唯美，孤山没有小青，又会失去多少"孤"色？

冯小青的墓，在孤山北麓，放鹤亭附近，现其墓仅存遗址，位于孤山玛瑙坡云亭内。如今在放鹤亭附近的路边花草丛中，还可见到一处新立的柳亚子祭冯小青墓题碑。在湖边长长的小径走着，一不留神就会错过，因为这墓碑低矮，只稍高于小树丛。原来的冯小青墓，在孤山静静地待了数百年后，与"情僧"苏曼殊之墓，还有西泠桥畔的苏小小墓，一起被毁于1964年。

小青生前极为孤独，香消玉殒之后，倒是牵动了好几位名头响亮的男人的心。首先是民国时期南社的几位社友：柳亚子、李叔同，还有名伶冯春航。冯春航乃京剧名旦，1915年5月，冯春航在杭州演出悲剧《冯小青》，大受欢迎。从明代至今，关于冯小青的戏文竟有几十种。连日本人槐南小史都写了出传奇《补春天》来讲小青本事。京剧《冯小青》的剧本，正是柳亚子所撰。当时风流倜傥的南社成员在杭州时有雅集，冯春航深深地入了戏，被小青附体了。冯春航最爱小青诗："新妆竟与图画争，知在昭阳第几名。瘦影自临秋水照，卿须怜我我怜卿。"某日在西湖边，冯春航巧遇正在散步的柳亚子和李叔同，三个南社社员一同前往孤山玛瑙坡冯小青墓畔凭吊小青，冯春航以演戏所得，将小青之墓修葺一新，又起意刻石纪念。柳亚子作了《明女士广陵冯小青墓》一篇，由李叔同用魏碑体刻成两碑，分立于小青墓侧，此后正式参加孤山小青墓前雅集的，有二十余人。当时李叔同三十六岁，未尝脱离红尘出家。

对薄命红颜的这次很正式的纪念，可见那时代中国文人雅士的浪漫情怀。

很不起眼的小青墓碑

同样是在民国，著名社会学家潘光旦也对明朝的这个小女子深切关注起来，并写了《冯小青》一文，作为性心理学中影恋，即病态的自我恋的典型案例来研究。小青的影恋表现是："时时喜与影语，斜阳花际，烟空水清，辄临池自照，絮絮如问答，女奴窥之即止，但见眉痕惨然。"而小青闭居孤山别业期间，常有幽愤凄怨，都寄托于诗词。

年仅十八岁的冯小青，对自己的命运是看得透彻的。被冯生大妇赶到孤山别业幽居后，几乎与丈夫生离，有朋友杨夫人劝她改嫁另谋，她回信说，"去则弱絮风中，住则幽兰霜里"。那么出家为尼姑又如何呢？她说，"若使祝发空门，洗妆浣虑，而艳思绮语，触绪纷来，正恐莲性虽胎，荷丝难杀，又而未易言此也。"本多情又多才的女子，不能保证一进佛门就永远地六根清净啊。如唐朝女道士鱼玄机，因红尘之欢难断而命丧杀婢案，或许是小青的前车之鉴。

冯小青移居孤山后，也不是幽闭得从不出门，看她的《拜苏小小墓》，诗云："西泠芳草绮粼粼，内信传来唤踏青。杯酒自浇苏小墓，可知妾是意中人。"或许那时的小青常在苏小小墓前徘徊，又将苏小小视为知音。

春日，西湖边跟家人短暂的踏青后，一切又归于寂寥，而伤春之情却更深切了。二八年华，冷月幽魂，曾经是广陵的豪门官家千金，父亲为广陵太守，后因家庭变故而寄人篱下，委身成冯家小妾，连小妾都当不安稳，清高如小青，又怎能容得下此等人间遭际，愁闷抑郁，到底意难平啊。冯小青可能没料到，香魂飘

孤山残荷

逝后,她这广陵女子,将长长久久地与钱塘苏小小相邻为伴,只叹苏小小虽为青楼女,却是自由的,而小青虽为豪门妾,却将鲜活的青春,在清牢里幽禁。

冯小青生平如下所述:小青字玄玄,明万历二十三年(1595年)生于广陵(今扬州),自幼随母学习,性好书,出语敏捷,诗琴书画精妙,秀丽可人,十六岁(也有说十三岁)时嫁与杭州冯生为小妾,婚后不容于正室,被远置孤山佛舍,两年后即病死,死后葬于孤山,留残余诗词若干,后人结集为《焚余集》。

孤山的冯小青墓,似一个有几分神秘的青冢,如真似幻地,勾起后人的猜想。说到冯小青,当初我就很怀疑,孤山是否真有过一座张岱《西湖梦寻》中的小青佛舍吗?还有冯梦龙、张潮、陆丽京等明清时期文人所写的冯小青,是虚构还是实录呢?因为特别喜欢这个人,就存着非要弄清楚的心思。

后来看到了一些与冯小青同时代的文人所录,方才肯定冯小青确有其人。冯小青的丈夫名冯云将,仁和(今杭州)望族出身,家中藏有大量书画古董，为了保存王羲之的《快雪时晴帖》，家里特意在西湖边上建有"快雪堂"，另在西溪的老和山山坡上建有西溪草堂。不知小青是否曾到过那里？冯云将与湖上笠翁李渔等人是朋友，与柳如是也有交游。李渔的另一朋友，杭州豪客汪然明跟冯云将更是交好，曾有诗云："翩翩佳士冯云将，滑稽惊座少年场。"可见冯云将这公子哥儿也是个有趣的人，但另一方面，冯云将虽有名父，他是南京国子监祭酒冯梦祯的仲子，却科场屡试不第，一生困顿。冯公子对妾小青或许有些情意，但未称得上是真爱。郎情妾意的佳期一过，便由着大妇将小青打入"冷宫"了。这晚明的风流名士，要忙的事可不会少，爱好交游又广泛，于是对小青也渐渐地淡忘了，直到听说小青死了，冯云将才急急奔去小青的别舍哭了一场。这样的男人，在小青生前不能爱她护她，死后也不能保住她的诗稿，所幸还有未焚尽的小诗数首，才使后人能一窥小青之才。

小青自知将逝，写信给已随夫去北方的闺蜜杨夫人诀别，在此抄录一段小青绝笔："他时放船堤畔，探梅山中，开我西阁门，坐我绿阴床，彷生平之响像，见空帏之寂寥，是耶非耶，其人斯在！嗟乎夫人，明冥异路，从此永辞！玉腕珠颜，行就尘土；兴言及此，恸也何如！"

可叹明珠暗投呀！小青逝后，似乎冯云将的圈中朋友还一起操办了丧事，所谓风流名士，对才女总有一种怜香惜玉之心。但小青故事中只说冯生的大妇妒悍，让人觉得小青的丈夫太懦弱无能才害死了她，其实此中另有一层隐情：明代时，男子娶同姓为

小青小影图
（清·顾洛绘）

妾有禁忌，会被社会耻笑为不道德行为，加上大妇闹腾，这大妇崔氏娘家势力又大，懦弱冯生便不敢大胆捍卫小青了。冯云将长寿，活过了八十七岁，文人圈朋友钱谦益称他"杜门屏居，能读父书，种兰洗竹，不愧古之逸民"。冯云将八十大寿时，钱谦益还写诗祝贺，有"湖山安隐鹿麇群，映雪堂前夜椠分"之句，可叹小青却薄命如此。

小青幽居期间，最爱读的是汤显祖的《牡丹亭》，杜丽娘可人鬼恋，可还魂再生，为情而死，为情而生，那是小青所向往的吗？为此小青写了一首诗：

冷雨幽窗不可听，挑灯闲看牡丹亭；
人间亦有痴如我，岂独伤心是小青。

冯小青肯定是美女，且是清瘦纤弱的美人。我很喜欢清代画家顾洛绘的一幅《小青小影图》，画中，一个在园中的桌前摊开纸作诗的女子，纤柔素静，弱不禁风。到底美到什么程度，前人称小青娟娟楚楚，美如秋海棠，又秀艳有文士韵。据说那幅小青临终前请画师绘就的画像，已被冯生的大妇焚毁而化作青灰，小青的模样也无从去求证了。又有一说，《红楼梦》黛玉的原型竟是冯小青，这倒有些扯远去了。

◎

杨柳

家住西子湖畔,春天是忙不迭地等花开花落的时节。樱雨纷落后,新的花魁粉墨登场。原以为春光无限,一周周地忙碌着,知湖畔已是一株杨柳一株桃的盛春,对自己说,等到双休日吧。到双休日,远远地嗅着湖边人山人海,不想去看人潮,便对自己说,再等二三日,找个清静的早晨吧。又二三日,天热起来后又下了场雨,路过山边的一条溪流,见粉红玫红的花瓣已落满了水面,满溪的深红浅红,又是惊艳,又有一些颓。第二日下午,路过几条桃柳纷呈的小路,忽然发现缤纷的花已成残红,不知何时冒出的细碎绿叶却已满枝。这一场花开花落,不过一两周时间。湖畔的桃花已谢去,才是人间四月中,再要约一趟花期,得去寻访山寺桃花了。

桃花何等的风流,却是易谢,只有诗中可留。明代名姬、秦淮八艳之一柳如是诗云:"垂杨小院绣帘东,莺阁残枝未相逢。大抵西泠寒食路,桃花得气美人中。"印象中,这是除崔护的"去年今日此门中,人面桃花相映红"绝句外最好的桃花诗了。柳如是不说美人得桃花之气更添几分美艳,而是说桃花得了美人之气才开得更加妩媚。何等浪漫骄傲的女子啊！那份浪漫和骄傲,竟不亚于辛弃疾说:"我见青山多妩媚,料青山见我应如是。"

划船到湖心亭,最易想到的佳人就是柳如是。湖心亭在西湖中央,小于三潭印月,大于阮公墩,合称"蓬莱三岛"——湖心亭为"蓬莱",三潭印月是"瀛洲",阮公墩是"方丈"。在宋、元时,湖上曾有湖心寺,后来倾圮。明代有杭州知府孙孟建振鹭亭,后改清喜阁,是湖心亭的前身。

在湖心亭极目四眺,湖光皆收眼底,群山如列翠屏,有"湖心平眺"之称。清帝乾隆在亭上题过匾额"静观万类",以及楹联"波涌湖光远,山催水色深"。岛南又有石碑题着"虫二",据说也是乾隆御笔,这是将"风月"二字的外边部分去掉,取"风月无边"的意思。

风月无边,柳如是也。

柳如是在秦淮八艳中不是最美的,陈圆圆、董小宛容貌或在她之上,但柳如是的名头却是最响的。特别是自国学大师陈寅恪"著书唯剩颂红妆"地为她作传后,柳如是在美女、才女、侠女三重光照之下,如一只在岁月里渐渐褪色的老银镯,被重新拭得锃亮。

柳如是不是杭州人,也没在杭州定居过,今日的杭城,并无一处古迹镌刻上柳如是的名号或与她相关的故事,以供后人追忆红袖风云,不过伊人的西湖芳踪,却是易觅的。杭州这座城,又每每使人想起几百年前有此奇女子,疑她不是千年蛇妖白素贞,却将腰肢化作了西湖的柳枝，将粉面化作了堤上的桃花，又将一个步步生莲的袅娜身影，化作了逍遥湖上的画舫。

柳如是是江南嘉兴人，原来叫杨爱，又名影怜，后来自己改姓柳名隐，字如是，号河东君。自小被卖入娼家，后入宰相周道登府上当侍婢，又当妾，因小萝莉乖巧可爱又漂亮，常坐在周宰相膝上，由周宰相亲自教诗文。这膝上的恩宠，正好实现了对她男女之情与风流才调的双重启蒙。杨爱小小年纪，就因受相府女人们的嫉妒排挤，被赶出相府，遂以相府下堂妾的身份，流落在江南一带为妓，很快就艳名满江南，当时江南的士人文人们，争相与她结交。

明末时期的名妓与名嫖之间，绝非性那么简单粗陋，男欢与女爱，更像是谈一场自由恋爱。诗歌、音乐、绘画这些才艺上的互相倾慕，又推进心灵的相知，人格的平等。烟花界的花魁，比闺阁界的才女，反倒多了自主与自由。

河东君小影
（清·余秋室绘）

江南水系四通八达，柳如是就备了一艘画舫，一边云游，一边在各个码头结交文人骚客，她先后与宋征舆、谢三宾、陈子龙等当时的几社、复社成员及东林党人发生了情事，却无所归依，连她最爱的文人领袖陈子龙也不能给她婚姻归宿，两人只好一唱三叹，凄然作别。这时的柳如是，十五六岁早早出道，二十三岁已有桃花易逝、美人迟暮之感。

河东君在杭州有个蓝颜知己，名叫汪然明，年龄比她大四十来岁，身份是徽州富商，又雅好诗文，写有《西湖韵事》等著作，汪然明与当时的妓界才女们多有往来，为人又慷慨大方，号

杨柳、桃花、湖船

称"黄衫豪客",他和柳如是之间,未见得有男女之事,却对河东君帮助很大。在他的牵线安排下,柳如是终于锁定了当时已五十九岁的文坛领袖钱谦益。钱柳初会于杭州,钱谦益对柳如是又敬又爱,在家中原配仍在堂的情况下,仍然不顾社会风化影响,以正妻之礼娶了红粉领袖柳如是,可谓老夫聊发少年狂。他们在一艘画舫中举行了婚礼,又乘画舫进行了蜜月旅行。

杨与柳本密不可分,早春二月,柳枝发芽,仲春三月,杨柳依依,然后是桃花笑春风的四月。想起与柳如是同时代的另一才女冯小青,柳如是爱桃花,冯小青爱梅花。桃花风流,梅花清孤。柳如是与冯小青之夫冯云将也有交往,据陈寅恪考证,柳如是游孤山时,看到昔日冯云将与冯小青同居过的孔雀楼,感叹之下还赋诗一首,那时候冯小青已化作一缕香尘了。同样不容于大妇,可叹爱梅的冯小青被迫与冯云将隔离后,生命便枯萎了,而离开了陈子龙的柳如是,此后的人生还将经历无数风光,直到八十多岁的钱谦益病故,四十七岁的柳如是遭家难,被钱氏族人勒索钱财,决绝地自缢于荣木楼,才轰轰烈烈地结束跌宕的一生。

对柳如是来说,闺阁的天地太小,即便是一双小脚,她也要将船儿划出去,跟天下男人一样,自己决定自己的航道。或许正是那只飘荡于江南,随性逐水而游的画舫,为一个资本主义萌芽时期的明代女流,摇起了中国最初的女权之桨。

明末那时代,名士名姬们仿佛都有双重人格:可以风流放诞,醉生梦死,又可以大义凛然,甚至牺牲生命。河东君不过钱塘一过客,却为杭州留下不少诗文,有《西陵十首》《西湖八绝句》

等，她借《岳武穆祠》和《于忠肃祠》，抒发明亡后反清复明的爱国大义，后来她果然为南明时期的抗清运动奔走不已，又大散家财，并且改变了一开始降清的钱谦益，他最终跟她站到了一起，拾起曾经丢失的骨气。她青年时代的爱人陈子龙也不输气节，在南明的抗清运动中慷慨捐躯。

她常在江南往来，每到杭州的落脚点，基本在汪然明的家中。汪然明在杭州西溪有横山别墅和随喜庵等，湖上还有画舫。当时他的红颜知己柳如是、林天素、王修微、杨云友等名妓盘桓杭州，都住在他的家里。柳如是常住西溪横山别墅，福建名妓林天素常住西溪随喜庵。

林天素的《柳如是尺牍小引》中回忆："余昔寄迹西湖，每见然明拾翠芳堤，偎红画舫，徜徉山水间，俨然黄衫豪客。时唱和有女史纤郎，人多艳之。"名妓们有才有貌又清高，有的是人捧，一般富豪只有钱而不风雅好文的，她们才懒得搭理。

后来刊刻的《柳如是尺牍》，正是柳如是给汪然明的书信结集，记得多年前，第一次读《柳如是尺牍》中柳如是给汪然明的信，华美深情又无脂粉气，有魏晋之风，柳如是小姐称自己是"弟"，简直令人大开眼界。

好奢华靡丽，又好风雅的儒商汪然明，无意之中，还催生了一个四百年前的湖上文人沙龙，传下又一段西湖佳话。当年，他在湖上有不少画舫，如雨丝风片、团瓢、观叶、随喜庵等，舫中最名贵的，是一艘大画舫，名"不系园"，此画舫又大又精美，不知道与当今西湖上最豪华的画舫相比如何。"不系园"名字也

柳如是画迹

取得潇洒，令人联想到庄子的"不系之舟"。当时的一群江南名流兼才女名姬，常在不系园中饮宴相欢，名士中有文坛领袖钱谦益、戏曲家李渔、画家董其昌、书画家陈继儒等人，名姬中柳如是、杨云友、林天素、王修微都以诗画琴著称。他们在青山绿水间遨游，湖上风光加才子佳人，诗画佳作迭出，后生之辈，像后来能进林徽因家的太太客厅一般，盼望能受到"不系园"的款待。据说后来董其昌和杨云友的婚礼，也是在"不系园"中举行，跟钱柳的画舫婚礼一般，开当时江南婚俗之新风。

汪然明还有个有趣的做派，"不系园"不仅自用开名流派对，还可出借。借给谁呢，当然是有门槛的，借客必须是四类人之一：或名流，或高僧，或知己，或美人。柳如是当然是汪先生的红颜知己，够格借"不系园"一用，柳如是也真的借过。

明代时，西溪与西子湖水路是相通的，可以从那里一直划船到北高峰南高峰，她借了画舫，不知游到哪里。

难道是去湖心亭了？柳如是有一首名诗《月夜登湖心亭》，在历代咏西湖湖心亭的诗文中堪称翘楚，也令我偏爱，前四句完全写景：

碧草河西水上亭，和烟和月复空冥。
芙蓉曲断金波冷，杨柳姿深天外青。

后人读此佳句，怎能不涌起趁月夜登舟，一探湖心亭上幽境的雅兴呢？如今西湖画舫依旧，在几个湖边码头和湖上三岛间来回游弋，只可叹四百年前领江南风骚的湖上文人沙龙，已成绝响了。

◎ 樵舍

大约是20世纪70年代末、80年代初,杭州的家庭还很少有彩色电视机的,不过气派点的单位,彩色电视机已经稳坐会议室了,那时的17英寸彩电,看着已经很大了。某个7月的夏夜,听说家附近的单位要放越剧电影《孟丽君》,于是街坊邻里争相赶去占座位。那时候,越剧在江南有大把的戏迷,名伶王文娟演才貌双全、为救未婚夫皇甫少华女扮男装、考中状元去出征又被选中驸马的孟丽君。印象中彩电屏幕上演的《孟丽君》好看极了,服饰华美,扮相华美,唱腔也华美,一出戏文,照亮了童年时一个平常无聊的江南夏夜,那像过节一般盛事的记忆,至今历历在目。

后来知道韩再芬版的黄梅戏《孟丽君》也很有名,不过那越剧版的记忆,已是根深蒂固。

一出戏文使清代的闺阁女子陈端生名垂青史。从弹词《再生缘》初本诞生伊始,到如今两百余年间,戏曲、电视、电影,各种版本的孟丽君故事不知上演了多少回,这是当年困守杭州勾山樵舍、凄苦愁闷中度日的陈端生完全想不到的吧。

陈端生（1751—约1796）字云贞，杭州人。嫁淮南范秋塘。丈夫因科场案被谪戍边疆伊犁，婚后没几年，即面临生离死别。陈端生在家侍奉，并写出了《再生缘》。后丈夫被赦归，未等到家，端生却已撒手尘寰。

《再生缘》共二十卷，陈端生写至十七卷，未完待续，余下三卷由另一位杭州才女梁德绳续稿。后又由侯芝整理为八十回，清道光年间，已有《再生缘》刊本流传。

国学大师陈寅恪晚年自况，"著书唯剩颂红妆"。颂的红妆，一是柳如是，二是陈端生，都是江南才女，而端生更是土生土长的杭州女子。端生自身闺阁困顿，她笔下女子走出闺门建功立业的世界，一边是现实，一边是梦境，现实再局促逼仄，都挡不住梦幻中飞翔的翅膀。

不只老派的国学大师陈寅恪关注陈端生，新派诗人郭沫若也对才女陈端生产生了兴趣，对《再生缘》非常推崇，还为此书作评注。20世纪60年代，郭沫若来杭州，曾两次前去陈端生的故居勾山樵舍探访。郭诗人徘徊在当时已成民居的陈氏院落，青瓦白墙依旧，而勾山樵舍内再无浅唱低吟，于是赋诗一首感怀——

莺归余柳浪，燕过胜松风。
樵舍勾山在，伊人不可逢。

郭沫若甚至认为，以陈端生的才华，比之与她差不多时代的西方作家，如法国的司汤达和巴尔扎克、英国的司各特，陈端生也一点都不逊色。

勾山樵舍在杭州上城区河坊街556号。勾山又称竹园山，位于杭州南山路与河坊街相汇处的北侧，乃一高数十级的坡地，以前山腰有一小亭，亭后的高台上，建有一座两层青砖小楼，当是民国初期的建筑，在山坡与南山路交界的石砌驳墙上，可以看到铭刻着"再生缘"三个大字。数百年前，清代著名学者陈兆仑（字星斋，号勾山）曾筑宅第"勾山樵舍"于此，也是其孙女、清代弹词家陈端生故居。

2012年暮春，我去探勾山樵舍时，端生故居的白壁上，"再生缘"三个红字仍在，不料勾山樵舍几成废园，既不开放，也无人居住。那天是个清凉的雨天，我透过大铁门的破洞处，才窥得废

陈端生故居门前

陈端生故居门前

园内的草木森森，那一刻或许是感伤吧，耳边竟是杜丽娘在唱"良辰美景奈何天，赏心乐事谁家院"。是呀，与勾山樵舍隔街相望的柳浪闻莺，依然是旧时的春色，杨柳依依，莺声燕呢，勾山樵舍是"伊人不可逢"了，南山路上，流动的都是现在都市的繁华。

陈氏家族世代书香，陈兆仑在朝为官，同时也是位文学家，是桐城派古文家方苞的入室弟子，自号勾山。故陈宅名勾山樵舍。陈端生就在这样的诗书之家中出生，在这石砌高墙的院落里，女孩子的成长环境也较开明，孔子说女子无才便是德，端生的祖父却写了篇跟孔子唱反调的《才女论》，鼓吹女子有才，启了灵性后对自己、对家庭的种种好处。陈家没男孩，端生和长生两姐妹长大，都以才女著称，端生的妹妹长生是袁枚的女弟子，被称为诗坛"飞将军"。

西湖风月无边，几乎就在陈宅门前，少女端生渐渐地就有了一颗浪漫主义的心。在清朝乾隆年间，我猜她是那个时代最浪漫的杭州女子。闺阁太小,世界很大,所以她要自己造一个女子闯天地的世界出来。

若数红颜中知音,与陈端生最接近的当属《红楼梦》中的才女薛宝琴。宝琴自小跟随家人走南闯北,见过不少世面,端生走过的地方虽不如宝琴多,但也北方南方都待过。初写《再生缘》时,她随当官的父亲住在北京,她的母亲是名媛,外祖父汪上堉当过云南的知府。《再生缘》中讲到很多云南的事情,当时的云南天高皇帝远,既神秘又偏僻,而她笔下的奇女子孟丽君就是位云南才女。端生自己即使不像薛宝琴真的到过云南,不过她的母亲在云南生活过,她不用亲到云南,对云南的地理人文也烂熟了。据陈寅恪先生考证,陈端生的父亲后来也去云南做过官,端生跟随她父亲,是到过云南的,此外,她的足迹还到过山东等地。

不过在清代,诗文是正统,弹词这等属于"村姑野媪所惑溺"的下三烂。陈家虽为端生和妹妹长生的才情显露网开一面,不过弹

《再生缘》墙,现已不存

词仍是被她祖父看不起的,所以陈端生一开始写《再生缘》,是趁祖父回杭州时,一个人在北京的闺房中偷偷地写的,那时候,她还未出阁。没料到岁月流逝,那些高雅的诗文常被今人束之高阁,无人问津,而当初被视为下里巴人的弹词《再生缘》,却一直流传了下来,陈端生的名字,竟比桐城派文学家祖父的名头响亮得多。

陈端生跟另一杭州才女朱淑真比起来,命运一样的凄苦,甚至有过之无不及。端生的丈夫也是名门之后,结婚之初,她心情不错,曾写了首诗道:

> 幸赖翁姑怜弱质,更忻夫婿是儒冠。
> 挑灯伴读茶汤废,刻烛催诗笑语联。
> 锦瑟喜同心好合,明珠蚤向掌中悬。
> …………

可结婚没几年,丈夫就被发配边疆为奴,且是因为名声扫地的科举舞弊案。恩爱夫妻间突来的生离死别,比起朱淑真的所嫁非人,情感落寞,是更残忍的打击了,她一下子从名门闺秀,变成罪奴之妇,受尽冷眼,还要独自抚养幼小的儿女,情何以堪。

写《再生缘》,是需要一个女李白附体的,要狂妄的心,插上一对理想的翅膀,可遭人生巨变的端生,翅膀被生生地折断了。她忧郁,孤苦,愁病相缠,无法提笔。在最亲爱的母亲病故十二年,丈夫流放四年后,她才在亲人们的催促下勉强写到了十七卷,自己都感叹"悠悠十二年来事,尽在明堂一醉间"了。她书写了六十多万字,就再没有心情写下去,也无法给孟丽君和皇甫少华一个结局,世事难料啊,或许,她自己心里也无法知道他们的未来了。

陈端生四十六岁去世,她像曹雪芹未完的《红楼梦》一样,给后人留下了一串的悬念,孟丽君的命运,究竟会怎样呢,她是死还是退隐,是独立于世,是给皇帝当妃子,还是回归家庭当贤妻,这一个开放的谜底,陈端生是不会告诉我们了。

后来另一位才女梁德绳又续了三卷《再生缘》,但孟丽君回归女儿身,与皇甫少华终成眷属的大团圆,却有些落入俗套,也不知梁女史是否真的懂得陈端生的心意。

或许只有出嫁前,西湖边无忧无虑的少女时代才是最惬意的。姐妹俩的日子,和红楼宝黛诸钗的闲逸也没啥区别,她自己有诗道——

姊妹联床听夜雨,椿萱分韵课诗篇。
隔墙红杏飞晴雪,映槛高槐覆晚烟。
午绣倦来犹整线,春茶试罢更添泉。

夜雨联床,红杏晚烟,分韵写诗或女红,春天的勾山樵舍里,姐妹俩或许还有不远处的虎跑泉水,泡那清明前的龙井茶喝。西湖边的日日夜夜,该是端生一生中最好的时光吧。

遗憾的是,几年后,我有一次路过南山路时,发现"再生缘"三个红字已悄然遁去,那一点留存的念想也不着痕迹了。

◎ 林逋

1845年7月4日,一个叫梭罗的美国人,来到离他家乡康科德城不远的瓦尔登湖畔,造了一间小木屋,他在优美宁静的湖畔森林里住了下来,尝试过一种简单的、自耕自足的生活。这被中国人称为"隐居"的生活过了两年有余,梭罗于1847年9月6日离开了瓦尔登湖,又回到他熟悉的世俗生活中。

说到梭罗,真是大名鼎鼎。在外向的西方文化背景下,一个文人两年间离群索居,便成了众人景仰的偶像。他们或许并不知道,早在11世纪初,一个叫林逋(字君复,谥号和靖)的杭州人,在杭州西湖中的孤屿上也造了几间屋子,种了一片梅树,养了两只鹤,独自在孤山住了二十多年,北宋时期的杭州城并不远,但这个林处士,居然只守着孤山的那一片屿,没有进过一趟城。

倘若中国大名鼎鼎的隐士林和靖的故事能长上翅膀,流传到19世纪的美国,让梭罗知道了,这美国人的心中不知做何感想。比起瓦尔登湖实验性的两度春秋,二十载春秋的孤寂坚守又是如何守的呢?这个叫林逋的中国人并不是在做实验,隐居二十余载,以梅为妻,以鹤为子,直至去世,这就是他人生的内容。东方人要幽寂、内省起来,真是西方人望尘莫及的。

人们说"四十不惑",林逋正是在四十岁那年决定自己的隐逸生涯的。他虽然没有像李叔同那样,在历尽红尘后归入佛门,但他决定要当一个彻底的隐士。

北宋年间的杭州,已是繁华富庶的南方城市,林逋与"有井水处,就有柳永词"的词人柳永是同时代人,柳永笔下"市列珠玑,户盈罗绮,竞豪奢"的城市繁华场面,想必他在入孤山结庐而居前也曾领略过的,但他似乎已厌倦了胸怀丘壑、志在高远的漫游,放弃了入朝为官的幻想,决意归隐山林了。

孤山的山,低矮得不起眼,却是宛在湖中央,几乎绝了音尘,北宋时期,孤山也远没有今天的热闹。当时的孤山,也无今日的盛名,三步一才子,五步一佳人,更多的是清静和野趣,当得起那一个"孤"字。

隐士们的生活,似乎也被那些恬淡或清幽的隐逸诗篇写尽了。春花秋月,夏荷冬雪,西湖的孤山是一样不会少的。林和靖的田园不是陶渊明的田园,他也没有农田种下粮食,孤山的林处士,爱的是梅,种的也是梅。梅子熟时,采摘了换钱,就是他的生活来源,所以猜他也是"带月荷锄归"的劳动者。这月,是西湖孤山边的一弯新月,这锄,是种梅树的锄,比起南山的锄,多了几分的清美意境。

他养的两只鹤,相比田间的鸡犬,仿佛又多出了几分仙气。更多的时光里,他写诗作画,可惜从未想过身后之名,诗与画都不好好留存，今人无缘一睹林逋画的真容了，幸亏有心人将他的诗记下来，才得以流传。他的梅花诗，不知被多少后人吟诵过。每到孤山探梅的季节，梅海似粉雪，风一轻吹，暗香飘浮，四方来的游人一发雅兴，便不由自主地诵咏起来，或"疏影横斜水清浅，暗香浮动月黄昏"，或"冰清霜洁，昨夜梅花发。甚处玉龙三弄，声摇动，枝头月"，都是好诗好词。不管前朝今朝，爱梅的恋人，也最易心心相印。

孤山的隐，沾着西湖的湖光、山色、梅影，将中国源远流长的隐士文化，又推到了一个众人仰望的高坡上。千年来，孤山有苏曼殊，有冯小青，有林启，有秋瑾，有惠兴女士，等等，但孤山，说到底是林和靖先生的孤山。

现在看西湖，一年四季，最美处仍在孤山。下了雪，首先想跑去孤山看雪，因为孤山有林先生种的大片的梅树。要看月色，孤山的长椅上，望去瘦的上弦月或下弦月，也是最美，有时候，静夜中竟觉得，这静夜的半弧苍穹和孤山边的半面湖水，可以倒过来，不分彼此。夏天观荷，孤山湖边的荷花，热闹艳红里另有一种清淡的韵致，到秋天，湖面上枯荷萧瑟，湖上的白鹤与野鸭，仿佛也都沾了和靖先生那两只鹤的仙气，那是湖上最美的晨景。

林逋真有眼光，不惑之年后选择了如此美妙的隐居处。不惑之前，又经历过一些什么呢？林逋年少时家贫，父母早亡，跟着兄嫂生活，饱读诗书，也着意孔孟之道，一腔士子的热血，却屡被冰冷的现实浇灭。他的青年时代，北宋面对北方的辽国已经尽显软弱，打了胜仗，仍要弄个"澶渊之盟"，纳税送钱求和，名臣寇准蒙冤，成了阶下囚，皇帝宋真宗还搞了个泰山封禅的把戏愚弄臣民，报国无门，林逋心里除了失望还是失望，又不愿同流合污，不如做个洁身自好的隐士吧。

孤山隐士林逋与那些想曲线求仕的终南山隐士们一比，高下立见。只是隐就隐了，为什么还要将娶妻生子这点中国人的世俗快乐也放弃了，那和当和尚又有什么分别呢？即便当了和尚，孤山后来还有一名"情僧"苏曼殊呢！

料今人也不能走进一个一千年前名士的内心，只是从那些蛛丝马迹的文墨中，可以猜想林处士是有过爱情的，可能那爱情还刻骨铭心，到了"曾经沧海难为水，除却巫山不是云"的境界。苏曼殊的心里，珍藏着一个日本姑娘静子，林和靖先生的魂里，是否也珍藏有一个梅女？

放鹤亭

且看他的词——

吴山青,越山青。两岸青山相送迎,谁知离别情?
君泪盈,妾泪盈。罗带同心结未成,江边潮已平。

一个无情无欲的独身主义者,不会平白无故地写一首缠绵悱恻的爱情词,只为一次茶余的文字游戏吧?

况且后来的盗墓者,也为后人留下了一点线索,林和靖先生六十二岁那年去世,墓中葬品只有二物,一是端砚,一是玉簪。玉簪是女子的饰品,为什么会成为最珍爱之物陪伴九泉呢,这很难让人不联想到一段凄美的爱情上去了。只是和靖先生心爱的姑娘,一切都无从考证了,只是猜想,和靖先生的心上人,或许是一个如梅花之清雅,又痴心爱梅的闺秀,定不会是庸脂俗粉。

民国时,国学大师马一浮先生的爱妻亡故时,他才二十出头,

孤山的蜡梅,比红梅先开　　　　　孤山梅海

悲恸之下，痴情人竟从此誓不再娶，并且真的终身未续弦。看来自古以来，至情至性的男人还是有的。和靖先生是，马一浮先生也是。隐居，兼之连家庭生活、红尘男女都弃绝，一梅，一鹤，一人，一孤山，合成了一个世人心目中最完美高洁的西湖处士。缺其一，这个中国隐士的西湖传说，便会逊色三分。

林和靖不是西湖魂，而是孤山魂。因西湖有百态，浓妆淡抹总相宜，西湖的品性也多元，而孤山的气质，却仿佛被和靖先生一个人统领了去。那"孤"字，不仅是孤高，还有一种遗世而独立的清澈之辉，后世的那几个与他比邻而居的英魂，或许都是冲着和靖先生而去的。

和靖先生死后，葬在了他曾隐居二十多载的孤山北麓。张岱《林和靖墓志铭》中道，"云出无心，谁放林间双鹤。月明有意，即思冢上孤梅"。明亡后成了明朝"遗民"的张岱先生，将和靖先生当成了西湖的知音。到晚年，与他的西湖梦贴得最近的，就是林处士的隐士梦了。

放鹤亭最早为元代郡人陈子安所修建，明嘉靖年间，钱塘县令王代又加以扩建。现在的放鹤亭，是1915年重建的。平台宽阔，栏杆精巧。亭内石壁有南北朝鲍照作的《舞鹤赋》行书刻石一块，字迹系清康熙三十八年（1699年），康熙帝南巡杭州至此，临摹明代书法家董其昌手迹所书。

传说两鹤子在和靖墓前悲鸣了数日而死，葬于墓侧，名为鹤冢。不止鲍照，中国的文人雅士，似乎很偏爱鹤这种美丽高雅的大鸟，西湖自古以来，也给了白鹤以最美的栖身之地。几次到孤山，路过放鹤亭时，拾级而上，在轩昂的亭内看到一联，"水青石出鱼可数，人去山空鹤不归"，跟至情至性的人待久了，连鹤亦如此啊。

如今的孤山见不到隐士，偶尔看到湖上歇脚的白鹤，便认了那鹤就是古代隐士的化身了。

在一个又一个的西湖梦里，时光汩渡，四季也飞快流转。上次去孤山时，是去探梅，再次去时，却是去看桃花了。

辑二

朝的阳

◎ 定庵

《红楼梦》中，有一情节，秦可卿归西前托梦给王熙凤，预言了荣宁两府大厦将倾，这外面的架子虽未甚倒，内囊却已透出腐烂速朽的气息，凤姐在夜半的惊惧中猛醒。薄命的秦可卿，无意中倒成了贾府前途的先知先觉者。

有个杭州人，在19世纪中叶也充当了天朝大国的先知和预言者，只是一介狂生超越时代的呼声，注定是无人回应的寂寞。

丧钟为谁而鸣？众人皆醉我独醒，遗世而独立的清醒者，惊不破天朝大国长日昏昏，直到鸦片战争爆发，炮声隆隆下，大清的舰队灰飞烟灭。流水落花春去也，世人才想起了，其实这一记丧钟，早已有人敲响。

杭州人是江南的性子，温文尔雅的多，也有刚烈的，如于谦这些人。要说狂野狷介的，绍兴那沉烈的老酒里浸泡出了徐文长。这"龚疯子"，却像是杭州人中的异数。

龚疯子就是龚自珍。因为那首"我愿天公重抖擞，不拘一格降人才"的诗，还有一篇《病梅馆记》，国人对龚自珍的名字是

龚自珍行书扇面

不陌生的。从这普及度极高的一诗一文中,我们看到的是一个李白式有浪漫情怀的诗人,一个杜甫式忧国忧民的书生,一个徐渭式的愤世嫉俗者。

不过龚自珍其人,还有很多面:屡试不中的科场落第者,一生考试无数次,因为楷书写得差,最后到三十八岁时才得了个"同进士出身"。这"同进士出身"毕竟不是"进士出身",不得入翰林,只能当个文书类的小官吏。

一个赌博者。自称精通赌博术的赌博家,却逢赌必输,又戒不了赌瘾。

一个风流成性者,古代文人才子多以名士自居。名士做派的一条,就是沉浸于烟花柳巷,吃喝嫖赌,生活放荡不检。

他还是个收藏者,据说眼光远逊于赵明诚李清照夫妇,时常看走眼,以假当真。

以上种种,可以想见龚自珍不是一个好丈夫。他的儿子龚橙,在"名士"做派上比其父更过犹不及，后来投靠了英国人。这位龚橙，晚年自号半伦，意为君臣、父子、夫妻、兄弟、朋友，此五伦其只居半伦，他好狎邪游，独爱小妾，故为半伦。

龚自珍的死亡离奇得很，五十岁那年，突然暴死在他任教的丹阳书院。死因的说法很多，有说是被小妾毒死的，有说是得罪权贵被仇家毒死的，也有说与"丁香花公案"有关。

据说龚自珍是当时文坛最轰动的一桩绯闻案的主人公，此案名为"丁香花公案"。此案的女主人公，是当时著名的文坛才女顾太清。顾太清是王室贝勒爷奕绘的侧福晋，被誉为与纳兰性德齐名的清代第一女词人。奕绘和顾太清本是幸福的一对，才子佳人，有诗歌合集为证，奕绘也有名士气，同为名士的龚自珍曾是他家的座上客。

龚自珍的《己亥杂诗》中有一首写道："空山徙倚倦游身，梦见城西阆苑春。一骑传笺朱邸晚，临风递与缟衣人。"就因为此诗，被当时好为索隐的文人们联想到他与奕绘去世后已是寡妇的顾太清有暧昧关系。不管事情是否属实，顾太清因诗受累，不仅被传成了红杏出墙的荡妇，还连累她被奕绘的儿子赶出王府，流落市井，艰难度日，直到龚自珍暴卒，才灰头土脸地回了王府。

龚自珍仓促逃离京城两年后的暴死，据说仍与这"丁香花公案"有关。

就是这么个毁誉参半的龚自珍，却成为划过大清王朝沉沉暗夜上空的一颗启明星。

龚自珍字瑟人，号定庵，生于清乾隆五十七年（1792年），

龚自珍画像

像贾宝玉一样，也是金玉之家的贵公子。他的祖父和父亲都是显宦，龚家在杭州世代居住，已有四百年。他外祖父是清朝著名大学者段玉裁，母亲也是才女。龚定庵少年有诗名，外祖父非常喜欢他，但也告诫他，以后要努力成为名臣、名儒，不要去做名士。

龚自珍对于那个时代自觉的悟性，超前于封建王朝的进步思想，却为他的一生埋下了悲剧的种子。

二十三岁时，他已写出了《明良论》，社会改良主义的思想小荷才露尖尖角。在所谓的乾嘉盛世，他已尖锐地指出清王朝的政治腐败，并抨击社会弊政，认为社会变革的风暴即将来临，积极主张改革弊政，提拔人才，以安定社会。一介小吏人微言轻，曾自嘲"一事平生无龃龉，但开风气不为师"。在他的时代，他只有魏源、林则徐等寥寥知音，而大众将他视为呆子、狂生，一个要唱衰大清朝的逆士。

"太平盛世"的，谁会喜欢头顶盘旋着乌鸦嘎嘎乱叫呢？但几十年后，康有为、梁启超、谭嗣同等资产阶级改良派，却不约而同地将龚定庵视为近代思想启蒙之师,认为晚清思想的解放,先驱者龚定庵功不可没。

梁任公言道:"光绪间所谓新学家者,大率人人皆经过崇拜龚氏之一时期,初读《定庵文集》,若受电然。"原来,他是千年暗室中的电光火石啊!

龚定庵是死后才成为大人物的。所幸在他的时代,还遇到了知音一名,名叫魏源,那个写了《海国图志》,最早告诉国人天外有天,国外有国,世界有五大洲四大洋,欧美已经有议会,有个美国人叫华盛顿的魏源。

龚自珍纪念馆

龚自珍纪念馆内的"定庵"二字牌匾

这对知己，跟杭州又都有割舍不尽的联系。

龚自珍出生于杭州马坡巷，赴京城前的少年时代，他一直住在马坡巷。如今的杭州马坡巷16号，留得龚自珍纪念馆一座，房子建于清末，属中式宅院，为清代桐乡人汪维所建的"小米山房"，俗称"小米园"。小园内池塘假山桂花树，石上有青苔，是典型明清风格的民居。每日从这古老的小巷走过的行人，不知有几人识得龚自珍是何人呢？

龚自珍成年后，曾离开故乡，寓居京华二十年，放诞生涯下，掩饰的是郁郁孤心。19世纪初的时光，他是与西湖比邻的。清泰门附近的马坡巷，离西湖很近，狂生也曾是翩翩少年郎，曾在湖边月下对着苏堤凭栏吹笛，惊鸿一瞥，给杭城坊间留下佳话。他的杭州年华，是岁月沧桑前的少年意气，大醉佯狂前的风花雪月。

后来，西湖见证了他的新婚宴尔，结发妻是他的表妹，段玉裁的孙女，清婉的苏州闺秀段美贞。壬申年（1812年）夏天，他曾与新婚妻泛舟湖上，当时随父宦游，已别杭州十年，于是乘兴作《湘月·天风吹我》词，抄录如下：

天风吹我，堕湖山一角，果然清丽。曾是东华生小客，回首苍茫无际。屠狗功名，雕龙文卷，岂是平生意？乡亲苏小，定应笑我非计。

才见一抹斜阳，半堤香草，顿惹清愁起。罗袜音尘何处觅，渺渺予怀孤寄。怨去吹箫，狂来说剑，两样销魂味。两般春梦,橹声荡入云水。

西湖仿佛是他青春幻梦与爱情哀愁的一只容器。湖上夏夜的露珠里,已有"怨去吹箫、狂来说剑"的无端伤感。两年后他经历了人生的第一次伤痛,妻子生病,因误诊而亡。等待赴京科考落第归来的丈夫的,是一具冰冷的棺材。他将妻子的灵柩归葬于西湖边的茅家埠。于是,第一个爱情幻梦破碎了。

十年后,他又扶着母亲的灵柩归葬杭州,在母亲的墓边种了他最爱的梅花,而他眼中的梅花,却成了被扭曲的病梅。

此后,似乎还有一段西湖恋情,只是等他离别居住二十载的京城南归,再次回到杭州,相思的伊人已逝,归来的中年龚定庵,品着"人面不知何处去"的苦愁,写下数首悼亡诗:

一十三度溪花红,一百八下西溪钟。

卿家沧桑卿命短,渠侬不关关我侬。

狂生也是多情种。

龚自珍比魏源大两岁,两人在同一年的科举考试中双双落第,且屡试不第,成了"同情兄"。魏源更惨,要到五十二岁才得了个"同进士出身",物以类聚,两人在京城一见如故,气味相投。魏源有一双博览世界的慧眼,龚定庵有一颗改良社会的济世之心,魏源在《海国图志》中,提出"师夷长技以制夷",学习西方以强中国的思想,使龚自珍将他视为知己。魏源是湖南邵阳人，却深爱杭州。经龚自珍的介绍，魏源来到杭州隐居，住在东园僧舍，潜心学佛，直到1857年3月26日去世，葬在杭州南屏山方家峪。可惜如今南屏山上，已不觅魏源墓踪影。

19世纪始，中国缓慢老喘的车轮，终于不情不愿地辗到了近代。龚自珍和魏源乃中国近代史上的一对双子星，且都与杭州有缘，一个生于斯，一个葬于斯，给杭州这座人文古城的近代史，又添几分底蕴。

"从此与谁谈古处，马婆巷外立斜阳"，当市声渐息，曾经的马婆巷，如今的马坡巷复归宁静，淡淡的定定的，像被一片现代城市建筑环抱中的隐者。阳光漏过小楼的飞檐，投在半闭的黑漆大门的石阶，两百年前，青年定庵轻吟着诗句的身影，又清晰如昨。

林启

早春二月,有一天去孤山探梅,孤山的梅花开得正好,雪白粉红的一片梅海中,却分不清哪些是林和靖先生种的,哪些是林启先生种的。不过孤山的另一位林先生并非以爱梅闻名,而是因办了三所学校而闻名的。

春秋时,孔子有七十二著名弟子,近代有林启先生,其门下著名的弟子恐不止七十二人。邵裴子、钱均夫、许寿裳、蒋百器、章太炎、蒋百里、史寿白、陈独秀、汤书年、黄郛、邵飘萍、邵元冲、蒋梦麟、陈布雷、张任天、常书鸿、史量才、郑辟疆、夏衍、朱新予、查济民、都锦生、徐志摩、郁达夫、丰子恺、潘天寿、沈本千、曹聚仁、冯雪峰、金庸、魏金枝、潘漠华、汪静之、刘质平、吴梦非……一堆才俊的名字,一群各领风骚的身影,总有几个是你熟悉和仰慕的吧!他们还有一个共同的身份,都是林启所创办的杭州三校——求是书院、蚕学馆和养正书塾的门生。

1901年,求是书院更名为浙江求是大学堂;1928年,定名为国立浙江大学。蚕学馆后来改名为浙江中等蚕业学堂,再后来成为浙江丝绸工学院，也是今日的浙江理工大学。养正书塾1901年改为杭州府中学堂，1927年和浙江省立女子中学合并，高中称为省立杭州高级中学，也就是现在的杭州高级中学前身。这个在清朝当过杭州太守的林启，为杭州做的好事并不亚于白乐天、苏东坡。

教育，是让人看到未来的事，杭州人怎能不记得这一个孤山的林公呢。

记得很多年前，孤山的九曲桥边，有几棵好几百年的老樟树，枝繁叶茂，老樟树边有幢老旧的民国小楼，方方正正的，有六边形的小窗和西洋的立柱，小楼是漂亮，只是老旧了些，好像是什么单位的办公地，曾羡慕在这小楼里办公的人很幸福，西湖美景尽收眼底。又几年后，在孤山，忽然就遇见了林社，还是那幢小楼，却已是新样貌的林社。

求是书院

求是书院

初见林社，以为纪念的是林和靖，林社的旁边就是放鹤亭，另一边是一片梅林。走进林社一看，原来纪念的是另一位林先生，初感陌生，再细看，才知道是一位教育家，也当过清朝时的杭州知府，他正是浙大的前身，求是书院的创办人。我是求是弟子，便对这位林先生有一种"原来你在这里"的亲近感。曾以为"求是"的校训来源于浙大前校长竺可桢，却原来，"求是"的精神源头，要一路追溯到清朝末年的林启先生。

林启先生的墓与林和靖先生的墓很近，一座林社，高屋敞亮，和一座放鹤亭比邻而居，林启先生生在晚清，林和靖先生生在北宋，都姓林，而且都卒于六十二岁，也算是个巧合。"教育与蚕桑，三载贤劳襄太守；追随有梅鹤，一龛香火共孤山。"看来两位林先生确是有缘人。

林启先生是福建人，中国人观念中要魂归故里为安，他逝后，子女们本要将他葬回故里福建的，但杭州人因林先生的贤名，一心要挽留，就像当年想挽留任满的杭州知州苏东坡一样。杭州人邵章、陈敬第、何燮侯等为永志思念，谕准以孤山民产为社基，倡议建林社设祭。后来是林启先生的两句诗，成了将名贤留在杭州的理由，诗云："为我名山留片席，看人宦海渡云帆。"林公说的名山，正是指孤山，因为他在杭州当知府时，就十分仰慕孤山林处士。林和靖先生当年在孤山种下几百株梅树，梅妻鹤子，经数百年后，孤山的梅树渐渐地稀疏了，林启先生感到遗憾，又叫人在原地补种了数百株梅树，才使得和靖先生种下的"疏影横斜水清浅，暗香浮动月黄昏"的美景重现。

后来林公归葬孤山，其墓侧建了林社。林社初建时，是砖木结构的中式平房。1925年，陈叔通等又筹资扩建林社。此后岁月，社宇渐就倾圮，到1946年，浙江大学发起重建林社。直到1948年，工程渐次建成，但房却未结顶，西泠印社社长张宗祥撰写《重建林社碑记》刻石，均因筹资不继而暂停，直到1951年春，林社终于竣工。坐南朝北，为楼三楹，宏于旧宇。

林启去世那年，时代正好跨入了20世纪，他应该是看到了新世纪、新中国的曙光，怀着对一个美丽新世界的期待而逝的吧。如果再活二十年，他就能看到新式学堂里的新文化萌芽，最终成就了一场史无前例的五四运动。即便没来得及看到新文化，新学生的进步洪流积汇成海，在中国的黎明喧嚣涌动、无可阻挡，林启先生仍不愧是一个令人景仰的先知先觉者。林启做的事是铺路，有了路，才有浩浩荡荡的怀揣着现代文明火种的新青年大军，从中国的黎明走向清晨，去突破晚清昏沉漫长的暗夜。

林启，生于清道光十九年（1839年），字迪臣，福建侯官人，看老照片上，林先生确实很有福建人的相貌特征。他出身于一个贫寒之家，父亲就是位教书匠，他自小发奋读书，在光绪时考中进士，授过翰林院编修。正直的他，因得罪一意要建颐和园享乐的慈禧太后，被贬官浙江。在甲午战争失败、戊戌变法失败、六君子含恨鸟散的时代，为官者中的清醒人士如林启等，一定也在迷惘中探求中国的出路问题，或许因为林启首先是一个务实的人，他十分迫切地，想到了教育救国。当时清王朝刻板的旧私塾体制，已远远跟不上时代的发展和需求，林启先生脑海中的一种新学模式，在大转折时代的前夜渐渐地成熟了，"居今日而图治，以培养人才为第一义。居今日而育才，以讲求实学为第一义"，这正是林启的教育理念。

有趣的是，最初的新式学堂只能在寺庙容身。求是书院的校址是利用籍没的普慈寺屋址改造，当时就在杭州城东庆春路和大学路附近，论创办时间，求是书院比京师大学堂（北京大学前身）还早一年。林启亲任校长，还聘请了一位美国教育学博士担任教务长。林启从前读的虽是旧学堂，却是学贯中西的新派人物，很重视西学，他是当时少有的通晓英文和日文的官员，还时常翻译一些国外文章给求是师生看。浙江大学就是在这样一位首任校长的带领下，成为培养高端人才的摇篮。

后来的养正书塾，校址在杭州大方伯的圆通寺，因圆通寺的和尚做坏事被百姓告发，寺被查封，也被林公设法用来做了校址。

如今有些人做事是"新瓶装旧酒"，而林公办学却是"旧瓶装新酒"。三所新学堂，一个叫"书院"，一个叫"学馆"，一个叫"书塾",都是老名称。其实所谓养正书塾,学校却设了算术、物理、体操、英文、音乐等新式学校的课程,请的校员也有不少是新派人物。并非先生不爱新名词,只是出于清朝政府腐败现实的无奈。维新变法失败后,喘息中的清政府旧势力更加保守,办新学堂被明令禁止,但林先生心中新学是非办不可的,为了学校能安全地办下去,这才有了"旧瓶装新酒"的权宜之计。

孤山林社边的草坪上,有林启先生的坐像。一张石桌,几张石椅,坐着的林公,在一片青翠之间。初来乍到的浙大学子,到孤山一游,会开心地坐到石椅上,和林先生来一张合影。我们将对林先生的印象定格在清朝的辫子大臣,那辫子加长袍的样子还挺老派。不过1900年前的林先生,在辛亥革命的一声炮响之前,可是奋力奔走,给杭州播下了三颗现代文明种子的新派人物啊!他去世五年后的1905年,废科举、兴新学的大潮,才铺天盖地地淹没了中国。

孤山林社

◎ 绣孙

　　夜里读俞平伯，有一篇记他的西湖"仲夏夜梦"。他在杭州一住五年，住在俞楼，却只过了一个六月十八夜——这六月十八其实是个佛节日。"观世音菩萨的生日听说在六月十九，这句话从来远矣，是千真万确的了，而十八正是它的前夜。"俞平伯道，"在杭州住着的，都该记得阴历六月十八这一个节日罢。它比什么寒食，上巳，重九……都强，在西湖上可以看见"。躬逢其盛，俞平伯荡舟于湖上，等到歌阑人静，仍恋恋于白沙堤上，而楼外楼仍然灯火通明，酒客尚未散尽。游心烂漫的三四青年小友，不论如何的疲惫无聊，总得拼到东方发白，才肯返高楼寻梦去。

　　这是俞平伯的西湖梦，因为他年少时，曾在这西湖边的俞楼一住五年，此后浪迹生涯，自是时不时地，要往这湖楼边寻梦了。

　　阳春三月，江南的晨风不再冷峭。晌午的微阳下，在孤山一带漫步，从西泠桥下，没几步就到了俞楼边。俞楼在后孤山路31号，是一座朱红小楼，拥西湖绿水芙蕖，飞檐翘壁，雕梁玳瑁，黑色的匾额上书"俞曲园纪念馆"几个字，在孤山荫绿的中央闲闲而立，楼不大，地也不算僻静，楼上日日可闻游人的笑声，却有一种闲云野鹤的气度。

从前有一次，初踏进俞楼，知道了一名叫俞绣孙的清代女子。大约晚春时节，绣孙小姐倚在这能望见西湖水的俞楼上，见万紫千红飘零，就咏起了落花词，其中有一句"叹年华，我亦愁中老"，词意凄婉，让人想起了葬花的林黛玉。绣孙小姐是俞楼主人珍爱的女儿，而俞楼主人，正是中国晚清一代朴学大师俞樾。这座建筑最初命名为"俞楼"，正因是俞樾的众弟子于1878年集资为老师所建，原为一座中式两层小楼，民国时改建为西式三层小楼，俞樾称之为"曲园"。其实最早的曲园在苏州，是俞樾在同治年间修建的。

俞樾字荫甫，号曲园，有幸消受得江南天堂苏杭双城记，曾自言"吴下（苏州）有曲园，湖上有俞楼"。绣孙在俞楼作落花词，却让深爱小女的慈父敏感了，谓"少年人不宜作此"。俞

俞楼　　　　　　　　　　　　俞绣孙当年曾在俞楼上看西湖

绣孙三十岁那年,在生第八个孩子时,产后虚脱而死。生离死别,老父想起绣孙少时的咏落花词,伤感得老泪涕零。

西泠桥边这小红楼里,多少儿女情长、风月雅事,让后人追慕。还有这绣孙,也不总是像黛玉般多愁善感,也时常有谢道韫般机巧的咏絮之才。又是在俞楼,有一天已出嫁的女儿回来,俞樾说起和姚夫人议论灵隐飞来峰边冷泉亭的对联,相与大笑之事,要绣孙也对一联。聪慧的绣孙便笑道,"泉自禹时冷起,峰从项处飞来",老父忙问"项"字何解,绣孙说:"不是项羽将此山拔起,安得飞来?"父女俩也大笑,此中雅趣,一如李清照与赵明诚夫妇的"赌书消得泼茶香"了。

百年之后,红尘漫卷,"执子之手,与子偕老"的夫妇之爱渐成奢望之事。如今的时代,男欢女爱的艳帜高昂,但青年时欢悦,不算难得,到老年痴爱如故,才算难得。俞曲园和姚夫人青梅竹马,成婚后伉俪情深,相依相伴。岁月流逝人渐老,姚夫人掉了第一颗牙齿,痴情的丈夫一直珍藏着,十多年后,他自己也掉一齿,便将两齿合埋在俞楼后,还写《双齿冢志铭》纪念,"他日好留蓬颗在,当年同咬菜根来",那时姚夫人已故,俞樾就对着双齿冢喃喃自语着。

姚夫人于1879年先夫君而去,痛失爱妻的曲园先生,在俞楼前扶着夫人灵柩悼亡歌哭,后在他的《右台仙馆笔记》中自述:"余自己卯夏姚夫人卒,精神意兴日就阑衰,著述之事殆将辍笔矣。其年冬,葬夫人于钱塘之右台山,余亦自营生圹于其左。旋于其旁买得隙地一区,筑屋三间,竹篱环之,杂莳花木,颜之曰

'右台仙馆'。余至湖上，或居'俞楼'，或居斯馆，谢绝冠盖，昵就松楸，人外之游，其在斯乎！"

姚夫人是幸福的。若她身边有个朴学大师丈夫，却不识人间烟火，淡漠寡情，人生乐趣岂非逊色太多？姚夫人比女儿绣孙更幸福，绣孙作为才女，三十年人间，婚后被困于生育这件事，一而再，再而三，连生八个，生这么多孩子，是否是绣孙本人意愿？绣孙终因生育而丧命，真是太让人扼腕叹息。再看晚清同时代那些名士，常以狎妓冶游为风流做派，曲园先生却是个专情的丈夫，对一个女人不变的纯爱，直教现代男女羡慕嫉妒恨了。

西湖边不乏琼楼玉宇。喜爱俞楼，只因喜爱曲园先生的人格丰美。喜爱他的一自题联："小圃如弓，竹林前一曲，柳荫后一曲。浮生若梦，登第五十年，成婚六十年。"真是胸襟如湖，岁月静好。

俞曲园给女儿绣孙的家书中，曾谈到自己的人生观念，说到人生须分三截："少年一截，中年一截，晚年一截，此三截中无一毫拂逆，乃是大福全福，未易得也。三截中有两截好，已算福分矣。但此两截好，须在中晚方佳；若晚年不好，便乏味也。必不得已，中一截不好，犹之可耳。"他青年中进士，因科考复试时作诗"花落春仍在，天时尚艳阳"之句，受当时的考官曾国藩激赏，在积重难返的晚清黑暗时代，俞樾对社会变革的乐观和柳暗花明的希望，引起了曾国藩的共鸣。

但此后俞樾的官运却很不顺，在担任河南学政期间，因他出的考试题目"犯上"而成文字狱，幸得老师曾国藩力保，才未陷牢狱之灾，从此仕途戛然而止，反倒成全他日后成了大儒。

他与李鸿章同为曾国藩门生,后来曾国藩有感于两位得意门生殊途,说了句调侃之语,"李少荃(鸿章)拼命做官,俞荫甫拼命著书"。两个拼命,可见得两人在不同的道路上,都是登峰造极了。

俞曲园学富五车,藏书万卷,读书千卷,著书百卷。他的《春在堂全书》竟有浩浩五百卷,涉及经学、史学、文学、训诂学和医药学等等。离开仕途的几十年间,他在苏杭两地的书院授业,来往于苏州紫阳书院和杭州西湖精舍,笔墨丛杂,宾客纷繁。虽然他也时常想做个携琴载酒、于人外清游的逍遥士,可行动上依然勤勉了一生,孜孜不倦地一直干到了八十多岁,可谓满门桃李。章太炎、吴昌硕等一干影响中国文化的杰出人士,都是他的子弟门生。

曲园先生的影响力,一直辐射到了日本和韩国。他还是清代著名的楹联大家和书法大家,在日韩极有名望,曲园先生曾受邀题写苏州寒山寺诗碑,几个月后就去世了,此诗碑也成绝响。后来凡到中国的日本旅游者,必去寒山寺一游,还买回俞曲园诗碑的拓本作为纪念品。

从1868年始,他到杭州担任诂经精舍主讲,前后长达三十一年。他的弟子中名人不少,有后来著名的革命党人、国学大师章太炎,青出于蓝而胜于蓝,激荡一生,北上南下,最终魂归西湖,和夫人汤国梨合葬在杭州南屏山下张苍水墓旁边。还有一代印学大师吴昌硕,后来创立了西泠印社,成为闻名遐迩的"天下第一名社"。俞楼的后园,便与西泠印社相连。新楼落成

俞曲园像

时，俞樾很欢喜地写了首诗："桥边香冢邻苏小，山上吟庵伴老坡。多谢门墙诸弟子，为余辛苦辟新窝。"当年这新窝后面有一间石室，俞樾自题为"曲园书藏"，存放着他毕生所著的《春在堂全书》。还有一联自题春在堂："燕息敢忘天下事，和平先养一家春。"这便是朴学大师坦荡如春的家国情怀了。

曲园先生的后半生，凄风苦雨，一再经历与妻子、儿女的死别之痛，白发人送黑发人，先生痛定思痛，便第一个出来主张废除中医，后来又主张废医不废药，现在看来虽然片面，但在当时也推动了现代西医学在中国的发展。

俞楼的故事，要延续到俞曲园的曾孙俞平伯。1900年，在新世纪的曙光中，先生刚到耄耋之年，喜迎未来的新红学家、曾孙俞平伯出生，曾祖孙两个非常亲爱，还在俞楼前给世人留下了珍贵的合影，后来俞平伯也获高寿，将他和曾祖的合影，以及他和曾孙的合影，放在一本书的同一页上。

一代朴学大师跟世界最后的告别，是以预言的方式。1907年2月，辛亥革命仍在蓄势待发中，临终前的曲园先生吟诗九章，题为《病中呓语》，"悠悠二百余年事，都付衰翁一梦中"，诗中预言了身后二百年天下兴衰变幻，多处与后来的中国历史暗合。诗成后，先生即驾鹤归西，时人拍案惊奇，果因先生乃世间少有的高人，有着非凡的洞察力，还是茫茫生死两界徘徊间，开了洞悉幽微的"天眼"呢？

西湖本已不缺传奇，春去春来，传奇也生生不息。一座俞楼和两位俞师，又添得一段跨世纪的西湖传奇。

◎ 鸿儒

西湖边苏堤映波桥畔，花港观鱼的一侧，有一座蒋庄。曾经年复一年的清晨，蒋庄的庭院前，湖风吹面，烟波微茫，一位仙风道骨、长须飘飘的老人垂手而立，在庭院里散着步。潇潇的落雨天，老人就在小楼前的长廊踱来踱去。他是一位孤独的散步者，常在湖畔独步。他饱经风霜的脸上，常有若有所思的表情。那一部白胡子，让人想起亚里士多德。和两千多年前的那位西哲一样，他一生的大部分日子都在皓首穷经中度过。

这一部飘飘白髯的主人，乃一代国学鸿儒马一浮先生。将西湖美景尽收眼底的蒋庄，原为无锡人廉惠卿所建，名"小万柳堂"，旧称廉庄。宣统年间，转售给南京人蒋苏庵，蒋苏庵得此楼后，改建屋宇，并将小万柳堂易名为兰陔别墅，俗称蒋庄。1950年4月，蒋苏庵为了给恩师一个清静做学问的环境，就邀请马老住进了蒋庄。

这位热心的弟子，还特地题联一首送老师："宅畔拓三弓，养志犹惭，胜地烟云恣拱忆；径开来二仲，清时有待，名湖风月任淹留。"

那时候的马一浮先生已六十七岁,不过还有时间,他将在西湖边度十七年的余生。他很喜欢"柳梢楼角见南山"的蒋庄寓所,那十七年的杭州岁月,大体上还算清宁,直至"文革"岁月,马老在风烛残年却被赶出了蒋庄,看着中国传统文化尽废,老人愤然给那个特殊的时代留下了"斯文扫地,斯文扫地"的批注。

西湖边历代多有隐居者,能穿越时光的烟尘,留下痕迹的只有寥寥的几个。隐居者也许是乐意与人相忘于江湖的,但世人偏不肯。当年的马一浮,无论隐居在杭州的何处陋居,学界诗界艺界还有佛界的朋友们,总会找上门来。也许淡忘是有的,慢慢地,人们到了蒋庄前,却不知马一浮是谁,但总会有一些缘由,提醒着人们追随隐居者身上的那一圈光环,再一次靠近他。

蒋庄边上的桥

如今西湖的柳堤画桥边，花港观鱼是西湖南线的一处热景，每天总是游人如织。有几次陪远道而来的客人去花港一游，在游人堆中走着，看花观鱼，湖边总是人头攒动，花是常有得看的，特别是每到郁金香和牡丹花期，总成赏花盛事。在人声鼎沸的公园里一路走下去，只要一拐到小径尽头的蒋庄，看到那一处古朴的中西合璧的小楼，心就会静下来，便想着要停下来，慢慢地待一会儿，顺道拜访一下马老住过的这幢别墅。

国学大师马一浮似乎总以老者的形象定格在世人的记忆之中，但每一位老人都有青春年少时，青年马一浮是什么样的？二十郎当岁，便已游学欧美，梳着分头，西装革履穿皮鞋，俨然是深受西风影响的民国新潮人物。

马一浮足迹之处，对岸是苏堤

这位从绍兴走出去的书生，少年时有神童之名。20世纪之初，他到了好几个国家，美国、德国、西班牙、日本，苦学好几门外语。1903年，马一浮二十岁，第十二届世界博览会在美国举办，当时的中国清政府首次正式参会，他因为英语好，作为中方人员被派去了美国。到了彼岸，求知欲极为旺盛的马一浮啃书啃得夜以继日，有一天生病仍在书店流连，结果意外找到了他早已听说过的《资本论》，后来，他又将《资本论》带回了中国传播研究，一同随他漂洋过海回国的西方外文著作，共有几十箱之多。

此事他还在日记中饱含感情色彩地记了一笔："昨日，吃种种之药，吃一块之面包，吃半杯之饭，都不觉好恶。晚来，脸痛略减，早起，又甚，奇哉。下午，得英译本马格士（马克思）《资本论》一册。此书求之半年矣，今始得之，大快！大快！胜服仙药十剂！余病若失矣！"

春日，漫步在蒋庄的亭台楼榭中，曾想过一个问题，为什么那些在青年时代追慕西风的新派人物，如马一浮，还有他的朋友，与他齐名并称中国新儒学"三驾马车"的梁漱溟、熊十力，以及佛界朋友弘一法师等人，还有一个怪人辜鸿铭，后来却逐渐回到了中国传统文化的老路上，修炼成一代国学大师呢？我一时茫然，便由衷地想，中国传统文化究竟是博大精深的吧，马一浮们从这里出发，最后又回到这里，就像尤利西斯，在海上漂泊十年，最终还是要回故乡的。

马一浮扁舟飞渡太平洋，初到美国时，"万里来寻独立碑"，兴奋跃动中，一切都是新气象。就在美国独立纪念日的欢呼声中，他一刀剪去了象征清朝人的辫子，穿上了西装，与旧时代轰然决裂了。但不久他感到美国也非想象中那么美好，种族歧视严重，他作为清朝国民也处处被人看不起，愤怒之中，作茫茫黑夜漫游，便开始思考中国的出路。后来他到日本，认识了孙中山、徐锡麟、秋瑾等革命党人，赞同他们的革命主张。在抗战的民族危亡时期，马一浮先生先后在浙江大学任教，并在重庆创办复兴书院，但一生的大多数时光，他都保持着学者的清高，不涉俗务，不问政治，只潜心学问。躲进小楼成一统的清居时光，先生读书、刻经、写字、弹琴，竟时常目不窥园、足不下楼，连西湖都被他遗忘了。

每一个时代都需要大知识分子，马一浮赢得了孙中山、蒋介石和新中国领导人毛泽东、周恩来等人的尊重。新中国成立后，周总理和陈毅元帅都曾亲到蒋庄，拜访过这位现代大儒。

同在杭州的李叔同，曾赞叹马一浮是"生而知之"的人，他说假定有个人生出来就读书，一天读两本，读了就会背诵，读到马先生的年纪，还是没有马先生读的书多。那么马一浮究竟是怎么成为学贯中西的一代大儒呢？就说他一生在杭州的岁月，从日本回国后，深居在杭州的延定巷、宝极观巷等陋居，远非后来隐居蒋庄时那么舒适安逸。为了给读书省下时间，有段时间天天以水豆腐加白饭为食，后来嫌这都麻烦，干脆住到了杭州广化寺的一间破斋舍里，青灯伴读，饥食素斋，就这么一住三年。广化寺边上的文澜阁，是清朝乾隆年间修建的皇家藏书楼，三年之间，马一浮先生读遍了阁中藏书《四库全书》，生活的清苦，还有孤独可想而知，不过读书的乐趣却胜过了一切世俗的快乐。可惜孤山广化寺民国时还在，今天却不见旧影了。

二十岁之前，马一浮曾有短暂的婚姻生活，妻子是他的同乡，后任国民军政府浙江省第一任都督汤寿潜的长女汤孝愍。汤孝愍虽不识字，但马一浮和她感情很好，还教她读书习文。后来马一浮去上海学外文，又在上海和朋友共创《二十世纪翻译世界》杂志，忽接电报称妻子病重，急忙星夜兼程赶回家乡，未曾想与娇妻竟成永诀。马一浮大恸，感叹妻子和他短暂的生活只有三十一个月，经历了迭更丧乱，无一日不在悲痛中。善解人意的妻子是他唯一的知己，他所不为人解的少年心情，也只有她懂得。

汤孝愍本是大家闺秀，自嫁后就发奋用功，兼之冰雪聪明，又有丈夫这样的才子为师，学文作诗自是一日三进。她对读书作诗的投入劲儿，倒很像《红楼梦》中初入诗社，跟着黛玉学作诗的香菱。只是汤孝愍从小也是弱质，又喜读愁闷悲伤之诗而每每因之落泪，在那医学落后的年代，不幸在花样年华就得了肺结核，像茶花女一般早早地香消玉殒了。

和前辈龚自珍同样经历青年丧妻，但马一浮在儿女情路上的走向完全不同。他发誓永不再娶，别人或许都以为这是一时悲语，但他却真的做到了。失妻时才二十岁，身为一代名人大儒，莫愁前路无红颜，天下谁人不知君，但马一浮那颗世俗情爱的心却真的冷却了，他永久地封存了爱的记忆，将余情全部献给了国学。

不知道这位汤小姐是否是青春又美貌的民国佳人，如果她能陪伴马一浮更多的时光，马一浮的命运，是否会是另一番模样？若有红颜相伴，此后漫漫人生路上，他还会是一个弃绝了一切世俗玩好的男子吗？他就这样怀着失爱之痛，孤身踏上了远涉重洋求学的轮船，此后再无旁顾。二十五岁时，就因用脑过度早生华发了。

马一浮对浙大子弟还有一层特别的亲切，我虽已毕业多年，在校时也未曾好好学唱校歌，但知道浙大的校歌是马一浮作的词，歌词用的是工整的文言文，先生对浙大学子的希望都寄于这一首校歌中。在国学复兴的今天，若这一首校歌能重新在求是校园里响起，马一浮先生或许会欣欣然地捻须微笑吧！

风眠

一个星期天的上午,去南山路上的西湖美术馆看了个画展,正是三月春雨绵绵时,无处可去,又兼街上市声嘈杂,就到美术馆的小书吧坐了下来,又在旁边的咖啡吧点了杯美式咖啡,在架下取了一本厚厚的林风眠画册,一页页地翻看下去。不觉之间,看了许多的仕女画。蓝衣仕女、绿衣仕女、白衣仕女、紫衣仕女、黑衣仕女,或抚琴,或执团扇,或手心捧花,或吹箫吹笛,有慵懒地倚榻斜靠的,也有的二三仕女翩然起舞,看了令人欢喜。那些画上的美丽女子,仿佛都是从洛水边走来的洛神,又好像是在西湖的柳荷边生长的前朝姑娘,轻轻曼曼妙妙,婉约柔美清秀,美得像梦一样,静寂的表情,与这现世间隔着轻纱,她们在纱的那边,而我却在这边。

那些轻烟淡愁中的女子,也许有一个是钱塘苏小小,或是苏轼的朝云,白乐天的小蛮,抑或是孤山的冯小青,湖上泛舟的柳如是。一个千年的西子美人梦又被翻腾起来。再往下看,也是女子,不过是肉色的裸女,比古典仕女画中的女子稍稍的丰腴,有些马蒂斯油画里的裸女的影子，又比马蒂斯画中的裸女安静出尘，少了些欲望的气息，这正是林风眠的东方情调了。

埋首在一幅幅的仕女画中，没喝几口的咖啡也凉了，小书吧里的人来了又去，我只沉浸在那一个簪花照水般的幻梦之中，也不愿问时间过了几点。

喜欢林风眠，先是念到这名字，林，风，眠，犹如听到轻风中的耳语一般，就喜欢了。看过的他的画，几乎全部是喜爱的。留法时，他自己改掉了"凤鸣"，要叫"风眠"，这自取的名字一定寓意他自己的人生观吧。林风眠先生长达九十一年的乱世人生，曾经历过无数血雨腥风，惊涛骇浪，生离死别，最后这一切都被他默默地化为了画布上的衣裾，清风中的耳语了。

林先生一生留下的话语很少，不过他有他的"画语"，知己者读画，读着读着，便读到了林先生的话语。

离西湖美术馆不远处，同一条南山路上，就是中国美术学院，中国美院的前身名叫国立艺术院，后改为国立杭州艺术专科学校，首任校长正是林风眠，校址就在从前的哈同花园，这是上海犹太大亨哈同送给中国太太罗迦陵的别墅，就在白堤上，取名为罗苑。豪宅别墅辗转成了校舍，也算雅事一桩。那一年林风眠二十九岁，受蔡元培先生邀请，从南京来到了杭州办学。他二十七岁从法国回到中国时，已经是年轻的国立北京艺术专门学校校长。直到全面抗战爆发，他随学校内迁到重庆，林风眠在杭州度过了一生中最美好的十年时光。

林风眠这个人是很有意思的。他的性情，他的画作，都让人觉得先生与江南杭城最是相得，他是该永远属于杭州的。他在杭州有真正意义上的家，他的旧居就在杭州植物园边上，今天已辟为林风眠故居。那十年的杭州时光，他办校、教书、作画，一边与西湖比邻，享受着湖光山色，也画着西湖的四时风景，家庭生活平静美好，身边有第二任妻子，法国女子爱丽丝，刚到杭州时，他们的掌上明珠林蒂娜正牙牙学语，蹒跚学步。

在故居展厅看到一张老照片，正是杭州的夏天，一家三口站在这所房子前的一棵肥大的芭蕉边，蒂娜还是个十岁左右、活泼可爱的女孩，每个人脸上都是笑意，那真是不错的时光啊。

如今在杭州，林风眠故居依然是个清幽的好地方，林先生一家生活过的房子就在密林掩映中，从早到晚地与鸟语花香相伴。这十年，也是他一生中最入世的时光，有阿波罗太阳神的精神支撑着他，于是他积极地搞艺术运动，提倡中西画风交流融合，他教出了赵无极等一大批优秀的学生，主持了第一届杭州西湖博览会艺术馆的筹备工作，他还将学校的画展办到了日本。

故居门口

林风眠故居

五四运动后到抗日战争前的短短数年间，无论中国的文学还是艺术，都像一个青年欣欣向荣的青春期，前途灿烂。如果没有炮火的惊扰，这个青年也许将迎来自己的黄金时代。但一个艺术的黄金时代，就这样被炮火打碎了。

此后十年，林风眠辗转数迁，法国妻子和体弱多病的女儿留在了上海，八年后，一家人才得团圆。杭州植物园的家也历尽劫难，面目全非，房子曾经被日本兵当成马厩使用，留在家里的大幅油画作品，被日本人用来遮雨，残破得只剩下些破布条。此时，他的入世心也渐渐淡了，抗战间北京和杭州两处美术学校合并后，他辞了校长之职，只想教书育人，清心作画。再归来杭州任教时，心情再也不复当日了。

那时的林风眠喜欢起画秋天了，恐怕与欧阳修作《秋声赋》是同样的心境吧，在他留下的《杭州秋色》画中，你看到的是蒙蒙秋色中的无言忧伤。秋天的西湖上，黄树，小桥，孤舟，一切寂寥而落寞，又无边无际。人生的秋天，大抵也是如此。

林风眠的身世，带着苦难的印迹。有人说少年不识愁滋味，而林风眠从童年到青年，就已跌宕得令人叹息。他出生于广东梅县山村的一个石匠家庭，孩提时，林母在家中备受虐待，后与人私奔又被抓回，差点惨死在封建族规之下。骨肉连心，跟母亲有心灵感应的林风眠在那危急时刻，提着刀冲出被关的屋子，疯狂地扬言要杀光所有人，才保住母亲一条命，但母亲转而被家里卖掉，从此他再也未见亲娘。长大后他曾再三寻访母亲下落，只知母亲被卖了又卖，最后在一座尼姑庵当用人，后来就死了。母亲命如草芥,林风眠此后一而再地画《宝莲灯》,画沉香劈山救母的故事,令人心酸地寄托着他的哀思。

本来一个石匠的儿子,再聪明有才也只能当石匠,但忽然好运从天而降,一张彩票扭转了林风眠的命运。他靠着中奖得的一千大洋去了法国留学,从梅县小山村到了枫丹白露大街,在法国和德国学画,然后这位英俊潇洒的中国青年,邂逅了他一生中最重要的爱情。他遇到了贵族出身的德国小姐艾丽丝·冯·罗达(Elise Von Roda),她是柏林大学化学系的毕业生,这段异国恋冲破阻力修成正果,艾丽丝美丽,钢琴弹得好,又爱艺术,年轻的林风眠深爱这位缪斯,但很快爱情梦碎:艾丽丝生产时死去,几个月后婴儿也死了。这是他人生中第二度的生离死别。

新的爱情或许是为了填补上一段感情留下的巨大创伤,一年后他又有了一位法国妻子,爱丽丝·法当(Alice Vattant),他在法国国立第戎美术学院的同学,一位标准的法国美女。她跟着他漂洋过海,来到动荡中的中国,三十年婚姻生活,一起待过北京、南京、上海、杭州,养育了他们的女儿林蒂娜。一直到1955年,上海的氛围越来越紧张,林风眠处境艰难,一家人在上海生活不下去了,法国妻子带着女儿和女婿离开了中国,去了巴西,这一趟分别直至重逢,不料竟隔了二十余年之久。

看过一幅林风眠以法国妻子为模特画下的画像,画中的爱丽丝优雅端秀,黑色卷发,大眼睛,藕色的长裙,倚在床边。曾有人对这位法国女人有微词,抨击做妻子的不够与丈夫患难与共，我觉得这对爱丽丝是偏颇不公的。对一个从小生长在西方世界的法国女郎来说，爱丽丝脑子里没有嫁鸡随鸡、嫁狗随狗的中国式妇训，她只能是出于爱情，才会不远万里地来到落后动荡的中国，和丈夫一起经历了中国的沦陷，中国的内乱。林风眠作为一位有爱心的丈夫，心里一定是深怀着对异国妻子的歉疚的。如果不是出于对丈夫、对家庭的感情，爱丽丝早在风华正茂时就可能离开丈夫重新开始人生了，也不必等到在上海走投无路的1955年，才带着他们的女儿离开中国，去了女婿的国家巴西定居。

他们都没想到别后风声鹤唳，团聚竟是二十年后。我愿相信这对异国夫妻之间，有一种对婚姻相守的默契，所以谁也未想过要离婚。分别后，林风眠曾将一句"我是有老婆的"挂在嘴上，这便是一个艺术家男人的夫妻之情了。

爱丽丝死于1982年，当时林风眠已八十三岁，在他们的最后几年，林风眠状态仍佳，便在香港和巴西之间来往居住。在林风眠故居，这一家人在巴西团聚的"全家福"挂在墙上，无言地诉说着一段辗转欧洲、亚洲和南美洲的悲欢离合。

"文革"时，林风眠经历了悲惨的五年牢狱之灾，总算坚忍地熬过，这位可爱的老人，为自己的熬出头哈哈大笑。一出狱，他就给日夜思念的女儿寄了张照片，那照片是他和一直挂在家中的林蒂娜的肖像油画的合影，后题"人生难的是欢聚，唯有离别多"，一个跨国家庭几十年的风雨悲欢，尽在此言中了。

我看得忘了时间的一幅幅方形的仕女画，人物原型中，很多

林风眠晚年画的仕女

是他美丽非常的女儿林蒂娜。蒂娜非常美,是那些仕女画的灵魂,是茫茫孤独和黑暗中的幽光。那远在异国的母女,还有晚年客居香港的林风眠,是否曾有午夜梦回,回到他们三人最快乐时光的那个杭州家中,回到烟柳画桥的西子湖畔?

◎ 弘一

一说杭州的虎跑寺，朋友们大都会脱口而出：那是李叔同出家的地方。虎跑寺，以寺中的名泉虎跑泉而得名，曾出了性空、道济、弘一三位名僧。

虎跑位于西湖西南大慈山白鹤峰下。唐元和十四年（819年），性空大师在此定居建寺。宋朝高僧济公，初出家在灵隐寺，后居净慈寺，圆寂于虎跑寺。被佛门称为"重兴南山律宗第十一代主师"的高僧弘一法师，披剃和修行之处也在虎跑。

李叔同实在是太有名了，千年虎跑寺的佛烟，掩不了一个近代出家人的光芒。也正是这个绘画、书法、音乐、诗词、印学样样精通的人，给世俗的凡间留下一个绝尘而去的神秘背影，给千年古刹的虎跑寺打上了一层传奇色彩。

我一次次地去南山路上的虎跑寺，踏上茂林中间很长的青石阶，可不是去看济公和尚的，也不是去听虎溪山涧唱歌的，那溪涧的淙淙歌唱声，在杭州也别有佳处，比如夏天的九溪十八涧，可以听上一路。我多半是去看弘一法师的，一两年，便会去虎跑走走。那时的虎跑，要游人少少的、清清静静的才好。

去看看弘一法师临终前"悲欣交集"的那幅字，再琢磨琢磨人生，自己的，弘一的，别人的。每个人的人生路，各有悲喜，乱世的悲喜大些，太平世的悲喜，无非些个人的小悲喜，最终都化作了云烟。但弘一法师能拥得在俗时登峰造极的灿烂才情，又经历过炫丽的俗世生活，再经历出家后的空寂谨严，都安之若素，世上又有几人，引得我们这般惊叹。

贾宝玉最终是抛下红尘出家去了，李叔同在三十九岁的人生峰顶上，说放下就放下，从万丈红尘的高处纵身一跃，从此却了凡心，入了清心寡欲的佛门，青灯古佛素餐几十年。

他选择在杭州出家，不仅因杭州自古是佛土，他也爱西湖的清芬。在杭州任教期间，他也是"南社"成员，常在西湖流连雅集，曾作《西湖》一歌，用的是一位苏格兰作曲家的西洋曲调，"看明湖一碧，六桥锁烟水，塔影参差，有画船自来去"，教学生合唱。又曾题诗"西湖风月好，不慕赤松仙"，可见李叔同对西湖的偏爱。

出家前，他曾因神经衰弱症尝试断食治病，选中了西湖西南隅清幽茂林中的虎跑寺进行断食，成功断食十七天，从此心归佛门。

出家前，他在天津的老家有结发妻俞氏，有两个儿子，有日本带回的妻子，有朋友，和一众出色的弟子。发妻是奉母命的包办婚姻，是比李叔同大两岁的本分女子，而日本妻子是在东京认识进而相爱，据说是位人体模特儿，名字不详，到他出家时，两人在一起已有十年。弘一在虎跑寺出家后，伤心欲绝的日本妻子从上海跑到杭州求见，昔日的爱人究竟见了没有呢？有说日本妻子在虎跑寺前跪了一夜，弘一坚决拒见，也有说弘一还是在杭州湖滨的某家旅馆见了妻子一面，劝她回日本谋生，并送了手表作离别纪念。总之这位日本妻子在弘一出家后回了日本。

我看到过的另一种记载最令人感动，说的是弘一在出家前，他的一位朋友对他说，你向来是个多情的人，怎忍心抛下骨肉呢？弘一回答，譬如当我得了重病死了吧，又能怎样呢？他对日籍夫人也不是完全绝情，出家前特剪下一绺胡须包好，让朋友交给日本夫人。他的出家，对在老家天津的发妻也是很大打击，听说丈夫当了和尚，俞氏独自抚养着两个儿子，闲时只能以学绣花排遣苦闷，这个贤良的女人四十五岁病逝于天津。或许是心中的歉疚，弘一大师本打算北上奔丧，怎奈当时的北方，"直奉大战"的硝烟四起，交通受阻而未能成行。

可叹那个年代的包办妻子，后来大多只能眼看着受新潮洗礼的丈夫去补上自由恋爱这一课，去开辟新生活，而自己却是没有新生活的机会了，只能默默地守着夫家的大家庭，忍辱负重地活着，她们的命运大多凄苦寂寞。像江冬秀那样的小脚夫人，不管以何种方法，成功地守了胡适一辈子，运气算是极好的了。

三十九年的纷扰乱世间，李叔同是否将红尘悲欢，全都尝遍了，看透了，遂独卧在西湖的空山灵雨中念阿弥陀佛呢？看黑白画像上穿袈裟的弘一法师，平和慈悲地微笑着，他是不会直接告诉你答案的。

想起弘一的得意门生丰子恺曾说过,人的生活分为三层:一是物质生活,二是精神生活,三是灵魂生活。而李叔同正是那个一路走到第三层生活的人:少年时做翩翩公子,中年时做名士,中年后做高僧。

李叔同在1902年参加清朝乡试的时候,第一次到了杭州,只住了一个月光景,稍微看了下西湖,还到涌金门前吃了一回茶。他长住杭州要在数年以后,1912年的8月,从此一住十年。那时他已从日本留学回来,到了浙江省立第一师范学校任教,教的是音乐和美术。他是中国最早使用裸体模特教学的人,比刘海粟还早。当时他和日本夫人的家在上海,每周都来回于沪杭之间,同时还在南京兼课。他的住处在钱塘门内,离西湖很近,只两里

二十一岁的李叔同

路光景,他常到一处叫景春园的湖边茶楼喝茶。那时西湖边的人还很少,城墙也还在,景春园的茶楼上,经常只有他一个人独坐喝茶看风景,他也常和友人坐船到湖心亭去吃茶。

李叔同与西泠印社也有故事。他是西泠印社的社员,于1914年入的社,与首任社长吴昌硕等金石大师时有往来。他前去虎跑断食,正是西泠印社的创始人之一叶为铭介绍的。出家前,他将平生所刻的大部分自用印章都赠给了西泠印社留念,后印社将这批印章珍宝封藏在西泠印社孤山上的石壁中,封洞石面题名"印藏"二字,以供后人瞻仰。出家后,弘一法师还曾为西泠印社刻《弥陀经》一卷,他的手书《阿弥陀佛经》经幢也在西泠印社。

他在杭州出家后,除虎跑定慧寺外,还在玉泉寺、弥陀寺、招贤寺、吴山常光寂寺和灵隐后山本来寺等几处寺庙落脚过,当时杭州佛陀寺庙众多,香火旺盛,可惜如今很多寺庙不存在了。弘一法师自己曾叹,在杭州出家后,就时常要云游在外,没有久住在西湖了。晚年的弘一法师,主要在福建的厦门和泉州弘扬佛法。六十二岁,圆寂于福建泉州不二祠。

大师涅槃仙去,给后世留下大量珍贵的书画金石作品、佛教文化遗产,以及音乐文化遗产。他还为那个时代的中国留下了最惊艳的一瞥——

二十七岁时,与同学曾孝谷等组织"春柳社",次年首演《茶花女》,他剃了胡须,饿饭束腰,亲自上阵,反串哀婉美丽的茶花女玛格丽特,大获成功,他也成为中国话剧史上的开山祖。后来他又亲演《黑奴吁天录》等新戏,轰动一时。

　　同时不得不提的是那首《送别》歌,《送别》词作于1915年,如今已逾百年了,仍传唱不绝,令一代又一代的听者感怀。《送别》的原曲,是美国通俗歌曲作曲家奥德威所作,李叔同重新填了词,中西一合璧,从老电影《早春二月》《城南旧事》到姜文导演的《让子弹飞》,都能听到这首优美感伤的经典老歌——

　　长亭外,古道边,芳草碧连天。晚风拂柳笛声残,夕阳山外山。
　　天之涯,地之角,知交半零落。一斛浊酒尽余欢,今宵别梦寒。

　　一个世纪,不过百年,一代一代的人,总比新桃换旧符,而

弘一法师
纪念馆

弘一法师纪念馆内
"坦荡"二字

人生的离别之叹,每一代人,大抵如此。

1936年春天,弘一大师在厦门南普陀寺,口述他当年在西湖出家的经过,虽已出家多年,他对杭州的描述依然十分深情,他最后说道:

> 因为多年没有到杭州了,西湖边的马路、洋房,也渐渐修筑得很多,而汽车也一天比一天地增加。回想到我以前在西湖边上居住时,那种闲静幽雅的生活,真是如同隔世,现在只能托之于梦想了!

太炎

杭州余杭区的古运河畔,有个小小的古镇,名叫仓前,今天的杭州人知道那里,大多是因为仓前镇有个羊锅村,每到秋冬时,杭州人便相约着凑一大圆桌的人去仓前掏羊锅,等到个出太阳的日子,三五成群地开了车,一路向西,也不用多久,仓前羊锅村就在眼前了。掏羊锅的羊据说是山羊。一条街两边,羊锅店有上百家,张灯结彩地制造着欢乐热闹气氛。掏羊锅是余杭古镇仓前流传上百年的民间美食,据说是被爱下江南的乾隆皇帝表扬过的。

最有意思的是,每年11月秋风一起,羊锅节开张,当地政府在宣传时,总不忘来上一句"太炎故里,羊锅飘香"。

国学泰斗章太炎的大名,就这样就着羊锅节的腾腾热气冒了出来。但如今去仓前镇的大多是奔着美食而去的实诚人,惦记羊肉的多,惦记章太炎的少,所以也不知是章太炎借了羊锅节的光,还是羊锅节借了章太炎的光。

章太炎说起来也是杭州人,名炳麟,号太炎。二十二岁前,

余杭仓前章太炎故居老照片

他一直就待在仓前小镇,后来这个小镇的书生走了出去,到杭州西湖边俞楼的诂经精舍求学,成为朴学大师俞曲园的学生。又从杭州走得更远,上海、北京、台湾、日本,一站又一站,叱咤风云了一生,晚年定居姑苏,最终魂归杭州,选择了和他敬重的明朝先烈张苍水比邻相伴,在南屏山荔枝峰下长眠。

鲁迅先生在人生最后的日子,曾写一篇怀念老师的《关于太炎先生二三事》,直言章太炎先生的业绩,留在革命史上的实在比在学术史上还要大。"考其生平,以大勋章作扇坠,临总统府之门,大诟袁世凯的包藏祸心者,并世无第二人;七被追捕,三入牢狱,而革命之志,终不屈挠者,并世亦无第二人:这才是先哲的精神,后生的楷范。"对一贯"横眉冷对千夫指"的鲁迅来说,这已是对一个人很隆重的推崇了。

从清末到民国那个时代,历史的车轮转速加快,中国的舞台一幕幕地换着布景,一拨一拨的新思想、新人物,你方唱罢我登场，很像当年的法国资产阶级大革命。转眼数年间，曾经革新派的康有为、梁启超成了过时人物，新的革命派章太炎，与老派的恩师俞曲园划清了界限。又转眼间，曾经与孙中山、黄兴共称"革命三杰"，坚决反对袁世凯的章太炎，到革命的后期，也成了跟不上革命步伐的民国遗老了，所以鲁迅说他是曾经的革命家，后来退居为宁静的学者了。

太炎先生的个人革命史堪称辉煌。1900年，他在新世纪的曙光中剪去了辫子，1903年为邹容的《革命军》作序，发表于《苏报》，被捕入狱三年，即为清末震惊中外的文字狱"苏报案"。在狱中的章太炎受尽酷刑，还写诗赠邹容："邹容吾小弟，被发下瀛洲。快剪刀除辫，干牛肉作糇。英雄一入狱，天地亦悲秋。临命须掺手，乾坤只两头。"后来太炎先生又发起光复会，在日本参加同盟会，主持进步刊物《民报》，曾因为思想上的分歧与孙中山分道扬镳。但在识破袁世凯阴谋后，他又坚决地反袁，在北京钱粮胡同的老宅被袁世凯软禁三年，在房间里写了"速死"二字，几度绝食抗争。传说那老宅阴气太重，闹鬼，也有说，阴险的老袁故意派人半夜装鬼。陪伴父亲囚禁的长女章㸺，终因不堪精神折磨而绝望自杀。

袁世凯死后，太炎先生才获自由。不过在家才安宁了几日，他又参加护法运动去了。但太炎先生似乎是个天生的反对派，总处于批判的立场。他反对国民革命军北伐，后来则在一派乱象中，成了孤清自守的"中华民国遗民"。作为一个不识时务的革命者，他历经曲折后，淡泊地回归到了国学大师的身份，从此只管开课授徒，讲习国学。

章太炎这个人，虽是个地道的江南士子，骨头却是特别地硬朗，可谓百折不挠，无论对袁世凯还是孙中山，他看不惯就要骂，可见小桥流水的江南也出异人。他又是特别的性情中人，有时还挺搞怪，给章家的四朵金花取名字，偏取艰深难懂的古字，长女，章㸚（"尔"的古字），二女，章叕（"缀"的古字），三女，章㠭（"展"的古字），四女，章㗊（音"吉"），害得差点耽误女儿们的终身大事，因为仰慕者都不知怎么读他女儿的名字，想提亲都开不了口啊，他自己还为此好一阵得意。

他培养了一批著名的弟子，如钱玄同等人。在北京大学当教授，对弟子们他也要戏谑上一把，仿太平天国封王，也给他的弟子们封东南西北王，而他是众"王爷们"的老师，又大大地得意一回。

章太炎与名媛汤国梨的婚姻，本是二婚，却在当时的民国轰动一时。在原配夫人去世几年后，这位盛名盖世的四十五岁中年男人想续弦，干脆登了个征婚广告，还说"人之娶妻当饭吃，我之娶妻当药用。两湖人甚佳，安徽人次之，最不适合者为北方女子，广东女子言语不通，如外国人，那是最不敢当的"。要在今天，肯定得被其他地方的姑娘戴上一顶地域歧视的帽子。这一条框，把多少佳丽名媛都拒之门外。

章太炎的新娘，最终是浙江吴兴乌镇的大家闺秀汤国梨。

汤小姐字志莹，号影观，时年已是三十岁的老小姐，是民国才貌双全的女界英雄，中国现代妇女解放运动的先驱，诗词家和书法家，曾办女报，办女校，参加女子北伐队支持孙中山革命。汤小姐在上海务本女校读书时，就是该校"皇后"，因心高气傲而耽误了青春，却仰慕章太炎大名，义无反顾地爱上了这位比自己大十五岁的怪脾气男人。两人在上海哈同花园结婚，蔡元培是他们的主婚人，婚姻上宾客满堂，来了两千多人。婚礼上，才子佳人吟诗作对，汤小姐的和诗，名"隐居诗"：

生来淡泊习蓬门，书剑携将隐小村。留有形骸随遇适，更无怀抱向人喧。

消磨壮志余肝胆，谢绝尘缘慰梦魂。回首旧游烦恼地，可怜几辈尚争存。

刚剪短发时的章太炎

汤国梨小影

蜜月他们回了仓前章太炎老家省亲，然后章太炎北上，不料却被袁世凯囚禁，新婚夫妇一别三年。后来章太炎随孙中山南下护法，竟与夫人不辞而别，扔下汤国梨一人照顾一大家子，当时他们的长子章导出生不久，汤国梨的担子可想而知。汤夫人只说一句丈夫"有国无家"，便默默承担一切。章太炎的这次出走，为时一年零三个月，革命家身后的女人，真是甘苦自知。

在章太炎纪念馆，有好几张夫人汤国梨年轻时的黑白相片，均貌美如花，或端庄秀雅，或英姿飒爽，正应了"名淑配名士"的老话。所幸章太炎晚年闭门潜心国学，少问政事，汤国梨也与丈夫一起度过了一段清心岁月。汤国梨一直活到了20世纪80年代，晚年实现了夙愿，将丈夫所存书稿整理为《章太炎全集》出版，九十七岁时安详离世。

虽然太炎先生的弟子鲁迅不太看得起作为国学大师的章太炎，但时间证明，只有跨越了历史，博大精深的国学才称得上经得起时代检验。如今，"国学泰斗"四个烫金大字的匾额高悬于章太炎纪念馆，提醒一代代的人们，万变不离其宗，国粹是不能丢的。这个读过七十二遍《说文解字》的国学大师，在东京时期就曾开办"国学特别班"，鲁迅兄弟都在其中听课，常有茅塞顿开的感觉。

今日西湖的春天，隔栏那边的太子湾公园人声喧哗，游人如织，而这边章太炎纪念馆却门庭冷落，或许随着国学的复兴，这种冷热的境况会有所改观吧。

章太炎纪念馆后是章太炎墓，墓圆顶，为混凝土结构。墓碑上"章太炎之墓"几个篆字,是太炎先生本人生前亲书。章太炎1936年6月病逝于苏州,葬于旧邸后园,1956年4月迁葬于杭州,现在的墓是1981年重修的。

章太炎先生纪念馆

太炎先生墓

辑三 正午的

◎ 杏花

　　孩儿巷，用杭州话念起来，软软糯糯的，唱小调一般，一条古老的深巷，连接着杭州最热闹的中山北路、延安路和武林路。走在这有千年历史的老巷子里，却有些潜伏的味道。睁一只眼睛，竖一只耳朵，潜伏于古巷深处，杏花香里，偶尔按捺不住，就轻轻地踱到巷口，朝巷外的繁华热闹世界张望几眼。

　　想起一位叫陆游的诗人，曾在这条小巷里住过。那时候不叫孩儿巷，叫保和坊砖街巷。宋朝人周密的《武林旧事》上说，杭州人当时在七夕乞巧节有互赠摩候罗的风俗；摩候罗，即手捏泥孩儿，孩儿巷正是因此巷多有泥孩儿作坊而得名。想象一条闹中取静的青石板小巷，一家家作坊小摊前，摆着五彩的泥孩儿工艺品，一家赛一家地比着工艺的精巧，不一定要到七夕节，若是平时路过，也会带一对回家，当个小摆设。这市井的风情，也是挡不住的诱惑。

　　只是陆游的孩儿巷，却多了几分小隐中的骚动。陆游活了八十五岁，一生在杭州住过四次，十九岁时，曾在这里准备科举

陆游纪念馆

考试，考试失意，不过在这里过了年，观了灯。南宋灯节之盛，吴自牧的《梦粱录》中说：

> 深坊小巷，绣额珠帘，巧制新装，竞夸华丽。公子王孙，五陵年少，更以纱笼喝道，将带佳人美女，遍地游赏。人都道玉漏频催，金鸡屡唱，兴犹未已。甚至饮酒醺醺，倩人扶着，堕翠遗簪，难以枚举。

虽为临时偏安的都城，但都城繁华，现世欢乐，可是没有减过一分。

绍兴二十三年（1153年），陆游已是两个孩子的父亲了，又到临安赶考，省试喜得第一，次年殿试，却因秦桧的缘故，名落孙山。一介书生遇上权倾朝野的奸相，只得黯然而归。

陆游的杭州，时名临安。这一百五十年南宋江山的都城，名字定得有些临时偷安的意思。陆游一生的心情，也随着"偏安不偏安"的朝廷脉动跌宕起伏。科举落第后几年，他曾在临安担任过敕令所删定官一职，很低微的官阶，后来又在枢密院当编修，但陆游是才子名士，在诗酒西湖的闲情中，与朝中大臣也有交往。枢密院又是南宋的军事领导机构，离朝廷的中枢神经那么近，陆游的一颗收复中原的心，一定跳得更厉害了。但现实却是残酷的，诗人"中原北望气如山"式的壮怀，总被无情地雨打风吹去。

等到写出《临安春雨初霁》这首诗时，放翁已是垂垂老翁，罢官后，回家乡绍兴闲居，淡然地过了二十年的布衣田园生活，后来又被朝廷起用，准备去严州（今天的桐庐）就任，赴任途中就暂住在临安的孩儿巷小楼。

安顿之间，却依然有许多心事放不下，于是夜里躺在孩儿巷的小楼上，睡不着觉，听了一夜的春雨，到清晨，又听到了巷子里传来了卖杏花的声音。

若只读"小楼一夜听春雨，深巷明朝卖杏花"两句，只觉得江南的春天古巷，春雨春花，又美又可爱。从前巷子里的路，中间铺着青石板，两边铺着鹅卵石。巷子两边是杭州小巷人家，高白的粉墙，静寂的院落。早春二月，小巷深处，偶尔传来几声卖杏花者的吆喝声。这深巷，就是如今的孩儿巷。诗人住在深巷中，心里想的依然是"世味年来薄似纱,谁令骑马客京华",满腹诗书,一心报国,但年华似逝水,壮志难酬,到底意难平!

陆游非常著名的遗嘱诗,"死去元知万事空,但悲不见九州同。王师北定中原日,家祭无忘告乃翁",他到死也放不下收复中原的心愿。他一生都坚持抗金的主张,在跟投降派斗争着,为小朝廷的懦弱叹息着,宦游过多个地方,南北东西的羁旅生涯,奔走鼓噪,却多次被打击弃用。"暖风熏得游人醉,直把杭州作汴州",偷安江南的当权者,"西湖梦"沉醉不愿醒,放翁的忧患,只能重重地压在不能出鞘的剑锋上。

我想陆游是幸运的。幸运的是他没有再晚生多少年,无须目睹南宋小朝廷最后的倾覆,经历文天祥所经历过的悲怆时光。他毕竟是在希冀中,而不是在绝望中闭眼的。

当年陆游一夜听春雨的小楼,如今安在否?曾经当街叫卖的杏花,一次次进入了诗人们关于春天的诗句,如今在江南的街巷也依稀可见。今日站在车来人往,自行车摩托车铃声不绝于耳的孩儿巷,从巷子里望出去的那片天依然逼仄,市井之声裹挟而来,一瞬的迷茫后,目标就渐渐清晰。如今这小巷,幸亏还有一个孩儿巷98号,默默地诉说着当年陆游的故事。

孩儿巷98号是一座明清时的建筑,后来经过考证,并不是陆游住过的"砖街巷小宅",却也因陆游的缘故,躲过了推土机这一劫,保留到了现在。当年这座清代宅院险遭拆迁,幸得住在巷中的老人出来呼吁它跟陆游有关,才因祸得福,成为今天陆游纪念馆的所在,它也是陆游住过的这条巷子中仅存的古建筑了。

孩儿巷98号老宅

仅长长的雕花木门上,精致的装饰就非同一般,门上有云式花纹,有璎珞结,下面是周易的卦象,而且每个门都有一个。

又是春天,夜色朦胧中,来到孩儿巷98号。元宵已过,散着柔和黄光的宫灯守着静静的古宅,灯下的流苏在暮风中轻轻地飘动。沉重的老木门已经锁上了,从门缝里窥探,只见厅中的诗人抚卷塑像,小木窗格子的内室,还有二楼的雕花木栏杆,一定是非常的精美吧?

千年之后,我们依然能看到两个陆游:一个是豪情壮志的剑客,先天下之忧而忧,另一个是深情温柔的书生,在绍兴沈园孤独、感伤、徘徊,在墙头题词的情郎,婚姻不幸,抱憾了一生,怀念了一生。陆游的表妹唐琬，也因他的墙头题词而不朽。唐琬嫁给表哥后，和著名的奥地利皇后茜茜公主一样，虽是亲上加亲，却不能容于自己的婆婆，唐琬和陆游深受封建礼教所害，恩爱鸳鸯被棒打，夫妻劳燕分离，另娶另嫁，曾经沧海难为水的一腔情爱，最终变成了意外重逢沈园后。依然是春天，陆游见爱人身边已有新夫赵士程，于是难掩悲伤地，在沈园墙头题词《钗头凤》，千古伤心人，发出了"错、错、错""莫、莫、莫"的悲哀长叹。而唐琬呢，爱人的诗直接击碎了她的心，旧冤家真是不该相遇的啊，虽然赵士程也是好家庭的公子，也算温存体贴，但唐琬回家不久后，就郁郁而终了。

四十年后，又到了春天，白头的放翁重游沈园，但见当年自己在小阙壁间的题诗仍在，沈园却已易主。前度陆郎，怅然又生感叹："梦断香消四十年，沈园柳老不吹绵。此身行作稽山土，犹吊遗踪一泫然。"他与王氏虽夫妻生活五十年，也有感情，但陆游一生，只把爱情给了早已化作香尘的表妹。

回到老放翁在临安孩儿巷的那一个无眠的春夜。长夜里，他为什么会失眠？念他的"伤心桥下春波绿，曾是惊鸿照影来"，又是早春二月，孩儿巷里，绵绵细雨中，失眠人思的不仅是家国事，还有美人的倩影吧！

◎ 栖霞

说到岳飞,这个国人熟知度不亚于秦始皇的名字,我首先想到的,竟是"代沟"二字。90后、00后的新一代,如今在电视、网络和游戏上与《甄嬛传》《如懿传》《长安十二时辰》《锦绣南歌》《延禧攻略》之类亲密接触,朋友家小学六年级的女儿捧着《明朝那些事儿》,这是这一代了解历史的方式。而我们那个时候呢,我敢说想当年,单田芳、刘兰芳这几位评书演员家喻户晓的程度,也堪比今天的郭德纲、于谦。

于是在一个个收听评书《岳飞传》的中午,刘兰芳慷慨激昂的声音在中国的城市、小镇和乡村的收音机里响起,抗金英雄岳飞成了一代,甚至几代国人的集体记忆。

岳飞是幸运的,在他的身后,真正得到了千古流芳的殊荣。在"西湖三杰"中,岳飞的知名度是最高的。多少初到杭城的旅游者,无论行程安排得如何紧凑,还是会为了一个当年的情结,不忘到岳王庙去拜谒一下岳飞墓。

岳王庙在栖霞岭下,已陪伴杭州七百多年,杭州人喜欢叫它

岳坟。岳庙不小,庭院空阔,古木森森。庙内楹联众多,最喜欢的是清代学者、楹联名家彭元瑞题的四句:

旧事总惊心,阶前桧贼;
感时应溅泪,庙侧花神。

一次从岳庙围墙边走过,见它连绵的红色,头上又是艳阳高照,便有些朦胧地想,象征忠与孝的颜色都是红色。

不远处就是长长的苏堤。门前北山路,日日车水马龙,游人如织。一年四季,前去岳庙拜谒英雄的人,与去灵隐拜佛的香客一样地汹涌。那些当年中午赶回家从收音机里听评书的男女老少们,已将"岳飞"二字看成一个至忠至孝的历史符号,明知忠魂一缕已去千年,却仍要到岳庙的高大岳飞像前徜徉凭吊,仿佛到这里,是来重温自己的一个旧梦。

岳飞被害的地方,是临安小车桥风波亭,今天在风波亭的原址上,建起了在杭州颇有些名气的望湖宾馆。因这"望湖"二字,让人心生向往,其实望湖宾馆并不在湖边。却很少有人知道,它正是岳飞的杀身之地。同时被杀的,还有岳飞的长子岳云和部将张宪。儿时听评书,听到"八锤大闹朱仙镇"这一回,印象最深的便是小将岳云:自古英雄出少年,岳云是也,十二岁就在岳家军中开始了戎马生涯,文武双全,被杀时才二十二岁,是两个稚子的父亲。古人早婚,岳飞和岳云只差十六岁,对这长子,岳飞似乎是个极严厉的父亲,甚至在今天看来是不近人情地严苛,这

风波亭

却也是岳家家风。想当年,岳母在儿子岳飞的背上刺字"精忠报国",等岳飞自己也成了父亲,儿子在训练时马失前蹄,差点被大怒的父亲下令斩了;对儿子的要求是打仗只许胜不许败,否则先杀儿子的头。铁血刚勇的父亲,成就了战无不胜、大义凛然的铁血少年。

他们含冤就义的这一天,正是绍兴十一年(1141年)的除夕,中国人的合家团圆之日。

君要臣死,臣不得不死。岳飞曾一腔爱国激情地作了《满江红》,不知宋高宗看了是何感想,恐怕不会太欣慰。这臣子,何时将他的皇权放在眼里?只顾着怒发冲冠,抒发着"驾长车,踏破贺兰山缺。壮志饥餐胡虏肉,笑谈渴饮匈奴血。待从头,收拾旧山河,朝天阙"的豪情,要马踏中原,雪了靖康耻,要收复失地,迎回二帝,这样的臣子,令他害怕!也不想想接回了二帝,他赵构的龙椅还有得坐不？赵构的心思，恐怕后来在土木堡之变后被于谦等大臣推上帝位的朱祁钰最是懂得。临危之时，他被推上皇位，当时尚且诚惶诚恐，可被推上九五之尊之位后，又岂肯轻易让座，那当皇帝不成了南柯一梦？再说，即使赵构或朱祁钰肯让座，又怎能保证不被复辟者当成眼中钉而加害呢？这明明是个死局。

秦桧等人在岳王庙里长跪千年，这替罪羊的角色是铁板钉钉的了。皇帝再怎么犯错，有私心，在中国也是正统，皇帝是天子，不能下跪的，总不能因杀忠良，让赵构跪着。于是帮凶们千古万年地跪着，被愤怒的百姓羞辱与唾弃，而主谋却只是被轻微诟病而已。

秦桧当年得高宗令，要治岳飞死罪，查了个底朝天也查不出问题来，情急之下只得来个"莫须有"的罪名。风波亭的杀身风波，过程是荒诞的，杀无赦的欲望是清晰的，岳飞必杀。当和谈的另一方首脑金兀术也要杀岳飞作为和谈的条件时，没准赵构心里要将"同情兄"（同恨一个人）金兀术当成知己了。

跪了近千年的秦桧要是能开口说话，又会爆出怎样的惊人之语？要是排一出《秦桧喊冤》的现代荒诞剧，其戏剧效果应该或与当年魏明伦的川剧《潘金莲》有一拼吧！

赵家皇帝是明白的，正是岳飞等一批抗金名将的赫赫战功，才换得了半壁江山的残喘，南宋小朝廷才有了与金国和谈休战的砝码，在临安偏安了下来。到宋孝宗时，赵构已死，新皇帝想到要为功臣昭雪了。于是下诏寻觅岳飞遗骨。此时，又引出一个狱

卒的传奇故事,张岱的《西湖梦寻》中,都不忘要为这个深明大义的狱卒隗顺重重地记上一笔:

> 岳鄂王死,狱卒隗顺负其尸,逾城至北山以葬。后朝廷购求葬处,顺之子以告。及启棺如生,乃以礼服殓焉。

张岱大加赞叹岳飞得以崇封祀享,都是这个隗顺的功劳。一个民间小吏,因为对岳飞的仰慕,冒着风险安葬忠臣,临终又将这个秘密交代给儿子,从多种史料的记载看,隗顺似乎是有预见的。岳飞遗书说:"天日昭昭,天日昭昭。"隗顺的心也是坚信"天日昭昭"四字的。试想,如果岳飞冤案到他的儿子这一辈仍不得昭雪,那么,隗顺一家,还将一代代地将这个秘密传承下去。

隗顺的故事,虽没有中国历史上"程婴救孤"的故事那样成为千古传奇,却也足以让世人动容了,他代表着大众的良心,一个普通百姓的善良。

岳飞乃南宋"中兴四将"之首,就义时正值三十九岁的壮年。五子二女,一门忠烈。岳家十一岁的次女银瓶闻父兄冤死,写血书起诉被阻,愤而投井身殉。杭州人爱银瓶小姐,把她当成了杭州的女孩儿。杭州城中有一条孝女路,以前曾有口银瓶井的,我小时候也见过,只是几十年来城市屡经改造,如今那银瓶井,只留得一个依稀的古朴印象。

岳家军中,还有一个类似张飞角色的牛皋将军,因性情憨直,颇得杭州人喜爱。

牛皋墓位于栖霞岭剑门关紫云洞口。牛皋字伯远，汝州鲁山（今属河南）人，南宋抗金名将。初在西京一带抗金，后为岳飞部将，屡立战功。岳飞被害后，绍兴十七年（1147年），都统制田师中大宴诸将，牛皋中毒，次日身亡。南宋景定年间追封为辅文侯。牛皋墓曾于清光绪元年重修，在"文革"中被毁。现在的墓是20世纪80年代重建的。墓碑上刻"宋辅文侯牛皋之墓"，整个墓地修竹掩映、古朴庄重，与岳坟遥遥相望。爬山的杭州人，每行到紫云洞口，总会在牛皋墓前驻足一下，很明显，杭州人是很偏爱牛皋这个人的。小时候，我父亲给我讲牛皋的故事，偏不

牛皋墓

栖霞岭

说他是被毒死的,说他是笑死的。

蔡汝南有《岳王墓》诗:"谁将三字狱,堕此一长城。北望真堪泪,南枝空自荣。国随身共尽,君恃相为生。落日松风起,犹闻剑戟鸣。"读之常使人心潮起伏。世人最悲的,诸葛亮六出祁山无功而返,而岳飞四度北伐,能横扫敌军的千军万马,却抵不了十二道班师的金牌,只能痛泣"十年之功,毁于一旦"。

八百年来,有多少人曾大胆假设岳飞若不听皇命,结局会怎样?若岳飞在当时形势下果真敢违抗皇命,可能中途粮草断供,岳家军再也得不到朝廷的支持,或被朝廷宣布为叛军,陷入孤军奋战,胜败自是难料;如真能获胜,收复失地,迎回二帝,若二帝复辟,岳飞或许会被当成功臣相待,若不能复辟,岳飞个人一样是必死的。

岳将军已逝,民间有流传,说有一部兵书名《武穆遗书》,乃岳飞所作,也有传说称《武穆遗书》是岳家拳法。金庸先生大约是仰慕岳飞的"精忠报国",将《武穆遗书》作为重要的线索和道具,写进了武侠名著《射雕英雄传》中,说岳飞死后,《武穆遗书》一直藏在临安大内翠寒堂东十五步处水帘石洞下,后被铁掌帮帮主盗到铁掌峰,最后《武穆遗书》被郭靖和黄蓉得到,郭靖、黄蓉与襄阳城共生死,之后《武穆遗书》一直在武侠正派手中珍藏。

岳飞不是杭州人,乃河南汤阴县人,却因埋骨杭州而成为"西湖三杰"之一,也是这座江南名城的荣幸了。如今的岳王庙,也是杭州人气极旺的景点。"赖有于岳双少保,人间始觉重西湖",正午时分,浩然之气辉映在杭州城,西湖的筋骨与重墨,正是这些铮铮铁汉、忠臣名将挥就的。

◎ 少保

"西湖三杰"中,只有于谦是地道的杭州人。若只对这位明代大臣的清官生涯、土木堡之变后的力挽狂澜、亲自指挥"北京保卫战"的卓著功绩略知一二,便很难将一个铮铮铁骨、两袖清风的爱国忠臣,和西湖的碧波联在一起。

连我也曾有一刻的恍惚,于少保这样一条铁汉,真是我们杭州人吗?清风明月下,一个说着杭州话的于谦,倒让人有三分新奇。

在杭州,跟于谦有关的地方倒是不少:一是于谦祠,和于谦墓一起在杨公堤;一是于谦故居,在祠堂巷;一是三茅观,是于谦少时的读书处,在吴山西南。比于谦晚生的张岱寻他的西湖旧梦,不忘讲三茅观里得道成仙的故事:

> 三茅者,兄弟三人,长曰盈,次曰固,季曰衷,秦初咸阳人也。得道成仙,自汉以来,即崇祀之。第观中三像,一立、一坐、一卧,不知何说。以意度之,或以行立坐卧,皆

是修炼功夫，教人不可蹉过耳。

　　三茅观是宋朝建的，是座道观，观前曾遍植桃花，后来于谦读书的三茅观，大约是明洪武年重建的那座。

　　有意味的是，张岱没有提及同朝代的先人忠肃公于谦，倒是就南宋奸相贾似道发了通议论。有一段逸闻说道：宋理宗曾取三茅观中《阴符经》送贾似道，以酬其功，倒不知这蟋蟀宰相立了什么大功。反正皇帝宠幸奸相，"功"又何尝不能巧立名目？张岱的惑，是针对贾似道之才的。张岱虽然知道曹操和贾似道都是千古奸雄，却真的叹服诗文中的曹孟德，和书画中的贾秋壑，甚至叹服之下，"觉其罪业滔天，减却一半"。

　　这类德薄而才厚者，我想起还有一位蔡京，不免会令人爱恨交织。而十五岁考中秀才，十六岁起上吴山三茅观书馆读书的于

于谦祠

谦,却不知张岱会有何感叹了。张岱也出身于世家,亲睹明朝最后的沦亡,到晚年成为入山隐居的明朝遗民,或许在山河破碎、失国失家的凄苦中,他曾不止一次地追慕过于少保那临危不乱、伟岸不屈的身姿吧?

至今吴山之上尚有"于街"之称。三茅观的一块岩壁上,端然镌刻着于谦的名诗《石灰吟》:

千锤万凿出深山,烈火焚烧若等闲。
粉身碎骨浑不怕,要留清白在人间。

据传这首《石灰吟》,就是于谦小时候在吴山三茅观读书时写的。

元朝时于谦的祖先在杭州道做官,举家从北方迁来杭州,从此扎根江南,于谦生于此,长于此,埋骨于此,除成年后在京城和各地宦游,杭州始终是他的家。他的故居就在老城区清河坊,一条不起眼的小巷里。故居不是什么气派的私家园林,只是一处朴素的民居,有小亭池一二而已。但祠堂巷的素墙上,"于谦故居"四字静静地在正午的阳光下,给一个寻常的小墙门,平添了几分无言的威严。

一介少年才子,正是从这个江南的小墙门走出,前去京师赶考的。二十三岁那年,高中了进士,从此走上仕途。世人难料的是,这一介自小浸润在江南风物中的清俊书生,日后将力挽狂澜于土木堡之变后岌岌可危的明王朝,以兵部尚书之职,与强悍野性的瓦剌人抗争。明英宗御驾亲征被掳，狼烟四起，举朝惶恐之际，于谦断然反对都城南迁的下策，并率领众大臣拥立英宗弟朱祁钰为帝，使瓦剌首领也先的如意算盘落空，又统领"哀兵必胜"的明军，誓死保卫北京城，终于扭转了大明朝的乾坤，无条件迎回了明英宗朱祁镇。

也是这位杭州人，掷地有声地发出了"社稷为重君为轻"的呼声，这在当时是振聋发聩的。也是他，以"两袖清风"的言行一致，与包拯、海瑞并称为史上三大清官。李太白有"天子呼来不上船"的不羁，于少保《入京诗》，有"两袖清风朝天去"的另一种潇洒。

战火的风霜，政治的风霜，将江南书生锤炼成铮铮铁骨，但于谦的性情里不只是刚正不阿，也有温情脉脉的柔肠。他是个情深意切的丈夫，一生不纳妾、不嫖妓，是有一双儿女的慈爱父亲。二十岁，他和翰林董镛的女儿结婚。于谦一生当官，东奔西游，妻子应该不会每次都跟从他赴任，很多时候在杭州的于家当着贤内助。夫妻分别时，他不管公务多繁忙，都不忘常寄家书。妻子在他四十八岁那年去世，他写了十一首悼亡诗纪念她。"凄凉怀怆几时歇，缥缈音容何处归？魂断九泉招不得，客边一日几沾衣。"老夫老妻，本想偕老齐眉，无奈落花飞去，幻梦一番生与死，于谦从此不再娶！

土木堡之变后，朱祁钰当了八年的景泰帝，明英宗放归后，被景泰帝软禁于南宫。景泰帝废了英宗儿子的太子之位，立了自己的儿子为太子，不料新太子早夭，连自己也年纪轻轻得了重病，看来是气数已尽。明景泰八年(1457年)正月,景泰帝病入膏肓,明英宗趁机复辟成功,在明知"于谦实有功"的情况下,也以谋反之罪诛杀。一代忠臣,与西湖的另一杰岳飞一样冤死,成为朱家兄弟皇位之争的牺牲品。杀后抄家,发现堂堂一品大员,竟然家无余财。正因为于谦清白无私的人格,一心想帮自己亲生的明英宗复辟的孙太后,在宫中听闻他的死讯,也觉心中有愧,难过了好几天。

于谦的墓就在杭州杨公堤三台山。于谦最终魂归故里,与西湖相伴。如今太平盛世,江南钱塘人家,双休日最爱到杨公堤一带的农家喝茶吃饭。岳王庙前车水马龙,三台山麓的于谦祠前,小路蜿蜒,路边绿地水涧,远处可见杨公堤上的拱桥和西湖烟树。在农家的露天茶座坐久了,扶老携幼地出去走一走,这一走,不经意就拐进了青瓦灰墙、朱漆大门的于谦祠。杭州人对于谦是不陌生的,偶听得小儿们的稚音,问于谦是谁,大人们便凭着自己的印象,开始说三道五,上了年纪的老杭州们,还能加上街头巷

祈梦殿

尾的演义成分,将于谦小时候读书很聪明,神童了不起的种种事迹,一一道来。

于谦到底爱不爱西湖呢?其实我心里早已经有答案了。

兵部尚书于少保的心中,依然有柔软的江南。午夜梦回,思乡心切,写诗自叹"恋恋西湖旧风月,六桥三塔梦中看"。我最喜欢的是他的《梅花图为严宪副题》一诗,抄录在此:

> 我家住在西湖曲,种得梅花绕茅屋。
> 雪消风暖花正开,千树珑璁缀香玉。
> 有时抱琴花下弹,有时展《易》花前读。
> 浩然清气满乾坤,坐觉心胸绝尘俗。
> 一从游宦来京师,几度梅花入梦思。
> 为君展卷题诗处,还忆开窗对月时。
> 醉墨淋漓染毫素,笔底生春若神助。
> 调羹鼎鼐愧无功,何时却踏西湖路。

明成化二年(1466年),于谦案昭雪,故宅改建为怜忠祠,巷亦名祠堂巷。如今,故居的忠肃堂、思贤庭、古井已照原貌修缮一新。

◎ 苍水

从前有一个美国人司徒琳写了《南明史》，我出于好奇买来看了，书中司徒琳称，在整个中国历史中，17世纪是头等重要的时期之一。此间酝酿而成的变化浪潮，在17世纪中叶达到巅峰，而后浪花四溅。除去血雨腥风、民生多艰这一层，这是个生动的时代。

"南明"这一称谓，对如今的国人来说，陌生之中带一点神秘，含混中夹一点暧昧。它远非南宋幸运，虽稍逊偏安，却也守得半壁河山，创造了百年的繁荣与文明。南明是什么？是风雨飘摇中的抵死反抗，是屡败屡战，然后一声长叹，接受命运的安排。南明小朝廷，败于跟大清朝相比悬殊的实力，败于各派势力的纷争，短短二十余年，留下了一个王朝最后的背影，一个激烈、纷乱、又有几分艳丽的背影。

杭州南屏山下，张苍水祠在正午的阳光下显得清幽与寂寥，很少的几个寻访者，这般的冷落，与栖霞岭下岳王庙的旺盛香火形成了鲜明对照。"西湖三杰"之一的张苍水，是这清人入关后南明政权擎天柱一般的角色。然而"三杰"之中,张苍水的知名度却远不如岳飞和于谦。

可以因为淡漠、无知而绕行,但一旦你真正进入张苍水的世界,那情形就不一样了。这是一个坚毅的灵魂,十九年的百折不挠,孤独坚守,无论是作为诗人的张煌言,还是作为明末英雄的张苍水,都是不应该被后人遗忘的。

张苍水生于浙东,是宁波鄞县(今鄞州区)人,他一生主要的活动地点并不在杭州,但和岳飞一样,他是在杭州被杀的,青山有幸埋忠骨,所以西湖边的忠魂,又多了一个张苍水。

只要看看与张苍水在同一时代逐鹿的有哪些人,便知南明时期,中国的情况有多么的复杂了。

大宦官魏忠贤刚灭,李自成就攻陷了明皇宫,崇祯帝自尽了,"冲冠一怒为红颜"的吴三桂叛变,领着清兵入关了,李自成的大顺政权失败了,张献忠割据了四川,据说其曾悍然屠城成都,残暴至极而不得人心,最后丧命于清军。张献忠死后,原部下孙可望割据了云南。乱世之初,清人尚未统治整个原明王朝国土,于是在南方,朱家天下依然残存,新的朝廷,便是南明政权。

但崇祯帝一死,原来的朱姓王爷们,乱哄哄你方唱罢我登场,臣子们各自拥护各自的王,南明政权是四分五裂的。左良玉兵变,最终病逝于九江。史可法在扬州殉国,清军屠城十日,血流成河。在南明政权中崛起的两条硬汉:张苍水和郑成功,虽然都奋力抗清,却各为其主。张苍水在浙东尊的是鲁王,郑成功在福建尊的是唐王。两条硬汉虽同仇敌忾,他们的合作却是勉强的、脆弱的。

碑墙

张煌言，号苍水。年少时曾是个狂野的赌徒，后来痛改前非，一心改读圣贤书，又习骑射，能文能武。在民族危亡时出仕，和钱肃乐等几个志合道同的人一起起兵抗清，到台州请出鲁王，到绍兴监国。南明隆武二年（1646年），杭州等江南城市被清军攻破，张煌言辞别故里的父母妻儿，陪伴鲁王踏上南明政权的流亡之路。乱世风云中，张煌言不过一介书生，却是个信念坚如铁的书生。他是鲁监国的定策之臣，但浙东抗清人士虽然团结，却受限于力量薄弱，而羸弱的鲁王也非能救明朝于危亡的朱家栋梁，张煌言的流亡抗争之路，注定是艰辛与孤独的。

他经历过海上风暴，"飓风覆舟，陷虏中七日，得间行归海上"，在浙江黄岩，他在围追堵截的清兵中以数骑突围，几度出生入死，屡败屡战。他三入长江，因兵力不济无功而返。他与郑成功一起进军长江，攻南京，却因郑成功大意而功败垂成。后来郑成功不听劝阻，执意要进取台湾；失去了郑成功的支持，张煌言更是独木难支，抗清斗争陷入了绝境。这时清军乘机劝说张煌言降清，但他仍不为所动。之后南明的永历政权覆亡，跟着明朝天下的最后一个象征鲁王也病死了，孤胆忠心的张煌言眼看着大势已去，只得含恨解散了义军，自己和几个死忠的部下来到了东海上的一处荒岛隐居。直至被捕，坚拒清政府的高官利禄之诱。引颈赴死，是他的最后归宿。

无人能完全读出苍水先生的心路。近二十载，孤掌难鸣的处境中抗清，他想过什么？有人认为他是又一个愚忠者，逆历史潮流而行，做孤独的抵抗，除了一个士人的气节，并无多少可取，他注定是一个失败者。但只要多读一些苍水先生的著作，便知道他不仅仅是一个朱家天下的愚忠者，而且是痛苦的清醒者。我相信再三对他劝降的清朝浙江总督赵廷臣是佩服其伟岸人格的，就如曹操对关羽，处死这样一个大忠臣，赵廷臣的内心感到了痛惜。

张煌言陈述为什么不降清的原因，矛头直指满人入关后在中原土地上的种种恶行，使生灵涂炭、文明倒退。那封冷静理智又慷慨陈词的回信，比愚忠一个王朝的境界又高出一层，让人想起郭沫若的名篇——《甲申三百年祭》。清廷入主中国后，在整个东方文明的历史上，确实扮演了一个尴尬的角色，它将中国这匹曾经的快马，变成了老朽的慢牛。在明万历年前，中国仍是世界上的先进国家之一，但是在清朝"天朝大国"的谎言下，中国却已沦为落后挨打的国家。

张苍水赴死的心，或许是平静的，因为他已尽到了责任。康熙三年（1664年），他被押到杭州，就义于官巷口，当年叫弼教坊。令先生欣慰的是，杭州将是他的最终归宿。

在被捕押往杭州的途中，他写了不少诗，其中《忆西湖》道：

梦里相逢西子湖,谁知梦醒却模糊。高坟武穆连忠肃,添得新坟一座无?

他在杭州不会孤独,因为西湖边,已有岳飞、于谦两位民族英雄长眠于青山之下。

国破家亡欲何之?西子湖头有我师;日月双悬于氏墓,乾坤半壁岳家祠。

或许早在被捕之前,苍水先生就已料到自己的命运。

苍水先生死得相当有尊严。杭州市民夹道送别,清军为了表示对他的敬意,破例让他坐着轿子去刑场,而且端坐着受刑。刽子手临刑前还对他行跪礼,清军中的兵士,竟在押解的途中唱起了苏武牧羊歌。因为苏武在匈奴牧羊,对大汉朝忠贞不渝,也是整整十九年。

这真是奇特的送别方式呀,能在万人的送别中就死。他抬头望一眼吴山,叹一声"好山色",便告别了这人间。

先生遗骨,被秘密安葬在南屏山下。建坟后,为避清廷耳目,墓前仅草草立一碑石,石上题"王先生墓"。在此后清康熙、雍正两朝的七十余年中,此墓一直这样称呼。乾隆时才真相大白。他的好友黄宗羲想去祭他,在南屏山寻觅良久,才找到假托"王先生墓"的张苍水墓地,不禁叹道,"夜台不敢留真姓,萍梗还

张苍水先生祠

来醉晚鸦"。

但英雄终是不会被埋没的。清乾隆时,杭州有一位叫吴乾阳的道士筹资,于西湖南屏山荔枝峰下,重修了张苍水墓,辟筑墓道,竖立神道碑,誉之为"啼鹃带血归南屏"。苍水先生的一片冰心,随着时间的推移,会得到更多的知音吧。

女侠

秋瑾（1875—1907），浙江山阴人，原名闺瑾，小名玉姑，字璇卿，东渡后改名瑾，易字竞雄，自号鉴湖女侠，曾用秋千、汉侠女儿、白萍等笔名。这一堆的称谓里头，秋瑾和鉴湖女侠的名与号最响当当。我的本名里也有一"瑾"字，当年因父母慕秋瑾之名而取的，后来每遇人问，是哪个"瑾"，便答，秋瑾的瑾，对方便"噢"了一声后，埋头写下了那一个"瑾"字。

我没弄清的是，秋瑾仅是在杭州和绍兴才那么有名，还是在全国各处都是如此——凡知道一点辛亥革命的，都知道有秋瑾这位奇女子，一听秋瑾大名，便连连点头称是的。她留在人间的遗像，就像一个民国女革命者的符号：一身和服，手拿短刀，头发挽起，眉目清秀而神情英朗，这异国风情的遗像，使中国女子的美丽有了另一种诠释。秋瑾是一向喜欢日本刀的，还作过壮怀激烈的刀剑歌。

见过的另一张秋瑾遗像，着的是中式服装，端庄大气，很像李安电影《卧虎藏龙》里的女侠俞秀莲，最后死于周润发演的大侠的怀抱之中。杨紫琼演的那个江湖女侠跟秋女侠,真有惊人的相似。而秋瑾的那一位革命知己呢?印象中,她同盟会的亲密战友徐锡麟,也是有几分英气、又有几分儒雅的先驱人物。志同道合的两个人,为了一个旧时代终结者的共同理想,不成功便成仁,一起赴死了。

从鉴湖到西湖,都有秋瑾的萍踪侠影。杭州西泠桥下,白堤之上,高大的秋瑾石像端然肃立,像前,长年有络绎不绝的仰望者。几度春风几度霜,如今的秋女士,每日对着这如画的江山,碧波的西湖,还会有"秋雨秋风愁煞人"的长叹吗?

很多年前,曾去绍兴秋瑾主持的大通学堂一游,并购得上海古籍出版社的一册《秋瑾集》,封面的题字是另一女杰何香凝的手书。从这本竖排版的古籍里,我对秋女侠有了更多一些了解——她不仅仅是一位革命者,她还是个情感丰富的女人,一个时代的新女性,一个女作家。

易卜生不知道娜拉出走后会怎么样,鲁迅也不知道,但我们知道了,中国的娜拉出走之后,曾有过怎样的一片天地,我们的秋女士就是一个样本。

秋女侠短暂的人生轨迹,世人或许还不算陌生:她出身于小官僚地主家庭,少女时期就以美貌才女而受青睐,后由父母包办,与比她小四岁的望族之子王廷钧结婚,据说王廷钧本人相貌出众,就读于湖南一流学堂岳麓书院,通八股、善文墨。秋瑾嫁入湘潭王家,生下一儿一女,但她很快发现,这种封建大户人家的婚姻生活完全不是她想要的,这种不自由让她感到了窒息。后来她随夫寓居北京,租住过西城椿树胡同和绳匠胡同。在京城,秋瑾有机会接受到更多的新思想、新派人物。丈夫虽然后来也学习洋文,但两人隔阂渐深,王廷钧用尽心机想挽留,秋瑾却去意已决。

在北京,秋瑾结识了邻居吴芝瑛,两人成为闺蜜,并结拜为姐妹。吴芝瑛是安徽省桐城人,乃大学者吴汝纶的侄女,才华横溢,也是当时知识阶层的新潮女性,对秋瑾人生的转折影响很大。

1904年,秋瑾抛夫别子,由日本朋友服部繁子帮助,东渡日本留学,先后参加光复会和同盟会,积极进行反清活动,结识孙中山等人。回国后在上海创办《中国女报》,提倡妇女解放,后主持绍兴大通学堂,并秘密组织光复军准备起义。1907年7月,其革命战友和知己,曾留学日本早稻田大学的徐锡麟先在安庆起义失败,后来秋瑾也因受牵连而被捕,7月15日,在绍兴轩亭口英勇就义,年仅三十一岁。

捐躯前五天,秋瑾给闺中密友徐自华(字寄尘,号忏慧)之妹,后来做了她女弟子的徐蕴华(字小淑)作了《致徐小淑绝命词》——

> 痛同胞之醉梦犹昏,悲祖国之陆沉谁挽!日暮穷途,徒下新亭之泪;残山剩水,谁招志士之魂?……

秋瑾喜欢穿男装,居北京期间,曾穿男装去戏院看京戏,为此被丈夫认为有失颜面,夫妻争吵,秋瑾被丈夫打一耳光,愤而

秋瑾像

出走。秋瑾爱照相，其男装照比起法国那位爱穿男装的女作家乔治·桑，更是惊艳三分。她曾作《自题小照》诗云：

俨然在望此何人？侠骨前生悔寄身。
过世形骸原是幻，未来景界却疑真。
相逢恨晚情应集，仰屋嗟时气益振。
他日见余旧时友，为言今已扫浮尘。

女儿身或男儿身，都已不再重要。而秋瑾与丈夫的分歧，渐至分道扬镳，并非王廷钧真的有多无良不堪，他只是跟不上秋瑾的脚步，不能和她一样完全受新思想洗礼，无法超越自己身处的那个时代罢了。王家的家人待秋瑾也不算刻薄，也并非完全无识，面对这种新女性，自始至终都希望他们夫妇能破镜重圆。只是秋瑾自己曾在给友人的信中说："瑾生不逢时，性难谐俗，身无傲骨，而苦乏媚容，于时世而行古道，处冷地而举热肠，必知音之难遇，更同调而无人。"

既走出了深闺，便是这般穿上了男儿装，扫却浮尘，要一个干净利落。秋瑾爱穿男装西服，是希望自己不再是弱女子，她仰慕的是圣女贞德那样的奇女子，她要像男人一样强大，并且要超过男人，她要做男人做不到的事。

秋瑾得以魂归西泠，还是她的姐妹吴芝瑛和徐自华的厚意。秋瑾殉国后，两位女友不忘她"死后墓葬建在西湖畔"的遗愿，铤而走险，奔走操办，为此吴芝瑛还被当局视作叛逆者的同党，一度被投进上海的监狱。1908年2月25日，杭州西泠桥边，秋瑾墓终得落成，吴芝瑛手书"呜呼鉴湖女侠秋瑾之墓"十个篆字，徐自华亲写《鉴湖女侠秋君墓表》，由金石家胡菊龄刻了碑石，时人称之"三绝"。金兰情深如此，也成西湖的一段佳话。墓地又几经周折，终于还是让秋女侠长眠于西泠桥边。

秋瑾就义后，留下一儿一女。王廷钧"遭大故，哀伤过度，体渐消瘦……病延两载，遂不起，年三十岁"。也算有情有义之人，他虽当不起秋女侠的知音和爱人，或许他的内心，对秋瑾也是有爱的，故死后还要求与她合葬。只叹一个凡人，和一个女杰，他们的婚姻注定是一场悲剧。

可怜父母双亡，一双儿女过早地成了孤儿，儿子为人本分，女儿王灿芝却大有秋瑾遗风，后来在秋瑾生前好友张静江的资助下,出国深造,成为中国第一位女空军飞行员。

秋瑾虽不是杭州人,却深爱西湖。杭州也是她准备武装起义的重要据点。她曾在杭州南屏山下白云庵秘会革命党人徐锡麟,也曾在白云庵秘密集会。秋瑾来杭秘密绘制军事地图,跑遍了杭州的大街小巷,遍登了西湖群山。早春二月,她和女友徐寄尘泛舟西湖,又登凤凰山绝顶,眺望钱塘江,寄尘曾约秋瑾将来在西湖边隐居,秋瑾遂感叹而赋诗一首:

> 怀古伤今一黯然,东南天险好山川。
> 武陵城郭围山势,罗刹湖声咽暮烟。
> 啸傲不妨容我辈,相看何处有林泉。
> 白杨荒冢同凭吊,儿女英雄尽可怜。

徐寄尘也记得那次西湖之游,那天到了傍晚,秋瑾和寄尘仍然徘徊在岳王庙畔,秋瑾不忍离去,又唱起《满江红》词,声泪俱下,寄尘催促再三,两人方才在黄昏时分离去。秋瑾还曾游吴山,留下诗篇。不在杭州的日子,曾叹"自别西湖后,匆匆又半年",一度相逢一度思,她想念着孤山林下三千树,可是林和靖种下的梅树?她心里有个隐居西湖的梦想,"为栽松菊开三径,门对西湖此地居",但她知道,这梦想唯一的出路在哪里。

曾想,如果秋瑾生活在另一个时代,一个风和日丽、国泰民安的时代,一个已经实现了男女平等的时代,那么,她或许是愿意做个不穿男装的女子的。她会写作,会追求自己的爱情,会风

秋瑾像

花雪月,漫游天下,会在西湖边与酒朋诗侣唱和,或许也会是好鲜衣华服的爱美时尚女子。

春日,只要读一读秋瑾女士婉约清丽的《罗敷媚》这类小词,"桃花还同人面好,花映前川。人倚秋千,一曲清歌醉绮筵",便想这娇羞可爱的女子,若能生在一个好时代,何须持刀弄剑,义无反顾,只顾纵情才调,烟视媚行,那该多好。

◎ 静逸

静逸别墅如秋水山庄，名字的诞生皆因爱意。静乃张静江（1877—1950），逸乃张的续弦夫人朱逸民，这曾是静与逸的家宅，不过自1938年离开后，他们客居美国纽约，似乎再没回来过。

当年的别墅主人，只留下一个游子的背影，连同他们身处的民国时代一起渐行渐远了。如今这老宅仍然静卧于葛岭山腰处，不过岁月蹉跎，浙江省政府主席张静江一家人夫唱妇随，又有膝下儿女承欢的老宅子，如今已改建成奢华的精品酒店。

曾听朋友说起跟这酒店有关的一段逸闻：某年早春时节，一位内地的企业掌门人来杭州，受地主款待，在静逸别墅住了一晚，夜里葛岭山腰如烟如雾，西湖有三分神秘，让他心生七分恍惚，仿佛忘了自己置身何乡。清晨起，客人来到小院，在百年的老香樟树和老玉兰花树下散了散步，在大露台上眺望晨景，碧波清漪的西湖，水连着天，客人看得痴了。此时卖报人的吆喝声响起，客人循声从葛岭步下石阶，来到市声活泼的北山路，从卖报人手中买了份报，后便向地主朋友感叹：宁可在西湖边当卖报人，也

静逸别墅内洋楼

胜过在故乡腰缠万贯啊。

当然这样的西湖梦总会醒的。这别墅住一晚数千元的价格,不是寻常百姓问津得起的。

又想起又一段逸事:几年前,这依山面湖的静逸别墅曾被浙江作协看中,想租来开辟一个"江南文学会馆",可惜"才子不多金",最后因租金太贵告吹,这江南文学会馆的梦破了,只好另谋他所。而这静逸别墅,终是未沾文学的风花雪月,被多金人士拿去生财了。若是静老泉下有知,他或许宁愿老宅他日能用作文学会馆,而不愿变成奢华富贵场吧!或许静老一着急,就自己掏出银钱来资助,像他一贯慷慨的做派也未可知。

张静江生逢乱世,乱云飞渡中,虽在锦衣玉食之家,却无半点纨绔相。张静江给自己取名为张人杰,李清照南渡后,有"生当作人杰,死亦为鬼雄"之句,人杰先生少年时,曾效古代侠客,骑一匹白马驰骋在杭嘉湖平原，路上屡次行侠仗义，又一心忧患着谁来救中国。当年就曾数次捐资，在法国和中国各地办《新世纪》《世界》等进步报刊。有一次为了赞助于右任创办《民立报》，当时他自己手头也捉襟见肘，他的贤妻姚蕙（在他居法国期间去世）为救急，将自己的私房钱拿了出来。对人杰先生来说，千金万金皆可散，只要散在正道上。

与孙中山的邂逅，改变了他的一生。1906年，阳春三月，在同一条从法国回上海的客轮上，仰慕者激动地见到了他崇拜的革命家，此后一生追随，至死不渝。两人在船上一番深谈后，约定了日后电报的暗号。孙中山需要革命经费时，会给张静江发去"ABCDE"字母中的任何一个字母，A到E代表从法郎一万元到五万元。

从此张静江几乎为革命倾尽家产，每求必应。坊间多称张静江才是中国证券业的"开山祖师"，他当年为能长期提供革命经费，想尽办法，开辟生财之道。然而，革命进程发展到后来，只靠他的那点家产远远不够了。张静江一度为筹款殚精竭虑，山穷水尽时，有一天，这位"财神爷"忽然灵光一闪，于是1920年，由孙中山发起，实际由张静江、虞洽卿、戴季陶等人具体筹办的上海证券物品交易所正式开业，无心插柳地，他成了中国证券业的"开山祖师"之一，并继续为革命提供经费。

一日午后，在北山路上闲步，拐进葛岭山下小路，上静逸别墅。石阶有二百来级，石上青苔青草，旁逸斜出，一场雨后，石阶上有浅浅的水洼，足音也静了些。三弯两弯，盘旋而上，只见一左一右，有两栋浅黄色的欧式小洋楼，楼前的石头狮子，静静地蹲着，守护着什么。想起别墅主人曾经的身份，非一般的平民英雄，出身于湖州"四象"之一的南浔富豪之家，少年时因救火而受伤，后又一生被骨痛病折磨。他是坚信孙中山先生革命道路的热血青年，是中山先生的挚友和信徒，孙先生称他为"革命圣人"，并题词"丹心侠骨"相赠。他一生中第二个倾力相助的人是蒋介石。他的盟弟，革命党人陈其美被刺杀，他的部下蒋介石在袁世凯的恐怖政治下不顾个人危险，将陈其美的遗体运回自己寓所隆重安葬，蒋介石当时的义薄云天之举，感动了重义的张静江，从此两人结为盟兄弟。他称他为介弟，不遗余力地护佑着，直至帮蒋登上了孙中山接班人的最高宝座。但后来蒋大权独揽，张渐渐看清蒋的为人，两人政治上又意见相左，无可奈何花落去地疏远了。抗战初期，蒋介石的退让态度令张静江深感失望，在"西安事变"中，张静江以元老的个人威望最后一次力挽狂澜，促使西安事变得到和平解决，国共两党联合抗日。蒋介石回到南京后，张静江回到杭州，从此淡出政界，之后又远走香港，客居于美国。

张静江和夫人朱逸民曾是蒋介石与陈洁如婚姻的媒人。当年是蒋一心追求朱逸民的闺蜜、清纯少女陈洁如，但结婚六年后，蒋却为了更大的政治利益与宋氏家族联姻，无情抛弃了陈洁如，这种政客的手段，为张静江内心所不齿。蒋宋联姻，四大家族结成利益共同体，翅膀硬了，张静江的善意规劝便逆了耳。真是人情易变，世事无常啊。

1950年,张静江在美国去世的消息传到台湾,蒋介石为这位曾经的兄长的离去悲痛起来,并一再地赞扬和旌表他的人格与功绩。张静江是辛亥老人、国民党元老和核心层高官、富豪、孙中山的财政部长,也当过一省之长,但种种位高权重,都不能掩盖这身体羸弱的跛脚先生是一位时代的英雄。自古道,文官不爱钱,武将不惜命,国家就有希望。静江的一生,既不爱钱,也不惜命,每每在危难时刻有大义之举,虽英雄也常受时代的局限,但从现代眼光来看,张静江依然是担得起英雄之名的。

且看蒋介石为张静江作的题词:

> 毁家纾难,以从事革命,踔厉无前,以致力建设,侠骨豪情,高风亮节,一代典型,邦人永式。

北山路民国时就叫静江路。在北山路上碰到几个春游的学生,问知道张静江吗?大多是一脸的茫然。只有一个男孩子,说张静江是办第一届西湖博览会的那个人吧。西湖博览会的会址纪念馆,就在北山路的不远处。其实仅创办西湖博览会这一项,张静江就可以和历史上为杭州做过好事的白居易、苏东坡相提并论了。西湖博览会与苏堤、白堤等看得见的风景一样,早已成为西湖文化的一部分了。

西湖乃诗人笔下"十年劳我梦中思"之美景,静江先生个人得遂"湖边欲买三间屋"之愿,不过他岂是只满足于个人温柔乡的庸人?要在杭州举办国际性博览会的宏愿一旦点燃,便要大干

西湖博览会博物馆

一场。1929年,他亲自将博览会冠以"西湖"之名,在北山招贤寺到孤山放鹤亭之间,搭起了一座长长的木桥,西博会址就这样圈定在了孤山和里西湖一带。他亲自主持了隆重的开幕式。博览会还有会歌,引动杭州人倾城而唱:

熏风吹暖水云乡,货殖尽登场,南金东箭西湖宝,齐点缀锦绣钱塘……

那瘦削斯文的跛影,在走出静逸别墅的最后时分,是否曾频频回首?曾吟"烟波淡荡摇空碧,楼殿参差倚夕阳"的人杰先生,是否已预感到,与西湖的这一次离别,竟成永诀?

杭州人不应忘了张静江,就像不应忘了苏白二公。静江先生对杭州的厚爱,是有湖山为证的。他心里有一个"东方纽约"的梦,他认为杭州物华天宝,地理优势远甚于上海,他希望使杭州成为真正的人间天堂,重回到马可·波罗时代世界一流的繁华富庶,只是他的梦想生不逢时,"东方纽约"的美梦,如水月镜花,终成碎梦。

从葛岭山麓慢慢走下那弯弯曲曲的二百级石阶的时候,想起我第一次"遇见"人杰先生,是十二岁那年的春天,春雨绵绵,路有些湿滑。我们一个班的孩子来此春游,走在葛岭上,我紧跟着美丽的顾老师,听她娓娓讲述葛岭上那些老别墅的故事,其中就讲到了湖州人张静江,我身边的一个也瘦削斯文的男同学,正听得专注,却在石阶的青苔上一滑,跌了一跤,衣服鞋子都弄脏了,没准是跛脚先生跟江南后生们开的一个玩笑?

山风徐开,往事依稀。我有些纠结地想,英雄与枭雄,差异或许只在一线之间。张静江究竟有没有错爱蒋介石呢?答案在葛岭的山风中飘着,在是与非之间徘徊着,不觉间石阶已经走完,足音变得嘈杂。许多年过去了,葛岭的青苔依旧,石阶在雨天依旧湿滑,一个不小心,依旧会跛一下脚的。

◎ 武林

某年寒冬,从杭州出发,一路辗转上了趟武当山,圆了亲往中国两大武林腹地——少林、武当"朝圣"的梦,顺带还在武当山与一习武的道士聊天时,知道了一位杭州老乡的名字。你是杭州人吗?是呀。噢,你们杭州,可是出武术大师的地方。道长的脸上带着崇敬的笑意,慢慢地说出了黄元秀的名字。

墙内开花墙外香,在上武当之前,我竟不知道杭州还有这么一位穷一生精力,要将中华武术文化发扬光大的民国奇人。

那么,你知道黄元秀吗?黄元秀(1884—1964),原名凤之,字文叔,号山樵,曾在日本士官学校深造,与孙中山、黄兴等有深厚革命情谊,并参与筹组同盟会。黄元秀是杭州人,有"辛亥革命老人"之名号,与武林圣地武当山也有割不断的联系,曾著《武当剑法大要》《武当剑法笔记》《太极要义》及《武术丛谈》等书,并流传于世。

武术这中华传统文化,也是墙里开花墙外香的。曾经一个李小龙,就让洋人们对中国功夫佩服得五体投地。英文里专门有一个音译的词叫KONGFU，在洋人心目中就是中国武术又神秘，又博大精深的象征。黄元秀的师父李景林也是位奇人，武当剑大师，是武当对剑第十四代传人，张学良的结义兄弟。李景林一生戎马生涯，又致力于中华武学，关于武当对剑，他曾说过："配琴舞之，更有古雅之趣，不同凡俗，他剑焉能道此。"这不是一个白衣飘飘的剑客时代，但江湖上却有剑侠。黄元秀正是得到了李景林的真传。

近年电影功夫片盛行，《霍元甲》《黄飞鸿》《叶问》等武林宗师的传奇一再被搬上银幕，黄元秀一生风云壮阔，他先献身辛亥革命，又献身中华武术，最后皈依佛门的经历，并不比电影大片中的传奇武术人物逊色。

每天清早，西湖边总能看到缓慢地在晨曦中打拳的白衫老人，老人们一招一式太极拳的身影，偶尔让人追思起那个武林高手纵横江湖的时代。台湾作家张大春，曾写了一本《城邦暴力团》，其中提到20世纪二三十年代杭州的武林江湖。只是如今，武术功夫在现代文明的冲击下渐至式微，中华武术也成了需要保护和拯救的文化遗产了。除了香港等地，很少听说国内哪个城市还有开门授徒的武术会馆，印度舶来的瑜伽馆、韩国舶来的跆拳道馆倒是遍地开花。偶尔江湖上行走的武林高手小露峥嵘，便引得亲睹者看西洋镜般地猎奇。

南山路涌金门的西湖天地内，杨柳堤边，曾经有一座三层土黄色的砖木小楼，名叫放庐。放庐是黄元秀的故居，建于1924年黄元秀归隐西湖之时。这湖边的宅子，兼得山光云影，花繁柳密处,如今放庐旧址上,新建了涌金楼,不过楼前竖了块放庐的石碑,记载了黄元秀与放庐的往事。曾经,放庐中有楼,有园,也有桥。放庐的放,乃豪放的放,放达的放。放庐也因黄公而成传奇。

当年黄公,爱结交天下文武之士,三教九流,书画家、革命家、政治家、佛界人士、武林高手、剑客拳师,相与往来唱和切磋,于是这湖边放庐,自然便成了各类雅集所在地。黄元秀与吴昌硕、张大千等画家都有深交,"放庐"的匾额是吴昌硕题写的,而张大千早年还在放庐寄居过。

20世纪初,以弘扬中华武术传统为宗旨的国术馆在中国遍地开花,杭州也是有国术馆的,黄元秀便是浙江国术馆的董事。黄元秀著有《武当剑法大要》和《武当剑法笔记》二书,在

涌金楼回廊

涌金楼

1928年前后,黄元秀与南京中央国术馆教练褚桂亭合演"武当对剑",在武林中引起了不小的轰动。

1929年杭州举办第一届西博会时,南京中央国术馆决定在杭州举办"国术游艺大会",向全世界展示神奇的中国功夫。国术游艺大会,也就是全国的武术擂台赛,大会会长就是时任浙江省政府主席的张静江。

正值秋高气爽,全国各路武林高手云集杭城,杭城旅馆因之客满,清华与清泰第一、第二旅馆大门前,专门搭建了彩楼,挂出"国术游艺大会招待所"的大红丝绸横幅。赛场设在杭州通江桥畔的原清代抚台衙署旧址,在新造的水泥大擂台上,各门派的武艺绝技如繁花斗艳。据说有一种绝学六步拳,经中华武术知识渊博的黄元秀考证,方知是一失传三百载的古老拳术。比赛期间,羊头坝、官巷口、大众桥等杭州闹市区到处可见造势的海报,到决赛的高潮,杭城更是万人空巷争睹武林盛会,杭州,那时刻真的不负"武林"之名了。

这次国术游艺大会,也在作家张大春的笔下惊艳地再现。当时决赛后,黄元秀先生还亲赠手书一联给第一名获得者,上书——

读书未必能经世,学武逢时可干城。

李景林大师在杭州国术游艺会后,曾一度执教浙江国术馆,受教者有黄元秀、高振东、诸桂亭、钱西樵、苏景田等武林中人。黄元秀学剑有成，起兴邀请国内武术界名流以及同门师兄弟在放庐雅集，切磋武术，并在放庐的园中山石前，留下了中国武林大佬云集的珍贵历史合影。黄公还亲自题记："民国十八年浙江举行全国武术比试大会，李芳宸将军暨武术巨子先后到杭参加盛会，元秀邀集涌金门外三雅园放庐宴后摄影。"

后又补上了一段话——

> 河北李芳宸将军，剑术武技得有真传，海宇宗仰。彼为主持国术比试，荣戟遥临，湖山生色。振东、尔乔、西樵公宴之于涌金门外放庐。共摄一景，籍留纪念。时民国十八年秋。
>
> —— 黄文叔记

百年前的中国什么样？积贫积弱，国民身体素质羸弱，1896年，英国的一个小报记者送了"天朝大国"一顶"东方病夫"的帽子，从此"东亚病夫"的帽子就满世界乱飞了。在耻辱之中，志士们要找出路。以中华传统武术强身健体，也许正是黄元秀那一代人心中的梦想。黄公本人，曾通过练杨氏太极拳，治愈了已到晚期的肺结核，此后利用他在浙江的影响力，一意推广武当剑和太极拳，曾多次在民间说剑、说拳，将所学功夫传授子弟，一个湖风细雨中长大的杭州人，就这样名列江南武术四大名宿之一，戏剧性地与"武林高手"挂上了钩。

其实能文能武的黄元秀，书法也十分了得。杭州的名胜古迹还留有他的碑题。黄元秀与先人岳飞惺惺相惜，民国三十五年

（1946年），他曾主持募款重修岳飞墓和庙，为岳庙写楹联数幅，编纂《精忠小志》，他还主持重建了牛皋墓，修葺张苍水祠墓、于谦墓、秋社、陶社，让浩然之气长存钱塘。特别是秋瑾与陶成章，都是他的辛亥战友，当年革命军光复杭州时，他们曾多次在南屏山麓白云庵秘密联络聚会，后来这放庐，就与对岸的白云庵遥遥相望着。

1913年9月27日，孙中山亲手拟定中华革命党入党誓约，黄元秀便是首批立誓约的党员之一。每位党员庄严宣誓："立誓人某某，为救中国危亡，拯生民痛苦，愿牺牲一己之生命、自由、权利，附从孙先生，再举革命，务达民权民生两主义，并创制五权宪法，使政治修明，民生乐利，借国基于巩固，维世界之和平，特诚谨矢誓如左……"黄元秀兵戈戎马，追随孙中山南征北战，几次因肺结核回杭州宝石山休养，又几次在民族危难关头挺身而出，担当责任，面对威逼利诱，坚决不与当了汉奸的汪精卫同流合污。抗战爆发后，他的儿子黄正裕也在对日空战中捐躯。

又数年，人渐老，经历了乱世家国的悲欢离合，淡泊名利的黄元秀卸下了尘间的俗务，像他的好友李叔同一样，在西湖边隐居，皈依了佛门，成为虔诚的俗家弟子。

读黄元秀先生一楹联，或许最能显出其人其性——

想像背嵬军，敌忾同仇，肯遂令外族横行，中原板荡；
苍凉南渡局，伤心异代，且莫话西湖歌舞，大将风流。

武林健身院

又一日，去北高峰上韬光寺的小路上，见一个大大的围墙，有块"武林健身院"的旧牌子，仿佛很有些年头了，在法云弄的僻静之处，与灵隐、韬光为邻，倒是个练武术的好地方。只是下午的阳光下，古色古香的红木门紧闭着，我一边走着，一边不禁猜想，这武林健身院是什么来历呢？它是否是当年武林高手出没老杭州的又一个象征之地？它的形或是神，或者与曾在西湖边隐居的武林中人黄公元秀，有某种隐秘的联系？

有了黄公元秀，杭州古之别称"武林"，倒也觉得是名副其实的了。

辑四 碧的影

如庐

一日午后，与友在北山街漫步，秋叶萧萧处，伊人道，有位朋友就在北山街里，葛岭山麓，不如顺道前去拜访。随她即兴往上走，路边有抱朴道院，猜想莫非那高人就在岭上道观，脚步未停，过润庐，又想，高人或在润庐别墅？都不是，等看到智果禅寺的一段黄墙，伊上前几步，推开了幽兰处寂静的山门，说，就在这里了。

从山门处拾级而上，阳光淡淡地打在厚重的石板上。见一处老宅气定神闲地面朝西湖，老宅有棱形的窗，窗外有香樟树，有老梅树，有芭蕉树，有白鹅声声，碧影窈窕，小院中，有石凳石桌。香气幽然浮来，凡尘中人的心顿时也静了下来，但问迎客而来的主人，这是沉香第几炉烟？

这里是曾荒废已久的民国别墅，有名为如庐，是众多散落在葛岭山脚边的别墅之一。如庐位于杭州北山路34号，建筑设计师为顾孟良，是一幢典型的西湖山地别墅，1931年建成。当时的门牌号码为：葛岭山麓3号。

院落中的花草,是否还是从前的样子?如今却暂为香道场所。在此传出的,是笛声,箫声,古琴声,香道本就清雅,博山炉边,香雾缥缈如烟,自有清雅的笛箫琴诸友相和。深秋的午后,时光慢慢的,落英随风而舞,但闻箫声空灵悠远。曲终,主人说这是《莲台凝香》,吹箫人是江南民乐世家子弟杜如松。此庐偶尔的雅集之时,也能听到新辈名角的皮黄雅歌,水袖清唱。

这个地方,是能让人恍惚入梦,忘却时间空间的。香主着中装,蓄山羊须,有仙风道骨,与这美庐融为一气,客人中,灵隐寺僧人盘腿而坐,只我们身上的时装衣物,方提醒着旧日不再。

那么,从前呢?

曾经这里是智果禅寺,一座佛寺,初建于钱武肃王年间,在这湖边的风水宝地,一时香火旺盛。原先的佛寺应该比这里大多了,如庐只占了智果寺的东角。有记载说寺中有苏轼像,东坡太守在杭州时,其好友僧道潜就在智果寺。一日东坡访友,僧道潜汲泉煮茶,正与东坡七年前的所梦之事、之境相合,于是东坡纳罕道:"某生平未尝至此,而眼界所视,皆若素所经历者。"东坡从山门到佛堂,数石级为九十三级,也如梦中,便认定自己前身是智果寺和尚了。

到民国时,这智果禅寺仍有和尚的,如庐的主人曾与寺中禅师叙旧,只是东坡像早已遁迹,那泉不知今天仍在否?

山门之上,"如庐"二字的匾额犹在,眉清目秀的石库门楣上,是当时的国民党要员潘公展信笔所题。这"如",如承香堂的青烟,品之如玄如幻。如庐从佛门香烟之地,化身为坐看湖光

如庐

的雅集之所，不知经历了多少年华的变迁，穿越多少绵长空寂。

这如庐的艺苑雅集，可是有些历史的，如今的承香堂主，只是不甘于西湖雅集的式微，又就着沉香如幻的香氛，要将这雅集继续下去。

如庐原主人名林九如，取主人名中一字，命名如庐。林九如乃上海儒商，增裕原料号的经理，开有化工原料厂和印染厂，资产雄厚。林家的大小姐后来就嫁到了隔壁的润庐，其主人正是当年被称为"金半城"的金融家金润泉，林小姐要回娘家探望，每日都可来往于二宅，相比远嫁的探春，和亲的王嫱，真是幸福万倍了。

林先生虽经商，却以风雅著称，如庐又在这湖边岭上，绝妙

如庐内

之地，便有了绝妙之人来助山水之兴。如庐有客房数间，主人又豪爽好客，客们便来去自由。每到周末，林先生便携家人由沪来杭，朋友骚客也时相造访。在如庐，看湖，看山，看花，品茶，闻香，雅集与堂会，也是少不了的。如庐主人与国学大师马一浮先生交好，马先生也成了如庐常客。

这黛瓦白墙的院落中，闭门绝尘，曾有过怎样的文人雅趣、艺人清曲呢？至少林家后人林裕华先生的记忆是真实的。评弹名家，"琴派"创始人朱雪琴当年风华正茂，声誉鹊起，往来交游于江南，时现身于雅集堂会。她手持琵琶或三弦，身着旗袍，或吴侬软语，或婉转清歌，无论是唱演《梁祝》还是《西厢》，雪琴之琴音，怎一个如痴如醉了得，也给这湖上如庐，添几分别样琴韵。

在林家后人的记忆深处,当年京剧大师周信芳的皮黄雅歌犹在耳边。周信芳出身于梨园世家,六岁随唱青衣的父亲周慰堂旅居杭州,练功学戏。七岁就登台演《铁莲花》中的定生,艺名"七龄童",十二岁始用"麒麟童"艺名,后来多年在上海演出,名声越来越大,曾与梅兰芳等同台献技,开创了"麒派"。他的第二任妻子,是上海20世纪20年代社交界的名媛裘丽琳,其父也是拥有钱庄的资本家。结婚前,被丘比特之剑射中的裘小姐曾与周信芳私奔,生儿育女,最终这段爱情修成了正果,她成为周信芳的至爱,一生的红颜知己。

这样的身世和家庭,与同在沪杭之间的儒商林九如有深交也不足为奇了。想来周信芳偕美丽优雅的夫人小住如庐期间,应是雅兴颇高,大师最著名的一出《萧何月下追韩信》,不知可曾在如庐的堂前屋后唱过?

◎ 勾山

12月的杭州，下起了鹅毛大雪。雪片漫天飞舞，很快，脚下就有了一地的白。就着这突来的雪意，不妨泡茶一壶，听琴一曲。又读到金圣叹之句："何不弹素琴，一畅风雪苦"，不免赞叹。

午后，勾山里的青石板路上，雪花穿过光秃干净的树枝，无声地落在小巷。百米远外的地方是车水马龙，是几步一酒吧，几步一咖啡馆，几步一茶楼饭店的南山路，这西湖边的宽阔大街，衬托着今日杭州的繁华富丽。而小巷却像是一直被留在了另一处时空里，安静地延伸着。两边的粉墙上，静默地画着一些杭州本土人物的故事，雪渐渐地盖上了粉墙上的黑瓦。但此时几声激越的古琴声，从一处高墙内飘来，划破了雪巷的空寂。

勾山里，是西湖南线南山路的一条背街小巷。西起南山路（柳浪闻莺对面），东通荷花池头。南宋为美化坊，竹园山巷。《西湖游览志》卷十二载："竹园山，在今府治之西南。"宋安抚使赵与芮建竹阁其上。清陈太仆兆仑曾读书于此，自号勾山，故名。1966年改名为红军里，1981年复名。

杭州人爱把小巷叫弄堂，这不过百米的勾山里，窄窄的弄堂可不是寻常的小巷陌。这里曾经住过《再生缘》的作者，清代才女陈端生，著名书法家章梫晚年也在这弄堂里颐养天年，八十九岁高龄时终老于勾山里的小楼。而这小弄结缘最深的，莫过于古琴了。

曾经有一天，寻着琴声，放慢了脚步，踩着雪声走进小巷深处，琴声渐近，在雪中的午后变得铿锵有力。奏的又是哪一曲？追琴人在勾山里17号的老宅前，终于站住了。一扇黑色铁门是闭着的，但门内分明有人，在专注地习琴。

抬头看门上的几个字，原来，这就是浙派古琴的据点西湖琴社了。这被琴声养育了八十多年的老宅，定有和一般老宅不一样的灵性之气吧。

门是虚掩着的。这雪花纷飞的午后，若能在这门外立定，听一首琴歌《咏梅》，该是何等艳事。琴声缓缓，片刻的停顿后，

老宅里传出琴音

再次响起。想来这是名震江湖的浙派古琴琴社栖身之地,原以为逼仄的弄堂内,会有一方开阔的小天地,就像那些隐在街市声中的名人老宅,问琴人贸然推门,只见小院是狭小的一方天地,青石板、鹅卵石、石台阶,四处的墙面有些斑驳,一张张古琴悬挂屋内四壁,使老宅更显古色古香。

问习琴人,刚才奏的是哪一曲,原来正是《潇洒水云》,浙派古琴创始人,南宋人郭楚望的传世名曲。

这八十平方米的二层墙门小院至今还在,成为浙派古琴的见证之所,已属幸事。想当年,电影《英雄》一出,徐匡华老先生,那位"棋亭对决"戏中,白衣白须、从容抚琴的盲琴师如惊鸿一瞥,风采甚至盖过几位大牌明星。越来越多的中国人,从张艺谋的电影里惊叹起古琴之美,到杭州勾山里老宅寻访的慕名者也有不少。这位老先生,身负绝技,乃古琴一脉传人,但"文革"之后,古琴文化衰微,据传当年杭州能操琴者,不过十人。老先生也只能隐在民间,任中学老师之职,退休后才将全部精力贡献给古琴。后来,古琴被列为世界非物质文化遗产,这自古有之的中国雅乐才渐为人知。

浙派古琴作为中国古琴一大门派,其实一直与杭州这片土地共生共长。当年宋徽宗这艺术家皇帝好琴,专设"万琴堂"收藏古琴,他的传世名画中就有一幅《听琴图》。后来北宋亡,南宋定都杭州,南宋的皇帝士大夫们,多有爱琴成癖者抚琴自娱,或收藏名琴和琴谱。上行下效,文人中抱琴访友,也成一时之尚。

从郭楚望、汪元量这些古人一路传承下来,浙派古琴曲折艰

勾山里

辛地跨越了近千年，终于没有彻底沉寂。然后，就到了徐元白这里。徐元白，别名原泊，1893年出生于浙江海门，自幼聪慧好学，在私塾里攻读四书、五经，爱好文学、音乐和美术。青年时曾一度追随孙中山先生参加反清斗争，后来又投身北伐战争。二十九岁那年，在苏州天平山拜清末浙派大琴家大休法师为师，从此抛开世事，一心问琴。

1946年，徐元白先生搬到杭州，重修雷峰塔一号"半角山房"旧居，又偕同马先君、马一浮、张宗祥、徐映璞等人组建"西湖月会"，此即"西湖琴社"前身，后来，又搬到了勾山里。"月会"不分男女长幼，不论诗画歌赋，凡有一技之长者均可加入。每月一次，一人携一壶酒一份菜，相聚于湖上，或戏之曰"壶碟会"，又号"蝴蝶会"。

这"蝴蝶会",当是风雅文人们自创的一种自助餐形式了,品酒听琴两不误,当然,琴才是"蝴蝶会"的主题。1950年,当徐元白搬进了勾山里17号后,"蝴蝶会"也在这里继续,一时间,许多学人到勾山里17号以琴会友,张宗祥、马一浮等名流云集,不觉间下午的时光,便在琴声中滑向了夜里。到了20世纪80年代后期,琴社恢复了老传统,社员们每月聚会一次,演奏琴曲,研讨古谱。聚会由社员轮流做东道主,负责选择地点、寄发通知、略备茶点,谓之"换庄"。

又,徐元白弟子高醒华曾撰文道:

浙派兴起于宋,自宋至明曾出现过鼎盛时期,迄于明末,由于当时的代表人物,日益趋向媚俗,偏离了古琴艺术传统,且又过分强调门派,门阀之见日深,阻碍了古琴艺术的健康发展,导致了浙派的渐趋衰落。到了清代,虽然也曾出现过一些杰出琴家,但也无法挽救浙派的颓势。清末民初,范季英、释德辉等琴家重刊《春草堂琴谱》,维系了浙派遗绪。其时,释德辉与大休、张味真等琴家过往甚密,而徐元白是大休的高徒,又与张味真时相切磋琴艺,且当时正值盛年,琴艺精进,因此,继承浙派艺术的重任便历史性地落在了徐元白的身上。他重新竖起了浙派大旗,成了重振浙派古琴第一人。这是他的重要贡献之一。

古代四艺琴、棋、书、画中,琴居首。西子湖畔若缺了这绝尘脱俗的琴声，将减去多少清韵，世人所望，古琴的振兴，原是杭州这风雅钱塘古都该挺身而出的。

但随后西湖南山路一线要改造，徐家的勾山里17号老宅险些不保，徐匡华老先生曾为父亲徐元白买下的这座老宅担忧，时常独坐夕阳下，满怀着心事，如老僧般默默不语。

虽然在此住了三代的徐家现在已经搬出，但一息琴脉犹在勾山里。如今这里是学员们的习琴之所。因为场地小，一年中的清明、端午、中秋、岁末、元宵等时节，古琴雅集也选在别处进行。雅集之时，弹琴者会焚香，端然穿着唐装或汉服，在西湖山水间，平添了一派古风。犹忆某年的夏天，曾在西湖边名园郭庄的雅集上，听过徐君跃先生弹琴，与他合作的是越剧名家茅威涛女士，记得是《陆游》中的片段，茅威涛的唱腔，徐君跃的古琴，在西湖夏夜的月色清风中，配合得天衣无缝，宛若天音。

数年间，西湖琴社的雅集在西泠、在博物馆、在永福寺等各处开集，只是曾经勾山里的古琴雅集，恐怕不复了。

午后3点，回家，路上想起了琴曲《勾山琴缘》，到家后要找来听一听。这是徐元白的高徒高醒华献给勾山里17号的深情之作，此曲悠悠婉转，道出了老宅八十年间与浙派古琴有关的许多故事。

◎ 韬光

雪后初晴，窗外传来活泼嬉闹的童声，洁白的世界，午后的热茶热饭后，又想出门走走。

离家门不远，向西再向南，穿过一个隧道，便进入与城市景貌完全不同的区域，这里是一片世外的桃源，与灵隐的隐，与韬光的晦，都很近了。曾有几次，和几个女友到此地偷闲，不觉走进了灵隐深处。低窗曲槛，相向啜茗，真有武陵世外之感。

月前陪外省来的朋友游名头在外的名寺灵隐，也曾对客人道，如不烧香事佛，到了灵隐这片地，其实另有佳处的，比如到韬光寺周边走走，远离了滚滚而来的红尘香客，心境大有不同。韬光之妙，不同于灵隐的雄伟，但别有清幽。

韬光寺在北高峰南山之腰，出灵隐后向西北不过一二里，到巢沟坞，已置身于竹林深处。登上一条清幽的山路，沿着石阶上山，正累得气喘时，抬头望见了韬光寺的那片红色建筑。

以前韬光寺叫韬光庵。张岱先生也曾到韬光庵寻了一回梦的，并认真记下了韬光庵的来历：

韬光庵在灵隐寺右之半山,韬光禅师建。师,蜀人,唐太宗时,辞其师出游,师嘱之曰:"遇天可留,逢巢即止。"师游灵隐山巢沟坞,值白乐天守郡,悟曰:"吾师命之矣。"遂卓锡焉。乐天闻之,遂与为友,题其堂曰"法安"。内有金莲池、烹茗井,壁间有赵阅道、苏子瞻题名。庵之右为吕纯阳殿,万历十二年建,参政郭子章为之记……

前几年韬光庵当家的是月真法师,年轻清秀,学佛问经,对保护古建筑又极为热心。如是有缘,到了韬光,或许还能吃到斋饭,一边喝茶,一边与月真法师讲经论道。

韬光庵自古传奇,仅张岱记载,就与白居易、苏东坡、初唐四杰之一的骆宾王,以及宋之问等大诗人扯上因缘。寺内观海亭老柱上犹存的"楼观沧海日,门对浙江潮"名联,传说是在武则天当皇帝后写了"讨武檄文"并隐在韬光避祸的骆宾王,在某一日暗中指点宋之问完成的这一天下名联。这个"海",不是真的海,而是指钱塘江。

冷峻的冬日,乾隆皇帝因爱江南风物,曾三度探访韬光寺并题诗,有一首曰:"谁道我无恋,韬光那几盘。满山红踯躅,一路翠琅玕……"想来皇帝恋的是秋天的韬光吧。

写韬光庵的文字中,我比较喜爱的是明代性灵散文家袁宏道的《韬光庵小记》,所幸几百年后,今日韬光庵所见,也基本不出袁公子当年所见:

古木婆娑，草香泉渍，淙淙之声，四分五络，达于山厨。庵内望钱塘江，浪纹可数。

袁公子当年也曾在寺内留宿。20世纪70年代初，我相识的一位老先生在此参加单位组织的培训班，也曾在寺内的韬庵小楼上宿过，留下美好的印象。再后来，韬庵别墅因年久失修，又有白蚁虫蛀，一路破败了下去，直至成了危房。

韬光庵的冬天，鸟声稀疏，寒枝残雪，清寂得更让人心头涌起"韬光养晦"这中国人的隐逸哲学之思了。今日韬光寺内，白乐天碑依旧可读，柱上名联依旧可赏，山中泉清澈动听，韬庵在韬光寺的大围墙内，一字之差，相隔却有千年。韬庵是幢民国别

韬庵的下午

韬光寺内殿　　　　　　　　　　韬光寺内最高处的观海楼

墅，进寺院山门，右边一幢两层的小楼，白色的高墙，就是民国时有名的海归实业家穆藕初先生的宅子。小楼立于几重飞檐的佛殿之中，盖的是小青瓦，又有玻璃落地大窗。像民国时期的很多建筑那样，具有中西合璧的建筑风韵，显得十分别致。

有韬光庵老僧人回忆，当年，韬庵西墙一楼墙门上方，就刻着"韬庵"两字。如今经重新整修后，一楼斋堂，二楼僧寮。建筑幸运地保存下来了，只叹那曾在泉边溪边流转的渺渺梨园之音，要到何处寻觅呢？

若张岱和袁宏道先生能到民国时期的韬庵住上几日，那才子们留下的韬庵性灵文字，恐怕又大不一样了。

忆昔年盛况，韬庵建成后，大部分时间都空着。夏天来的人多些，资本家、艺术家和文人们小住避暑。主人穆藕初（1876—1943），上海浦东人，名湘玥，字藕初。乃民国工商巨子。穆先生好音，与昆曲渊源颇深。1904年，他和马相伯、李叔同等人创办的"沪学会"中，专门设立"音乐会"，旨在提高国人音乐修养。他们还同时创办了我国最早的一所戏剧学校——通鉴学校，组织演出文明戏。穆藕初1909年赴美留学，五载学成回国，一边办着纱厂，在国民政府工商部任职，一边玩票昆曲，常到苏州听昆曲曲会。1920年，穆先生因念昆曲"将致湮灭如广陵散"，于是慷慨捐资造韬庵别墅，专供票友名家避暑拍曲之用。上海百代唱片公司曾为俞粟庐先生灌制的《三醉》《拾画》《佳期》等唱片，就是穆藕初捐助的。传说穆先生在回国时途经太平洋，在船上派对时演唱昆曲，前无古人后无来者，一时传为佳话。

直至抗战爆发前，韬庵别墅几乎年年夏天清歌管弦不绝。昆曲大师俞振飞也曾是这里的常客，受主人藕初先生邀请，在此避暑养心。俞振飞曾在《穆藕初先生与昆曲》一文中记道："韬庵地临半山，门前修竹万竿，终朝凉爽，红尘远隔，凭栏清歌，笛声与竹响相和答，倏然尘外，不知世上尚有暑日炎炎矣！"

"韬庵"的楼名，用的正是俞振飞之父粟庐先生的别号，只是当年俞振飞题字"韬庵"的银杏木牌匾，已不知所踪了。

当时穆藕初诸友中，还有沈月泉、徐凌云等昆曲前辈和曲友，也常在韬庵拍曲、踏戏。这几位在昆曲传承上志同道合的人，在上海成立了"昆剧保存社"。穆先生虽事务繁忙，但"每日必以曲为课"，喜唱《牡丹亭》《荆钗记》等曲。一腔爱心，为拯救昆曲于衰微，这位儒商还在四十五岁那年亲自粉墨登场，在上海的一家戏院内演出《辞阁》《浣纱记》两剧，出钱出力还出人，正可谓"使一线不绝如缕之雅乐，不致湮没失传者，舍我穆公其谁"。

韬庵曾经的昆曲时光，使杭州城与昆曲这项世界非物质文化遗产艺术建立了一种深厚的联系。如今楼在曲不在，真是半幸半叹。其实杭州当年是有几处昆曲会所的。除了韬庵这一处，城中还有摹烟别墅，位于湖滨六公园北边，现门牌号码为湖滨路20号，别墅的主人便是穆藕初的曲友，海宁儒商徐凌云，因主人徐凌云号摹烟而得名。

摹烟别墅是一西式洋楼，壁炉阳台，每年农历六月荷花生日前后在此举行的昆曲雅集，极一时之盛，穆藕初及俞振飞父子，也是摹烟别墅之常客。摹烟别墅不比韬庵深居幽处，老一点的杭州人，是知道这幢别墅的。近年有爱好昆曲的老者提出，希望市政府将它用于昆曲宣传之所，不知能否如愿。

岁月流转，江南佳丽地，丝竹丽音未绝，当年曾在杭州风流一时的昆曲会所，却不闻仙音久矣。若对那余音沉醉不知归路，而又恋恋不舍的，不妨去灵隐深处的韬光寻一寻吧。

◎ 笠翁

杭州有两座山，都不高，且发音相似。一孤山，一吴山，孤山有多雅，吴山就有多俗。孤山有多清高，吴山就有多热闹。一年四季，不论何时，凡外乡来客，远道而来，哪怕是多年未见的挚友，都要到西湖边茶馆咖啡馆做夜晚的清谈，第二天午后，忽想起要带客人去吴山转转。虽非刻意，但结果每必如此。作为杭州人，我自己也哑然失笑了。

真的，有那么舍不下吴山吗？

从南山路的湖边拐个弯儿，暂离了西湖，去吴山脚下听听市声，尝尝小吃，有阳光的午后，兴步上山道，直到城隍庙。吴山的风，是"天风"不假，但那风里，是满满的能闻到市井味道的。山上茶室里，时而传来平常百姓家打牌搓麻的欢声，一杯不贵的茶，吃五喝六地，就泡到太阳落山。

旧时吴山一带庙多，香火盛。每到农历新年、元宵，二三月的香市及端午、立夏时节，山上山下熙熙攘攘，歌舞曲艺，鼓乐声声。每逢庙会，城里的红男绿女携儿带女，或全家出动，或恋

吴山庙会

伍公庙祭

人成双，人群中三教九流，不一而足。今日吴山步行街虽也闹猛，能观市井民俗，旁边有花鸟城可逛，但比起从前自由市集，多有不及。从前的吴山，算命、看相、测字、卖画、戏法、耍杂、古董及各种民间特产玩意儿小吃，应有尽有。

　　一个好天气的下午，去登吴山，忽然念起，比之林和靖的孤山，有谁人与吴山最是相配呢？

　　忆昔年，北宋六一居士欧阳修，南宋诗人陆游等都曾登吴山，为吴山留下文墨，明代大书画家徐渭曾住吴山火德庙西爽阁，在此写诗作画。又有近代秋瑾女侠，留下《登吴山》七绝：

老树扶疏夕照红，石台高耸近天风。
茫茫浩气连江海，一半青山是越中。

但若要取其中一人为吴山代言，终觉勉强，欧阳修和陆放翁，都不够市井烟火气啊。

我心目中另有一人，完全可担得起为吴山代言的。此人一生中，曾两度在杭寓居，共十余年，终老杭州。他最后的寓所就建在吴山铁冶岭，一处名为层园的别墅。

层园的主人是谁？正是自号湖上笠翁的李渔（1610—1680）。今人知道李渔的大名，多因李渔所著精致生活点点滴滴的随笔《闲情偶寄》。男人喜爱这位清代文人，大抵因他极为详尽地告诉后世男人，应如何从细节处品赏女色。今日市井凡夫，知道明清十大禁书中，有一本叫《肉蒲团》，此书在日本江户时期就刻有日版，后被香港邵氏公司拍成三级电影，十年前又被香港导演拍成了新版3D电影，但一般人却未必知道李渔正是《肉蒲团》的作者，此书便是李渔在杭州居住时写成的。

家里有全套精装本的《李渔全集》，二十年前就买了的。这李渔虽称不上雅士，却也是有才之人，喜奇装异服，写过众多的杂书杂戏，养一众鲜婢美妾，一个李氏家班。李笠翁对吃喝玩乐都精通，行走过大江南北，见过三教九流，共计交游过八百余人。凭一身的歪才，到达官贵人门下打秋风，这等神奇好玩之人，怎能因他是非主流而怠慢?

清朝时的吴山,乃是民间文人喜爱的雅聚之地,文人骚客扎堆儿到吴山上诗酒相欢,或品剧观戏。元明清之间,关汉卿、施耐庵、洪昇、尤侗等人都在杭州住过。戏剧史上有"南洪北孔"之称的洪昇,本就是杭州人,康熙四十二年(1703年),洪昇的毕生心血之作《长生殿》一剧,就在吴山的勾栏戏院上演。

如今吴山依然是个热闹景区,不过其中一段小小的铁冶岭,却隐没在了现代的市声之中。李渔在金陵所居的芥子园仍保存完好,遗憾的是他在杭州的层园却已灰飞烟灭,要寻笠翁当年足印,也只得去吴山的一草一石中探寻了。

李渔家乡在浙江兰溪,四十岁时,卖了故里的伊山别业,举家迁到杭州,以卖文糊一家之口。之后笠翁传奇之《怜香伴》《风筝误》二剧问世,职业作家李渔的事业在杭州起飞,湖上笠翁的名声也越来越大,越剧《怜香伴》最近还在杭州演过。

十年间,李渔的杭州韵事多多,除了"湖上笠翁"的雅号,还自称"西湖流寓客",当年与"西泠十子"同居杭州,时有往来唱和。著名诗人吴梅村曾作七律《赠武林李笠翁》,有一句"一笠沧浪自放歌",那年李渔正好五十岁。五十一岁时,职业作家李渔苦恼于江湖上他的盗版书太多,为方便查盗版而移居南京,建别墅芥子园居住。在芥子园期间,李渔达到他一生的艺术顶峰。

在杭州时,李渔写得一出《意中缘》传奇,乃是为他交游的红颜杨云友而作。杨云友是当时的杭州名妓,号林下风,又是工山水画的才女。时人称她"斗茗弹丝,并皆精妙"。杨云友喜欢上著名画家董其昌，刻意临摹他的山水画，几可乱真，有时连董画家自己都看不出真假来。杨云友二十二岁时，由董其昌的朋友，杭州诗人汪然明做媒，在汪然明的西湖画舫"不系园"中成就好事，嫁给了董其昌，从此琴瑟静好。李渔把这段浪漫事写成了《意中缘》传奇，女才子杨云友自己为传奇写了序，称"笠翁先生性好奇服，雅善填词"，成就一段佳话。

李渔一生虽一介布衣，没当过官，靠职业写作为生，家中却有几十位姬妾，排场不小。李渔最宠爱的二姬，一姬姓乔，一姬姓王，都是李渔在云游北方途中所纳，当时二女都只有十三岁，却悟性极高，堪比白居易身边的樊素和小蛮。李渔带着她们在春来花发时回家，从此李家班成立，自编自导自演，不亦乐乎。乔姬演花旦，王姬演小生，成为家班台柱。传说李渔的双娇都是尤物，擅吴音，还擅吹箫弄琴，红弦翠袖，舞态歌容，一时鹤立鸡群。但花无百日好，叹乔王二姬因李家班四处演出，积劳成疾，都在十九岁的豆蔻年华早逝。两位红颜的早逝，对李渔打击很大。同时台柱子一倒，李渔的生计也大受影响。此后家班女戏渐至萧条，李渔又年事日高，常自言"得诗多而得金少"，生计日渐艰难了。

六十四岁，李渔到杭州，再访武林旧居时，感叹"旧业重过草木稠"，旧居已二度易主，物是人非了。

六十七岁，感老之将至，李渔终于决定归老杭州，在吴山东北螺蛳山铁冶岭中，郭璞井边，买山而隐，购得一旧居层园，举家搬迁，又慢慢地修着这层园。据说此园所居之地，从山麓到山巅，有几十级石阶。

抄下《今又园诗集序》中的笠翁独白：

丁巳春，予自白门移家湖上。碧波千顷，环映几席，两峰六桥，不必启户始见，日在卧榻之前，伺予动定。因题一联于斋壁云："繁冗驱人，旧业尽抛尘市里；湖山招我，全家移入画图中。"

住在这看得见西湖的家里，白发苍苍的笠翁，念起母亲在世时，曾和他一起泛舟西湖，母亲指着岸上的居民羡慕地说，他们是哪世修来的福气，能够在这里安家呀。等到梦想成真，子欲孝而亲不在了。

笠翁七十岁仙逝于杭州城，枕山卧湖中，不失为一种幸福了。只可惜方家峪外莲花峰上，九曜山之阳，曾经立有"湖上笠翁之墓"石碑，再也不寻。倒是吴山山腰山脚的灯火市声长年不灭，当年吴山勾栏中演笠翁戏文的情景，恍然犹在眼前。

最近一次上吴山，是己亥年盛夏的一夜。上山后，感觉比山下的世界要清凉得多。在山中的一个小院喝茶，想起笠翁曾经的层园，或许也是这样的院子。我是去吴山探访到此小住的作家马原的。马原从云南的隐居地来杭州，上了吴山，是即兴来看中央美院的画家朋友而在山上写生作画的。画家写生的吴山草木花虫，正是从前常伴笠翁的景物。小院中，更有一只可爱的小乌龟，仿佛听得懂人语，不知这只龟是否也爱听在山上住过多年的李笠翁的前尘往事？

◎ 蕉园

西泠之外，还有西溪，是最能与诗人相唱和的。西溪离西湖五公里，很多杭州人可能只知西溪是个有野趣的地方，春夏天来芦苇荡中坐坐船，秋天去摘火红的柿子，冬天到西溪观芦雪晒太阳，其实，西溪自古还是诗家福地。

蕉园诗社今在高庄，又名西溪山庄。始建于清顺治十四年（1657年）至康熙三年（1664年）之间，是杭州人高士奇在西溪的别墅。高士奇学识渊博，能诗文，擅书法，精考证，善鉴赏，被清人比作李白、宋濂这一流人物，其所藏书画甚富。康熙二十八年（1689年），康熙南巡时，曾临幸西溪山庄，并赐"竹窗"二字和诗一首。现在复建的高庄，由高宅、竹窗、捻花书屋、桐荫堂、蕉园诗社等建筑组成，再现了当年康熙临幸高庄的历史场景。

曾在杭州的报章上看到一则消息：二十余位诗人身着汉服，在西溪秋雪庵吟词雅集，还成立了一个"新蕉园诗社"。翻出新蕉园诗社的结社辞来，方知渊源。这始作俑者的旧蕉园离今天的

西溪风情

新蕉园,不觉时光匆匆已过三百年。这常入游子梦中的江南水乡,也是诗才辈出的地方。

旧时西湖风景有"三绝":灵峰的梅花,称之香雪;满觉垅的桂花,称之金雪;西溪的芦花,名为秋雪。"西溪芦雪"曾是清代"西湖十八景"之一,而流水芦荡之中的这一屋故庵,便是曾经风流云散处的秋雪庵了。

找个下午,慢慢地坐船去秋雪庵,是清雅的事。秋雪庵初名大圣庵,始建于宋。"庵水周四隅,蒹葭弥望,花时如雪。"陈继儒取唐人"秋雪蒙钓船"诗意,题名"秋雪"。自宋而元、明,屡有兴废。清时,南浔商贾周庆云从住持明圆手中购得庵址,重建大殿三楹及弹指楼,复以旧制,并增三楹,置为"两浙词人祠

西溪深处

堂",后毁。秋雪庵也是西溪内唯一需要船才能到达的地点。

午后暖阳斜斜地落到小船上。远望去,四面水中有一小洲,孤岛中一小庵,寂然漂浮于芦荡之上。两星期前,这里应是芦花飘舞,寒鸭戏水,而现在庵上的瓦砾之间,一场大雪还未化尽,雪水淌过屋檐,缓缓地滴落。听说这秋雪庵,从前曾是蕉园诗社的姐妹们时常聚会的地方。那么可有蕉园吗?昔日的蕉园只是个社名,如今为附会这一段江南佳话,特在西溪湿地内的高庄内,修了蕉园诗社的建筑。

话说清朝时的蕉园诗社,是有幸载入了史册的,而且诗社成员全是闺阁女子。蕉园诗社初结于清顺治间,历经四十余年,有前"蕉园五子"和后"蕉园七子"之说,都是当时杭州洪黄钱顾四大家族的淑女名媛,"真闺阃之雕龙,裙笄之绣虎也",并非浪得虚名。当时气候,女子以诗闻名者寥寥,正如当时诗界的万绿丛中,独这一株的美人香草,别样娇艳且令人遐思兴叹。

蕉园诗社基本上是由清初钱塘四大家族的闺中姐妹组成。发

西溪蕉园内景

起人名顾之琼,字玉蕊,是钱塘翰林钱绳庵之妻,当时就极有诗名,还著有《亦政堂集》。她在四大家族的闺阁姐妹们中辈分最高,招集成立了蕉园诗社,并正式发表《蕉园诗社启》,使蕉园诗社成为古代第一个有启事、有组织的真正意义上的女性文学社团。除顾之琼外,骨干社员还有被称为"蕉园五子"的柴静仪、林以宁、徐灿、钱云仪、朱柔则等姐妹们。

《杭郡诗辑》中,专门有蕉园七子诗社活动的记载:

> 是时,武林(今杭州)风俗繁侈。值春和景明,画船绣幕,交映湖溽,争饰明珰翠羽,珠髻蝉壳,以相夸炫。季娴(柴静仪)独漾小艇,偕冯又令、钱云仪、林亚清、顾启姬诸大家,练裙椎髻,授管分笺。邻舟游女望见,辄俯首徘徊,自愧弗及。

这是蕉园姐妹水上诗会的情景,这水上,多数是在西溪自家的私园之内，偶尔节庆之日，也有在西湖上泛舟并分韵作诗的雅集。

前些年更有历史学者土默热先生的"新红学"一家之言，使杭州西溪石破天惊地"染红"了。土默热先生认为，《红楼梦》作者不是曹雪芹，而是洪昇。洪昇是谁？正是名剧《长生殿》的作者，南洪北孔的洪昇。

洪昇就是杭州人氏，家在西溪，后来因"家难"流寓京城数十年，曾和曹雪芹的祖父曹寅交好。康熙四十三年（1704年），曹寅在南京排演全本《长生殿》，洪昇受邀观剧，临走时已喝醉酒，结果很不幸地，在船过水乡乌镇时失足落水而死。人的命运，有时就这么离奇。

不论土默热先生的惊世之说是否成立，洪昇确是蕉园姐妹们的表兄弟。洪昇的家在西溪五常，河渚之东深潭口。如今的龙舟看台边的洪钟别业，是洪昇先人、明朝成化年间刑部尚书洪钟家的后花园，洪氏家族也是西溪历史上的"百年望族"。

洪钟，字宜之，杭州人，成化十一年（1475年）进士。先后任四川按察使，江西、福建左、右布政使，右副都御史，右都御史，后升任刑部尚书。明正德四年（1509年），加封太子太保兼左都御史，掌管都察院。洪钟晚年退隐回籍，在西溪故地建别业，组织乡民赛龙舟，是为西溪龙舟盛会的开端。

如今重修的洪钟别业，是一处仿明式建筑。曲池廊榭，竹林掩映，青瓦草堂的一座美园，到西溪的游人，大多会乘兴进园探访。而当年这里四通八达，景色也美，相传洪钟就在此地组织乡民们赛龙舟,杭州端午一时盛事,便在西溪。如今,每年的端午,西溪依然有热闹的龙舟会,龙舟们敲锣打鼓地从我家门边的小河经过,一直要到西溪的深潭口,决出最后的名次。

钱塘才子洪昇,自小在西溪的水云间长大,与才思敏捷的蕉园诸姐妹莺燕相闻,感情很深。蕉园姐妹前后共十二钗,与《红楼梦》中结社的大观园姐妹们惊人相似。蕉园才女名媛们的命运,也多可归入"薄命司",红颜易老,香草飘零,与大观园诸钗一样,到最后都是霜风凄雨中,群芳落尽。

记得某岁春天,上海昆剧团到西溪洪钟别业上演《长生殿》。西溪福堤的西侧,河渚街南,有一古屋,梁上有匾,名"清平山堂",也是洪钟别业的重要部分,从前是洪家的藏书楼,可见当年西溪洪家也是簪缨世家,只是到了洪昇生活的年代,以洪家为首的钱塘四大家族,经明清朝代更替的动荡,渐渐地败落下去了。

说到女子诗社,明末桐城有"名媛诗社";清乾隆末年,吴江有"清溪吟社";道光间有"秋红吟社";而康熙年间杭州的蕉园诗社,则是其中的佼佼者。《红楼梦》中大观园诸钗结社之事,正是明末清初这股民间结社风气的投影。名士袁枚等人,公开收女弟子,鼓励闺中淑女吟诗作词。女子为文学结社,在江南城市中成一时之尚。

蕉园诗社每月会雅集几次,诗媛们在一起谈琴论画,赏花品酒,互相唱和之间,不觉夕阳西下。要说咏些什么?人在西溪画中,不必出园门,仅四时美景,春水、寒鸭、花、月、鸟、鱼、

洪园内

芦雪、寒梅……就够她们互相唱和了。有了诗社，闺中岁月不只淹没在染脂弄粉之中，变得风雅而且有趣了。当然，也有社中翘楚，对文学和身后名是有强烈追求的。像大观园中结海棠社、桃花社，林妹妹雅号潇湘妃子，蕉园姐妹也都取了雅号，林以宁为"凤潇楼"、柴静仪为"凝香室"、钱云仪为"古香楼"。蕉园诸芳，绕来绕去也都沾亲带故，自然是因闺阁女子基本足不出户，不能像男人那样地四海交游之故，亲戚姐妹们有一众志同道合者，各家的园子也同在西溪周围，结社的事，才有了天作之合。

蕉园诸子中，女诗人林以宁是最让后人心生绮思的。林以宁是社长顾之琼的儿媳妇。土默热先生认为，此林妹妹正是《红楼梦》中那个林妹妹黛玉的原型。林以宁的父亲是进士林纶，因为外放山西，父女很少见面，后来嫁了丈夫，也是聚少离多，闺怨成愁。这个林妹妹也从小工诗擅画，黛玉爱竹，以宁也爱竹，也擅画竹。黛玉抚琴，以宁也爱抚琴，据说曾留下一首琴曲《水仙操》，两个林妹妹，都是才高八斗又多愁爱哭的小女子。在落花时节感伤，时有葬花之举，琴弹得断肠，诗也写得断肠。二林的惊人相似，是小说与现实的偶然相逢，抑或西溪边的林妹妹正是小说家言中的林妹妹的化身呢？

不管是真非真，西溪有了这蕉园姐妹的芳踪，有了蕉边女客与大观园姐妹相交会的传奇，我们曾经眼里的西溪，又添得几分香草美人之叹。冬日，今天的诗人偶住在这远离街巷的西溪偏馆，在溪流脉脉、芦雪纷扬的别院小住，诗人与西溪，月光与酒，赏心乐事谁家院，就在蕉园诗社，一个江南水乡的诗人旧梦可以圆满了。

◎ 醉白

灵隐寺后门出，沿一条青溪缓缓而下，没有车声时，能清楚地听到溪水淙淙。夏天的某日下午，送外地朋友到白乐桥的青年旅舍投宿，车在小路上行驶，千年古刹边，两边水郭山村一一入眼，绿树掩映处，北高峰山脚下，是黑瓦白墙的白乐人家。

找到那家看起来像小别墅的青年旅舍，一位娴秀的姑娘正坐在小院的露天吧里，安静地喝茶、看书，一只白色小狗在姑娘脚边打瞌睡。见客人来，姑娘起身，招呼，原来正是青年旅舍的服务员，小狗也一跃而起，绕着客人转来转去，快乐地摇着尾巴。

白乐桥，杭州都市里的村庄。如果想拾得一段慢时光，你可以从任何一个城市，任何一个地方出发，到这里来。你可以每天在此无所事事，无非是漫步、静阅、品茶、望山、戏水、问佛、养心。黄昏时，乘兴到路边的小饭店喝一杯小酒，叫几碟小菜，和当地的村民拉拉家常，就像当年白居易在杭州时那样。

白乐桥原名万佛桥，因桥连着万佛寺而得名，万佛寺早已不见踪影，白乐桥的名字却与白居易一起，在西湖灵隐边留下

白乐桥

芳名。白居易当杭州刺史时改建，后万佛桥改名为白乐桥，因白居易字乐天，这是除西湖边大名鼎鼎的白堤之外，杭州又一处跟白居易有关的地名。

白居易于唐朝长庆二年（822年）被贬官后，赴任杭州刺史，前后三年，实际上仅待了二十个月。历史上多少官吏曾在杭州留足，或长期居住，像白乐天那样名垂地方史志又不断被人惦记的，又有几人？

盛唐的杭州，白乐天除了湖上泛舟，就是灵隐问禅，灵隐后门的白乐桥一带，曾是他经常漫步的地方，当时白乐桥的村民，也许有几个是识得这位风流诗人的。

白乐天离开杭州后，晚年在洛阳寓居。洛阳虽有名花牡丹可看，但他仍常想起江南的日子，于是写了深情的《江南忆》，古代的词是用来唱的，他身边最宠爱的一姬一妓，名樊素和小蛮，正是唱《江南忆》的最好人选了。想象千年前的洛阳院内，白家班红袖歌舞，清音曼妙，已到人生暮年的乐天老人在舞榭歌台间，

白乐桥1号

纵情饮酒作乐。樊素鹂莺婉转，唱"江南忆，最忆是杭州。山寺月中寻桂子，郡亭枕上看潮头。何日更重游？"小蛮翩翩起舞，是何等醉人的光景。乐天老人对江南杭州的相思，又有多少都寄托在了白家班花魁的红衫翠袖上。

唐朝时，歌舞教坊一时之盛，从皇宫内院到文人士大夫们，普遍爱好音乐。李隆基本人曾作多首羯鼓曲，让宫廷教坊演奏。同时自己也是奏乐的高手，与杨玉环同教梨园弟子习《霓裳羽衣舞》。当时的"家班"，是民间对宫廷梨园的民间效仿。达官贵人要娱乐，于是家里多蓄着歌舞伎，在宴会时为宾主演出助兴，最为奢靡的，当属《韩熙载夜宴图》中的一幕幕逼真的夜宴狂欢场面了。

洪迈的《容斋随笔》中，也记录了一次有白居易参加的宴会。在一条游船上，从早晨到黄昏，宾客们一边嬉水，一边听乐妓们弹琴唱歌，左手持笔砚，右手持酒壶，岸上的人远远望去，湖上的舟中人像一群令人羡慕的神仙，渐至观者如堵。

白堤

　　白居易官做得不错，同时也过着声色犬马的私生活。当时西湖边，骑马的游人随处可见，"乱花渐欲迷人眼，浅草才能没马蹄"，这是白公走马西湖的实录。有时湖上笙歌传来，从旦达暮，月色之下，袅袅丝竹之音从湖上飘来，岸上的市民百姓，恐怕也知这白刺史在湖上闲情大发，逍遥游得不醉不归了。

　　《霓裳羽衣舞》传出宫门后，曾是白乐天的所爱，时常让白家班演奏，还有《杨柳枝》等教坊名曲，也是白公所爱。白居易自作的长诗《琵琶行》《长恨歌》，猜想也会教给家班诸姬演唱吧。

　　白氏家班中，一班歌舞乐姬，或购得，或他人赠送，白公曾自夸："菱角执笙簧，谷儿抹琵琶。红绡信手舞，紫绡随意歌。"可见家班中美姬人数不少。最得意的，便是"樱桃樊素口，杨柳小蛮腰"的两位女子了。后来白公称樊素为姬，大约是已纳为小妾，而称"妓小蛮"，那么当时小蛮的身份仍是家妓了。据说白居易性风流，好女色，陪伴身边的都是些美艳的二八女子，为图新鲜，十年之内，家妓就换了三批。家妓其实就是家奴，地位在婢妾之间，不过白公对跟了他多年，给他很多快乐的樊素和小蛮二姬还是有感情的，"十年贫健是樊蛮"，但等到白乐天风蚀残年时，或许是出于对她们青春未来的一点善念，还是遣散了她们，让她们嫁人去了。

白居易要离开天堂杭州，依依不舍，西湖渐远，但生活还要继续，他把在杭州的一些家妓带去了洛阳，还写了首《西湖留别》，算是对三年江南杭州冶游生活的告别：

翠黛不须留五马，皇恩只许住三年。
绿藤阴下铺歌席，红藕花中泊妓船。

后来他的朋友，另一位诗人刘禹锡，又写了首诗跟白公开玩笑。刘诗说的是，多情的诗人白居易一走，奈何钱塘的苏小小们，只能徒劳地因思念诗人，泪湿石榴裙啦。

白居易在杭州的遗迹，除留下一白堤、一白乐桥之外，还有一醉白楼。旧时的醉白楼就在茅家埠，临湖而居，依湖而醉。想当年，杭州刺史白乐天啸傲湖山时，有茅家埠一酒家，老板名叫赵羽，白公喜爱这里赏湖的楼座风景独好，闲时常来吃饭，有时从早痛饮到晚，也不分官民之别。传说有一次去得晚了，厨房只剩两只猪爪和一只鸡。小二灵机一动，将两样原料放在砂锅里，架在木炭上炖烤，把砂锅盖子揭开时，小二一不小心倒翻了酒瓶，酒家里顿时香气扑鼻。这个菜传到今天，成了新醉白楼的一道招牌菜：醉白元宝鸡。

韬光祖师殿，韬光师与白居易曾在此一起喝茶品诗

一来二去，赵羽成了白公的朋友，有一天，赵羽要白公给酒家题名，白公马上就题了"醉白"二字。顾名思义，你家的酒饭香得我白乐天都醉倒了。从此醉白楼脸上飞金，名声在外了。

从白乐桥到茅家埠并不远。今日茅家埠一带，每逢双休日天气晴好，道路上常是车水马龙，杭州人倾巢出动，从各处来到这里，在茅家埠的农家小院前喝龙井茶，吃农家饭。一般是上午来，到下午三四点，各自散去。夏天时，午饭改成了晚饭，在凉风习习的溪边或茶园边，就着月色下饭。

赵羽家醉白楼的名号也留了下来。今天的醉白楼也在茅家埠，也是一家饭馆，与杨公堤隔西湖烟水相望。醉白楼是白墙黑瓦的中式建筑群，楼阁正中，有手书"醉白楼"三个大字，让各地前来追寻白公遗踪的游人们浮想联翩，想一想唐朝茅家埠村人的酒家醉白楼，怎样地醉倒过白乐天，只是当年樊素小蛮们有无跟随到此，以小调丽曲佐酒，却无从考证了。

◎ 寄庐

赵公堤上，也有高人。赵公堤与杨公堤T形相交，通灵隐、天竺。乃南宋淳祐二年（1242年）临安知府赵与篯所筑，有"夹岸花柳如苏堤"之称。后堤废。清代在故址筑金沙堤，民国时期改为路，2003年时，赵公堤才修复。

有几年的夏天，时常去杨公堤口子上的金庸茶馆坐坐。那时吾家握瑜兄还是幼儿班黄稚小儿，在金庸茶馆的小院内玩耍不久，嚷着要去玩水。于是带他拐个弯儿，到了边上一条清幽的赵公堤。走到一座石拱桥边，青草浅浅成滩，碧水桥上，老树掩映。下得桥边石阶到水边，但见清澈的湖水中，鱼儿机灵地游来游去，清晰可见。小儿玩水摸鱼之时，只见一幢白墙黛瓦的房子倒影在水中，风一吹来，那黑与白的倒影在水面上晃荡了几下，引得小儿的注意，于是问我，那是谁家的房子？

告诉小儿，那房子现在不住人了，是一个景点。以前可住过一个很厉害的人，小儿问那个厉害的人是做什么的？答，他是演武松的。小儿是知道武松打虎的故事的，还听说武松打虎那天,吃了很多斤牛肉,喝了很多碗酒,东倒西歪地上了景阳冈,于是哈哈笑将起来。

赵公堤边的这座桥,名叫毓秀桥,毓秀桥边的江南院落,就是盖叫天的故居燕南寄庐了。

盖叫天是名震江湖的梨园名角,演武生的。自清朝至民国,京戏取代昆曲成为国粹,名角们受观众戏迷们的爱戴,几乎可到迷醉的地步,与今日粉丝捧明星并无二致。民国时,有痴情女子,为偶像梅兰芳终身不嫁的。戏台上的名角被狂热追捧,名角们的私生活也备受关注,人们常念,他们台上如何,台下又是如何,生活起居跟常人有何不同呢?

有年冬天,在北京的老胡同间,我踏雪寻到了护国寺街的梅兰芳故居,一进那个红色调的老四合院,被看院人告知因冬天缺乏取暖设备,故居闭馆谢客,于是只好单在院子里转了转,拍了几张照,在雪中叹息而返了。

盖叫天曾与梅兰芳同台演戏,两位京剧大师惺惺相惜,成就一段梨园佳话。两个人演戏,都是不疯魔不成活的人,却一直互相激赏。两位大先生曾想合演《白蛇传》,终因各自奔忙,聚少离多而未能圆梦。

盖叫天(1888—1971)原名张英杰,号燕南,河北高阳人。幼入天津隆庆和科班习艺,九岁就能唱堂会,在《闹天宫》中扮小猴子,蹦蹦跳跳地一气翻上十几个跟头。十三岁,在杭州天仙戏馆登台演出,演诸葛亮和石秀,一炮走红,从此和杭州结下深厚缘分,此后,他常在苏杭和上海一带演出。他的艺名盖叫天是在杭州取下的。他在上海宝康里还有一处居所,但更爱西湖山水,就在杭州结庐而居了。

故居在杨公堤边赵公堤,名为燕南寄庐,石门上额的"燕南寄庐"四字,是由国学大师马一浮先生亲笔题写的。盖叫天因祖籍河北有"燕北"之称,故把这座宅子称为"燕南寄庐",取燕北之客寄居江南之意。院墙下墙角的界碑上,刻有"百忍堂张界"的字样,这盖叫天,就是一个特别能忍,能忍到极限的人。

这燕南寄庐,外边是曲水流觞,隔着市声。推门入院,却像到了一周周正正的北方院落,或许因盖叫天本是北方人,演的又是武生,偏爱北方院落建筑风格,减却几分旖旎,增添几分端方,于是这庐便有了盖叫天特有的精气神儿。但寄庐所在的金沙港,在当年的杭州还是偏僻的乡村,住在此庐便是隐居之意。盖叫天因为慕孤山隐士林和靖的高名,在家中也养了一对仙鹤。为了演戏逼真,在家中还养了一头老鹰。

燕南寄庐

盖叫天石像

盖叫天每天早上起来,会去西湖边散步,在自家小花园内练功。到夜里,屋里没有灯,练功只能点蜡烛和油灯,后来幸亏周恩来总理亲自过问,燕南寄庐通了电,盖叫天才告别了摸黑练功的日子。

盖叫天人称"第一勇猛武生",又称"江南活武松"。陈毅曾为盖叫天题联云:"燕北真好汉,江南活武松。"现在这对联,还有他请画家黄宾虹所题的座右铭"学到老",仍高悬在故居的客堂之上。盖叫天演了一辈子的武松,每演到《鸳鸯楼》《狮子楼》时,台下观众都热血沸腾。有一次在台上演武松,还出过断腿的意外,但盖叫天仍咬牙做"金鸡独立",等大幕落下,观众才知演员严重受伤,不禁对他的刚强,还有一位名伶的艺德肃然起敬。

巧的是,水浒英雄武松最终的归宿地也是在杭州,传说行者武松在随宋江征战方腊后,失去一腿,心灰意冷地在杭州出家为僧,死后就葬在杭州。

20 世纪 60 年代初，盖叫天在杭州收了最后一个徒弟，是一位名叫陈雪娇的女弟子，杭州人氏，拜师时，从前的梨园旧规矩一律废除。从此这最小的徒弟，常和他孙女儿一起在这寄庐中练武学艺。

"文革"期间，寄庐主人也没能躲过劫难。寄庐被抄没，家具什物被拉走十多车，盖叫天一家也被赶出，从此寄庐有二十多家房客共挤一处，就像当年北京的四合院变成大杂院了，这院子经历这番折腾，从此荒芜败落了。被赶出家门的盖叫天，也难免被批斗的仓皇命运，还被打断了腿，他在杭州最后的时光，是在屈辱与悲凉中度过的，连夫人薛义杰女士和几个儿女，也跟着他吃了不少苦头。

故居边上有一亭子，柱子上的对联是"英名盖世三叉口，杰作惊天十字坡"。将盖叫天的姓名、艺名和戏名巧妙地镶嵌其内。亭后是墓葬。这墓是盖叫天生前自造。

寄庐边的演坛

如今很多年过去了,盖叫天并没有被人忘记,京剧也依然是国粹,燕南寄庐终于得以重修,迎四方客来一探梨园旧影。寄庐在江南,一年四季不再闭门谢客。西泠桥畔,新的武松墓也重修起来了,与燕南寄庐遥遥相望。都在杭州,"活武松"要是想去探望真武松,怕也不难吧。

◎ 周璇

"到龙井喝茶去。"冬日，每到天气晴好的周末，三四好友便有人相邀一起开车去龙井。说是去龙井喝茶，其实这茶是次要的，无非是找一个阳光好又空旷的地方，在空气清新的茶园边上，坐坐，聊聊，晒会儿太阳。

杭州人就是这么奢侈的，冬天晒个太阳，都要跑到龙井去晒。西湖的水看得腻味了，就思起狮峰山下漫山的茶园和溪涧来。龙井的四季，春夏游客多，秋冬杭州人多。一到春夏时节，狮峰、龙井、五云山和虎跑山四个地方的龙井雨前茶和明前茶，赶着前后脚上市。住在狮峰边的茶农家，有的上山采茶，有的守家待客，忙碌时还专门叫了懂炒茶的小工，欢喜热闹地张罗着。在茶农家的小院里坐下来，边喝茶边嗅着茶香，赏这江南采茶曲。喝一杯明前新茶，需二十元。一斤好茶价格上千元，但总有人要买的。装进铁罐头带去他乡，这龙井新茶便是清新体贴的上佳礼物了。杭州人呢，好像八仙过海各显神通一般，一到新茶上市季，亲朋间托来托去，总能找到个当茶媒的老杭州人，他家的亲戚就是这龙井村的茶农，于是找个日子相约到那家去，喝茶，吃饭，买茶叶三部曲。茶喝到一半时，这家中的女主人恰好戴着斗笠，背着箩筐归来，于是座中客纷纷起身，探头去看那半筐嫩绿的新茶。在小院和茶园之间泡了一下午，有朋友亲戚的面子，这生意虽便宜不了多少，不过这茶叶终比外地游客买得热络。临走时，主客又约好了明年新茶上市时，还到这家来，到第二年，那家茶农就是老相识了。

龙井茶，虎跑水，就是江南的讲究。北宋诗人舒亶有《虎跑泉》："一啸风从空谷生。直教平地作沧溟。灵山不与江心比，谁会茶仙补水经。"用虎跑水泡龙井茶，被誉为"西湖双绝"。龙井产茶的最早记载，可以追溯到北宋，到明清时，杭州龙井已是声誉鹊起。

龙井茶园

龙井一地古迹不多，最出名的，当属十八棵御茶。当年乾隆皇帝六下江南，曾四次到龙井问茶，还赐封狮峰山下胡公庙前十八棵茶为御茶。现在边上有茶有亭有碑，碑上二字手书"御茶"，广而告之。我等皆不识御茶滋味，到这景点参观一下，也只是满足于当个知道分子。

这龙井的茶山与溪涧，其实还与一位绝代佳人相关，如果去龙井问茶却不知茶山上有佳人的丽影清音，真是憾事一桩了。

这位绝代佳人是周璇。说到周璇，眼前有一丽人影：淡蓝色阴丹士林布的旗袍，搭袢的黑平底皮鞋，短短的秀发，柔婉温纯的笑意，眸子既纯良天真，又哀婉动人。港台两大美女张柏芝和伊能静都演过周璇，张演的是电视剧，伊演的是舞台剧。不管怎样卖力，都是难讨好观众的，因为周璇只有那一个，人人心中都有一个最美的天涯歌女，她的绝代芳华，又怎能复制。

1946年，著名戏剧家田汉创作了电影剧本《忆江南》，影片由国泰影业公司投资拍摄。田汉在他的《影事追怀录》里回忆："当柳中浩搞国泰电影公司的时候，应卫云、吴天、周伯勋等兄都参加了。被称为'金嗓子'的周璇新从香港回来，也被聘为'当家'演员，因而我被约替他们写一个以周璇为主角的剧本《忆江南》。"可见《忆江南》正是为周璇度身定制的电影。田汉还说："周璇在电影里两次唱过我写的歌，一次在《马路天使》，一次在这个《忆江南》里。我很满意她的唱歌。"

田汉说的柳中浩是上海人，当时的"电影教父"，1938年8月成立了国华影片公司，柳中浩夫妇把周璇认为干女儿，把周璇捧成了国华的台柱子。一开始,周璇在国华拍了很多古装片,如《董小宛》《孟姜女》等,太平洋战争爆发后,柳氏兄弟又办起了国泰影业公司,《忆江南》就是国泰拍的进步电影。

在时代交替的大背景下,田汉的《忆江南》剧情颇类蔡楚生和郑君里编剧的另一著名影片《一江春水向东流》,但女主角变成了杭州龙井的采茶女子谢黛娥。电影讲的是"七七"事变后,上海文化界救亡宣传队到杭州工作,在一次对龙井茶农进行宣传时,采茶女谢黛娥清灵优美的歌声吸引了宣传队里的青年诗人黎稚云,稚云与黛娥相爱,不久黛娥离开了寄居的姑母家,与稚云成婚,稚云离队留在杭州写作长诗。抗战全面爆发后,稚云重回上海抗日宣传队。但当宣传队负责人惨遭杀害时,软弱的他产生了动摇。后来,抗日组织派他去香港工作,在募捐会上,他认识了香港小姐黄玫瑰。和张忠良一样,黎稚云堕落了。他侵吞了民众捐款,又趁避空袭混乱之机劫掠了黄玫瑰母亲的钱箱。随后向黄玫瑰求爱成婚,完全抛弃了发妻谢黛娥。香港沦陷,黎稚云出卖战友获释。这时,杭州的谢黛娥因生活艰困,开小茶店糊口。报上误传"黎稚云跳海殉国",痛不欲生的黛娥以为丈夫是英雄,在家一心供奉遗像。抗战胜利后,一切真相大白,黎稚云的前后二妻居然是异父同母姐妹。黎稚云丑行败露,黄玫瑰一气出走。黎稚云又奔杭州访发妻谢黛娥,以求恢复旧好。但黛娥闭门拒见,并说黎稚云三年前已经死了。

同样被薄情夫抛弃,更坚强的杭州采茶女谢黛娥,终于没有重蹈《一江春水向东流》中素芬的悲惨命运。

电影中有一曲《人人都说西湖好》的插曲，成为流传甚广的名曲，至今从老唱片里传来，依然余音绕梁：

在你们的面前，就有那么一位的姑娘，她没有爹，也没有娘，在别人家里，度过了十七八年的时光。春天她采茶，夏天她采桑，靠着一双手，换一碗粗饭和几件旧衣裳……望着那刘庄汪汪灵隐韬光，堤边的柳浪，湖上的残阳……

在龙井的九溪十八涧拍摄期间，周璇穿上采茶女子的清淡布衣，在龙井村体验生活，丝毫没有明星架子。她认真地向村里的采茶姑娘求教一招一式，学得认真又心灵手巧的她很快就掌握了采茶的基本动作，连前来探班的田汉都夸她洗尽铅华，像极素朴的采茶女子。

剧组在九溪十八涧的茶山上拍摄茶娘摘茶叶时，还有过一个令人津津乐道的插曲：当电影外景正式开拍时，周璇和其他的演员们一面表演采茶，一面你一问我一答地唱着歌，名为《罗大嫂和王二姐》：

小小篮儿背上驮，眼泪汪汪上山坡，采一颗茶来叫一声哥，眼看花开又花落，耽误奴的青春可奈何？

歌声在滴翠的茶山间传开，远处近处的龙井游客们闻见，争先恐后地赶来，里三层外三层地，踮起脚尖争睹"金嗓子"风采，一时成为龙井盛事。在游人们的热情欢呼声中,周璇只好再歌上几曲以谢众人,电影才得以继续拍摄。

《忆江南》电影1947年公映,在当时的沪杭两地,几乎是万人空巷的盛况。

周璇的前夫,也是最初的伯乐叫严华,南京人,生长在北平,曾是上海滩的作曲家,与杭州深有渊源。20世纪二三十年代,严华因与周璇对唱《桃花江》一曲,轰动一时,被称为"桃花王子"。周璇十二三岁时就遇到同在明月歌舞团的严华,长她九岁的严华从此成为护花使者,在艺术上悉心栽培她,当她的国语老师,使周璇改掉了原来那一口上海话,又为周璇添置了钢琴,供周璇练唱。两人结婚后,曾在杭州度蜜月,严华专门谱了一首《扁舟情侣》,他们在电台演唱了这首歌,并被灌成唱片,风靡一时。但随着周璇成为一代名伶,这段婚姻只维持三年便不再和谐,也有说法称,当时周璇的干爹柳中浩将"金嗓子"当成了赚钱机器,令她马不停蹄地拍戏,七天就拍完一部《三笑》,导致周璇流产,也导致严华对周璇的不满。但是另一面来看,抗战爆发后,柳中浩不愿与日本人合作,关了电影公司,也让周璇息影,后来周璇怕沉寂太久又复出,人真是复杂的动物。两人仳离后,严华另娶一闺秀潘凤娟为妻,在杭州金沙港买下花园住宅,并为这两层三开间的中式花园取名为迎凤楼,此后他们常从上海来杭州小住。

"浮云散,明月照人来,团圆美满今朝。清浅池塘,鸳鸯戏水,红裳翠盖,并蒂莲开",传唱至今的吴语老歌《月圆花好》(电影《西厢记》插曲），原唱是周璇，作曲就是严华，可惜他们并没有"花好月圆"的结局。

相比严华，周璇曾和张爱玲一样，住在上海常德路公寓。虽未在杭州置屋居住，不过她人生的最终心愿竟是"死在上半天，杭州西湖里"，这是她在早年接受记者采访脱口而出的话，料想应是深埋一代名伶心中已久的心愿。周璇从小是被人领养的，无父无母，只知出身于吴侬软语之乡，一生飘零，感情生活又曲折，或许只有这温润如玉的西湖，才能慰她凄苦无依的芳心。

辑五 慢黄昏

◎ 茅庐

"风雨茅庐"是郁达夫和王映霞的居所,不过这名字总让人想起杜甫的《茅屋为秋风所破歌》,其中有"八月秋高风怒号,卷我屋上三重茅",又有"床头屋漏无干处,雨脚如麻未断绝"之句。诗圣杜甫的茅屋这等凄凉,而达公家的"风雨茅庐"只徒有其名,实乃一江南情调的安乐窝,以当今的眼光看,是一处华丽的别墅,也可称之豪宅,却偏给它一个"风雨茅庐"的名字。

"风雨茅庐"的定名,可一窥郁达夫作为进步文人身上的双重人格。他是生性浪漫的文人,对生活的品质,向来是有追求的,所以不管要花掉多少钱财,他心目中的家居,须是符合名士风度的优雅精致,而非一般简陋的民居。作为一名思想进步的爱国文人,他又时时不忘时局霜风凄紧,国家正在风雨之中,等在杭州筑好这才子佳人的爱巢,他心里又放不下家国之思,于是就有了"风雨"的名字。

在这方面,杭州佳人王映霞没有这么复杂,她从一开始就不喜"风雨茅庐"这个宅名。令人艳羡的佳偶生活,应是绮丽馨香的"赏心乐事谁家院",却偏要叫一个不吉祥的名字,这"风雨"的名字,也给他们的婚姻生活布下了最初的阴霾。

只要是女子,几乎都能理解别墅女主人的不悦。家是女人最看重的天地,是女人为中心的舞台,王映霞又号称"杭州第一美人",虽为新女性,思想也较一般女子解放,但对家的感觉,她和任何一个出身良好的富家小姐并无二致。这"风雨茅庐"之名,后来竟一语成谶,曾经的神仙伴侣终成怨偶,劳燕分飞,而风流也被雨打风吹去。

跟这房子有关的一些名目被记载了下来。郁达夫举家从上海移居杭州的时间是1933年,"八一三"事变后,郁达夫夫妇先是花一千七百元买下了玉皇山后三十亩山地,接着又置换地皮,在今天的大学路场官弄63号建屋,新居于1935年年底动工,1936年春天完工,共花掉一万五六千元。

风雨茅庐是郁达夫亲自设计的,像一个小而别致的江南园林,内有正屋和后花园,正房的当中一间为客厅,正中位置挂着"风雨茅庐"横匾,由著名学人马君武所书。中国文人雅士一贯的山水花草之趣、曲径回廊之好,也都在庐中。屋内悬挂着书法、国画,其中有达夫好友鲁迅的赠诗。书房内,主人收藏的中外图书上万册,汗牛充栋。

据说园内曾经种有美人蕉和瘦竹,很像是美人和才子的形神写照。

到后来,爱美人如斯,爱书如命,却都不能与之相伴到老。人生的悲剧接踵而来。美人的离去,抗战后万卷藏书典籍的毁尽,

杭州大学路场官弄63号风雨茅庐

风雨茅庐内景

风雨飘摇中,不知哪一件更令才子心悲?

郁达夫出生于富阳,从小因父亲早亡家境艰难,高小毕业后初到杭州,本想求学,却因生活压力无奈离开,还留下《自述诗》一首:"欲把杭州作汴京,湖山清处遍题名。谁知西子楼台窄,三宿匆匆出凤城。"后来郁达夫终于重回杭州求学,他非常爱看书买书,一有闲就泡在当时杭州丰乐桥和梅花碑的旧书店里。辛亥革命后,杭州府中一度停学,他曾在保安桥附近租房住过数月,等待复学,后来复学无望,无奈只好再返老家富阳。之后又转到杭州之江大学求学，结果却因学潮风波而被校方开除，三度转学到蕙兰中学继续就读。在这段少年的杭州岁月里，一个能影响后世文学流脉的才子即将诞生，一个略带青涩、意气风发、敢于反抗权贵的理想主义青年和革命者形象也正在萌芽。

再次因避祸而移居杭州时，郁达夫已是东洋留学归来，成为著名的"左联"作家，与鲁迅、郭沫若、茅盾、叶绍钧等人志同道合，汇成乱世中一股进步的文学力量。同时他的个人生活也发生了巨大的变化，他在富阳虽已有旧式包办之妻孙荃，却仍不顾一切地热烈追求杭州名媛王映霞，小说家达夫在朋友的家中初见王映霞，立刻被霞君"丰肥的体质和澄美的瞳神"倾倒，于是海誓山盟，抱得美人归。

1928年1月，才子佳人在上海和杭州两处都摆下结婚大宴，郁达夫时年三十二岁，王映霞二十二岁，婚后住在上海赫德路嘉禾里的一幢小洋房里。但当时郁达夫和发妻并未正式离婚，后来又失信于映霞，不能给她正妻的名分，还偶尔流露出将映霞当小妾宠姬的得意心理，让现代新女性的王美人感到委屈，甚至对达夫产生不信任感。没有名分的爱情，如彩虹易逝，也为日后的情变埋下了地雷。

才子和佳人冲破一切阻力在一起了，接着发现婚后生活并非莺歌燕舞，争风吃醋加柴米油盐，家里时常不太平。苦恼中，王映霞力主搬回家乡杭州，郁达夫当然也爱西湖山水，于是1933年，终于结庐于杭州场官弄。但两人在这风雨茅庐只住了两年，便离开了杭州，也开始了无可挽回的离散之旅。

王映霞后来回忆，当初他们搬到风雨茅庐后，人来客往，郁家成了达官贵人及文人聚集之所。两人忙于交际应酬，书香倒是冲淡了不少。达夫妻王映霞与志摩妻陆小曼等民国美女，有天生丽质难自弃的天性，对社交名媛这样的名声并不退畏，而是如鱼得水的。

之后的事情，因有郁达夫那种爱曝家庭隐私的古怪脾性，几次冲动之下将家庭风波登报，反将矛盾更加激化。这对乱世男女的离合恩怨成了小报花边，闹得满城风雨，这也是身为名媛的王映霞最反感的。郁达夫曾怀疑王映霞爱上了自己的朋友许绍棣，醋意大发，水深火热中的王映霞不甘示弱，干脆离家出走，后来虽然在丈夫登报道歉后勉强回了家，但两人已破镜难圆了。

这桩婚姻的第三者，传说还有一个来头很大的戴笠。戴笠本是郁达夫同乡，与郁家过从甚密，也是常到杭州风雨茅庐拜访的客人，其醉翁之意却在美人身上。后来王映霞的密友透露，王映霞还为戴笠怀孕流产过，也不知杭州美女对这位大人物到底是怎样的情感？

1938年，郁达夫和王映霞远赴新加坡谋生，但夫妻关系已冰冻三尺，郁达夫伤心之下，次年发表了《毁家诗纪》，这一举动促成了两人最后的分离。王映霞对郁达夫喜家丑外扬之癖倍感羞辱，觉得颜面尽失，在最后登报的离婚启事上，也说出郁达夫"年来思想行动，浪漫腐化，不堪同居"等激愤语。

十多年夫妻分飞于南洋，王映霞回国，走她自己的路去了。1942年，王映霞与重庆华中航运局经理钟贤道结婚，在重庆大

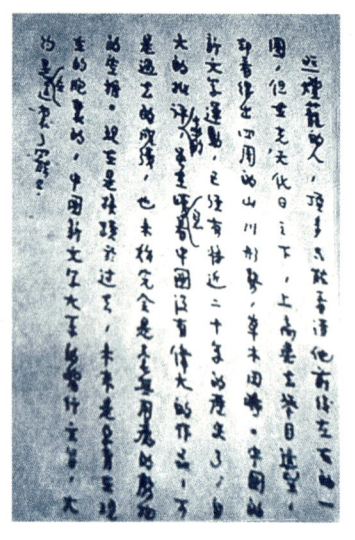

郁达夫手迹

摆宴席，美人虽已迟暮，却风光再嫁，再度成为新闻人物。

都是名人，两人虽各自重组家庭，但曾经的浓情与离恨一直被人们津津乐道，这也是先后作古的当事人无可奈何的。今天看来，不管当时婚姻中的两人谁对谁错，看为情所困的郁达夫泣血写就的《毁家诗纪》，一字一句的沉痛，也让芸芸世间男女感叹人生的悲欢无常，爱情的转头成空。

如今在杭州市中心的大学路上，沿着旧旧的场官弄，到了弄堂的尽头，青砖黑瓦的风雨茅庐犹在。黄昏时分，婉约的夕阳仿佛在默默地追忆着旧岁月。依然是漆黑的大铁门，静谧的院落，围住了一代革命文人的书生意气。傍晚，空荡静寂的园中，依稀看到才子佳人的一对身影，一个是清瘦的，穿着蓝色长衫的；一个是穿旗袍的，娟秀曼妙的窈窕身姿。曾忆往昔，郁达夫情定王映霞后,深夜思念霞君不眠,写下《扬州慢·寄映霞》,是才子佳人曾经有爱的明证——

  客里光阴,黄梅天气,孤灯照断深宵。记春游当日,尽一一湖上逍遥。自车向离亭别后,冷吟闲醉,多少无聊!况此际,征帆待发,大海船招。
  相思已苦,更愁予,身世萧条。恨司马家贫,江郎才尽,李广难朝。却喜君心坚洁,情深处,够我魂销。叫真真画里,商量供幅生绡。

风雨茅庐内的一口井

◎ 抱青

一个周末的傍晚，几个杭州女友一起来到北山路，想找家看得见风景的餐厅，看黄昏的落日，看华灯初上。一路走到了北山路40号的抱青会馆，其中一个脆甜的声音说，这是从前蒋碧薇住过的抱青别墅，女人们顿时眼睛发亮起来。可是进去后又退了出来，因如今这里是消费昂贵的会所了。

蒋碧薇入过的画、蒋碧薇住过的房子、蒋碧薇有过的男人、蒋碧薇的爱情……后来我们在不远的左岸咖啡落定。天色渐暗，烛光尚未点起，咖啡热腾腾地端了上来，话题依然不离蒋碧薇。

人们一贯对沐浴在爱情中女子的想象，总是二八佳人，花样年华。古人所谓"色衰而爱驰"，欢爱是青春貌美时的事，美人迟暮，就该低着眉眼去独受青灯下的寂寞。曾夜读洪昇《长生殿》，知李隆基与杨玉环最浓情蜜意，夜半无人私语时，杨玉环已是年近四十的中年妇人。杭州美女王映霞在结束与名作家郁达夫的怨偶生涯后，风风光光再度嫁人时，年已三十四岁。更极端的是，民国时期最著名的一对婚外情人蒋碧薇与张道藩，在杭州西湖边度过他们真正的"蜜月"（虽无名分）那一年，蒋碧薇是年已五十的妇人。

如此说来，所谓爱恋与欢情，跟迟暮不迟暮并没有多大关系。

我最初接触到的蒋碧薇，是几乎被文字妖魔化的悍妇。这个蒋碧薇见识短浅、贪图虚荣、沉迷物质，不理解艺术家徐悲鸿，常无理取闹，拖丈夫后腿，最终投靠国民党官僚，还给人家当情妇。任凭污水泼向自己，蒋碧薇在世时，也不可能从海峡的那边跑到这边来，为自己洗脱干净，等到人已去世，更无从辩白了。只是那些老照片和徐悲鸿油画里的蒋碧薇，穿过了岁月的烟雾，静静地在你面前展开。大家闺秀的仪态，眉清目秀，顾盼生辉，高挑白皙。一头个性鲜明活脱的短发，不见一丝的俗气，加上少女时脱离富贵家庭，跟清寒书生徐悲鸿私奔的壮举，不免让人迷惘起来。

古今中外，都有西方的资产阶级小姐或东方的大家闺秀，为了爱情跟寒门子弟私奔之事。蒋碧薇（1899—1978），原名棠珍，出生于江苏宜兴，父亲蒋笙是复旦大学教授。蒋小姐天生丽质，从小受过良好的教育，是标准的大家闺秀，但十三岁时父母就给她订下了亲事。十七岁时，蒋小姐认识了常来家中做客的青年徐悲鸿，两人一见钟情，于是决意要反抗包办婚姻，后来两人一起私奔，1919年去了法国。

刚开始，理想与激情占了上风，私奔后种种生活的困顿都可忽略不计，但生活总会给胆大包天的叛逆女性以下马威。比如蒋小姐出身名门闺秀，从小养尊处优，要她在异国他乡为五斗米折腰，还得亲自出门借钱，这是何等的难堪。而艺术家丈夫在得到了芳心之后，从前的女神便被打回原形，生活不全是她以最美的仪态当他的画中人，卓文君都得当垆，蒋小姐一样要为人母、为人妻，照料打理开门七件事。天才艺术家对情爱之事慢慢淡了，转身就献身艺术去了。他为艺术可以不要物质享受，可以牺牲生活品质，她却不行，于是他们一日日地离心离德了。他转身爱上了温柔梦幻的女学生孙多慈。

为爱情私奔后，她体会到的人情冷暖，仅是如此。况且作为天才艺术家身边的女人能真正幸福的，又有几人？

蒋碧薇天生该是优雅聪慧的沙龙女主人，这是西式教育在她身上引发的雅趣，同样留洋的才女林徽因，不也热衷于"太太家的客厅"并如鱼得水吗？作为名流云集的沙龙女主人，并不是长得漂亮或穿上旗袍当个花瓶就能胜任的，如北京的林徽因，如伦敦的伍尔芙姐妹，智慧与才情，徐悲鸿公馆内的蒋碧薇一样是不缺的。

蒋碧薇回忆巴黎岁月，那是20世纪的20年代，"我在外国曾是一群男同学中的天之骄女。我参加他们的聚会，参加他们的谈天，我和他们同样放言高论，朋友们对我的关心和爱护，简直把我宠坏了。除了在悲鸿面前，无论言谈举止或者是潜意识里，我从不曾以女性自居。"蒋碧薇当时还参加了巴黎著名的中国留学生社团"天狗会"，有趣的是她有个名头，竟是天狗会的"压寨夫人"。

在后来看了很多跟蒋碧薇有关的文字后，我是越来越喜欢这位敢爱敢恨敢担当的女子了。她有一种自身的力量与尊严，仿佛是与生俱来的，使她能在徐悲鸿伟岸的威名之下，不卑不亢地，以自己的方式讲自己的故事，以女人的目光，评价跟自己有过亲密关系的两个男人。

她做到了，让自己的悲喜好恶，在光天化日之下出了头。虽然她一生始终沿用了前夫赐名的"碧薇"二字，但仍是有独立人格的女子。她首先是自己，然后才是谁的妻子、谁的情人。以前妻的身份，以情人的身份，她都没有被遮蔽。

可以想象1949年初春时的蒋碧薇，她是欢喜的。在经历了离异、抗战、内乱之后，国民党政权大势已去，她与张道藩这一对乱世儿女，却在多年的苦恋之后，等到了一段相守的"蜜月"。早在1922年，她在柏林认识了当时学艺术的张道藩，张道藩也是徐悲鸿的朋友，他们之间的称呼一直是"二嫂和三弟"，但张道藩对蒋碧薇一见钟情，之后一直恋慕着她。她五十岁，再是美人也迟暮了，二十八年的婚姻岁月已成前尘往事，一直跟随她的一双儿女长大了，离开了母亲的羽翼，只有张道藩一如既往地爱着她。五十岁了，她仍是他的女神。他对她的爱从没变过。这个初春，两个中年人终于抛开离开大陆前最后的仓皇，在西湖边北山路上的抱青别墅会合了。他们双栖双飞了两个月余，这是他们第一次公开同居，溺在西湖的山水晨昏之间，朝朝暮暮，虽然张为之效劳的党国已风雨飘摇，但西湖却成全了他们迟来的温柔乡。

抱青别墅是一幢漂亮的洋房，临里西湖，位于杭州北山街，

抱青别墅

别墅前的一对恋人

建于1907年,这是清末民初做丝绸生意的南浔富商邢赓星在北山路上造的别墅,主体建筑为典型的欧式风格。日日推开窗,可以对着西湖喃喃细语。蒋碧薇初到抱青时,正是早春二月,湖边绿柳新吐翠,离开时,已是暮春,北山路的桃花凋谢了。1949年4月,风声日紧,要务在身的张道藩因公先去了广州,蒋碧薇又独自在抱青住了些日子,但张道藩在异乡无时无刻不牵挂伊人。4月末,她就由张道藩安排,回到上海,又从上海去了台湾。从此离开了大陆,开始孤岛生涯,也开始了与张道藩的十年同居岁月。十年后,两人缘尽分手,张道藩接回旅居澳洲的结发妻子素珊,又过七年,张道藩去世。

去世前一年,张道藩还给蒋碧薇写去长信。读张道藩给蒋碧薇最后的长信,真叫人潸然泪下,一个老妪,一个老翁,他心里哪里放得下她,只是深知自己时日不多,想补偿一下多年来对妻子的亏欠而已,这是对发妻的"义"。一段长达半世纪的婚外情,看似未修成正果,对蒋张二人来说,消得"此恨绵绵无绝期",但换个角度看,蒋碧薇得真爱如此,何尝不是幸福的女子,有蒋碧薇回忆录之《我与道藩》为证,撇开不同政见,有张道藩这样重情重义的男人爱她一生,那纸婚书又有多重要呢。

蒋碧薇最后在抱青的日子,或许会记起自己当年在金陵,她和徐悲鸿的家,被徐悲鸿称为"危巢",抱青别墅的日子虽短短数月,却是抱碧的爱巢,所以日后蒋碧薇对于记忆中的抱青别墅,是不吝赞美之辞的。这西湖边洋气的红色巴洛克建筑,四方的立柱,拱形的门窗,长长的回廊吹来湖上的风,正好吻合曾长期在法国生活的碧薇女士的西风欧调,在这所美丽的房子里,她是否曾亲手为张道藩调弄咖啡呢?

晚年,蒋碧薇一生中最重要的两个男人先后作古,岁月融化掉恩怨,唯思念长存。她或许会时常忆起江南,忆起抱青别墅边西湖的桃与柳,忆起"雪与宗"(她与张对各自的爱称)的湖边余欢吧。

◎ 秋水

"秋水"一词，引人遐想多多。昔杜甫有"秋水为神玉为骨"之句，形容人气质清朗。元代书画家赵雍有缠绵悱恻之句："别时犹记，眸盈秋水，泪湿春罗。"我以为这一句最是"海上花"沈秋水的写照。

沈秋水的前半生，或许有些像她的教坊前辈柳如是，有胆有识，有情有义，眉宇间更有清朗之气，愿托付终身的人是陈子龙和钱谦益这样的才子名士，所以史量才得之。但史量才遭暗杀后，秋水伊人的后半生却是相伴青灯古佛，心如枯木地在西湖边了却残生。

杭州人对这位民国名妓是很有好感的。北山路里西湖一带虽在闹市，却有"秋水共长天一色"之美，湖边或柳绿桃红，或梧桐落叶，杭州人喜爱这里，每过新新饭店的围墙，总不忘多情地朝里面张望两眼，然后说，"噢，沈秋水的别墅"。一次一次地唠叨，也不怕重复。那重复里暗藏着一个心意，西泠有苏小小，北山路有沈秋水。

沈秋水原名沈慧芝，后随老鸨花翠琴改姓花，叫花慧芝。看过侯孝贤的电影《海上花》后，想象沈秋水在归史量才之前，也是上海弄堂里有名的"先生"，类似于《海上花》中沈小红这类高级长衫书寓。沈慧芝出道当花魁时更年轻，有"雏妓"之名，不仅花容月貌，且琴棋书画皆通，尤擅古琴。后来据说被京城皇家的贝勒爷看中，赎身北上，过了一段锦衣玉食的小妾生活。几年后那贝勒爷死了，沈秋水重回自由身，携雄厚资产重回上海滩，又正值最美的青春年华，未来的命运，仿佛都掌握在自己手中了。

不愧是名妓，沈秋水于一众达官贵人的追求中，慧眼相中了江南才子史量才。史量才（1880—1934）原名史家修，祖籍江苏江宁，1901年秋考入杭州蚕学馆，1904年创办女子蚕桑学校，同时在育才学堂、南洋中学等任教。狄楚青在上海创办《时报》，史量才担任编辑，后升任主笔。史量才在当时的上海已有文名，人又风流倜傥，虽有妻室，妻子是他的表妹庞明德，不仅知书，而且贤惠，但沈秋水和史量才还是爱上了。两人都好琴，因古琴而成知音。民国后，有很多受新思想熏陶而追求自由恋爱的事情，结果就有了两个妻子"两头大"的婚姻情况，就如郁达夫先有孙荃再娶王映霞，沈秋水作为二夫人进了史家，她的全部身家也归了史量才，传说沈秋水的"百宝箱"共有钱财八十多万元，光珠宝首饰就值二十多万元。史量才给她改名为沈秋水，或许是为表达"望穿秋水"的爱意吧。经这一联姻，史量才人财两得，春风得意马蹄疾，不久买下《申报》，又先后吃进《时事新报》《新

秋水山庄

闻报》，一跃成为民国时期上海报业的巨子。

  一入夫家门，沈秋水在史家的地位也超过了原配夫人。想那几年她在上海的日子应是甜蜜的，夫唱妇随，琴瑟相和，风花雪月，他们的爱情也成海上佳话，有"谈史量才必谈秋水夫人"之说。

  遗憾的是，秋水山庄却不是郎情妾意时筑的爱巢。史量才在葛岭下筑秋水山庄赠沈秋水，并以"秋水"之名命之，亲题匾额，但秋水山庄并非爱情的见证，而是爱情渐逝后，有了新欢的男人给旧爱的一点安慰。才子佳人间，经过几年的欢好，佳人在才子心中成了明日黄花，才子的事业却达到巅峰，多少美人报以青眼，于是又结新欢，梅开三度。沈秋水以全部的身家加拳拳痴心托付终身，无非换得几年的欢悦，内心自然不胜凄凉。从此郁郁寡欢，以泪洗面。叹年华，一种寂寥，清冷和孤苦，直堪比"千金纵买相如赋,脉脉此情谁诉"的长门阿娇。

史量才心里是知道愧疚的,于是重金造别墅,欲博伤心旧爱一笑。

秋水山庄有青砖砌的围墙,石雕的花窗,庭园婉转,曲水流觞,模仿的是《红楼梦》中怡红院的格局。虽亭台楼阁绮丽,满园花枝吐芳,这失爱后的山庄,岂能给她"怡红快绿"的明亮心境?

据说史量才是因为喜欢杭州新新饭店而买下边上的这块地的。史量才在他那个时代,在政治上属进步人士,曾发出"人有人格,报有报格,国有国格"之威言,铮铮铁骨,敢与蒋介石唱对台戏,因而埋祸。但在生活方式上仍属旧式文人,虽经历五四运动的中国,已闻"一夫一妻"的进步呼声,但史量才仍是坐享三妻四妾的"齐人之福",辜负了秋水佳人。

他想在新新饭店边上建别墅,缘于新新饭店的文人韵事。史量才喜爱的日本著名作家谷崎润一郎,1918年11月曾住过新新旅馆,并写成《西湖之月》。还有芥川龙之介,1921年5月也在新新旅馆住过,留下风月文字。史量才有文人之心,要与这风雅之地比邻而居,即便有朋友提醒他这里风水有问题,他也不改初衷。1925年选址,1932年别墅落成,时隔七年。这七年,已不再独宠的沈秋水在上海的日子,已是悲欣交加。

与同条街上的抱青别墅相似的是,秋水山庄内的四根青石柱子,不是圆柱,也是方形柱子。

后来沈秋水就搬到了杭州,秋水山庄的日子还算称心,起码

秋水山庄

"我家住在西湖边，青山碧水在眼前"，远离了海上的莺莺燕燕、争风吃醋，抚琴可以清心，眺望湖山可以寡欲。史量才忙完公务之余，也时常来杭州相伴，此时相比上海的大家庭，身在杭州的史量才才是属于秋水的。才子佳人在此弹琴下棋，饮酒赏月，仿佛回到了心心相印的旧时光。

别墅落成仅仅两年后，1934年，史量才在从杭回沪的途中被国民党暗杀，当时沈秋水同在车上，眼看着夫君血溅当场。经此大变，沈秋水恸得吐血数日。

秋水山庄成了梦幻成空的呼啸山庄，她不想在离恨别愁中对着一座空空的大宅聊度余生，决意离开。她将秋水山庄捐给了慈善机构，后来改名为"尚贤妇孺医院"，现在秋水山庄又成了新新饭店的一部分，这正符合史量才的心意。

美人的后半生如何？无非青灯孤照，吃斋念佛，直到1956

年去世。沈秋水的墓在杭州南山公墓，上只写"秋水居士之墓"几个字。秋水临终前或已看破红尘，了无牵挂，因此也并没有和史量才"英雄美人"地葬在一起。

西湖的鹃声雨梦中，有一段挽歌是属于沈秋水的。北山路五步一传说，十步一故事，属于沈秋水的故事最哀婉凄艳。每过秋水山庄，如是清晨，我脑中飘过的是才子佳人以琴定情的佳话，如是黄昏，秋水山庄则笼罩在淡淡的哀愁中，不知不觉中，这哀愁如烟如雾，浮上心头。

昔日"竹林七贤"之一的嵇康赴刑前，在闹市索琴弹奏，弹一首《广陵散》，叹"《广陵散》于今绝矣！"终成绝唱。沈秋水葬史量才于西湖吉庆山麓，也弹了一首《广陵散》，和泪焚琴以祭知音，有情有义的女子啊！

◎

烟霞

烟霞洞在南高峰翁家岭南部山腰,是杭州南山造像的重要组成部分,也是一个天然溶蚀而成的石灰岩溶洞,与石屋洞、水乐洞并称"烟霞三洞"。

烟霞洞有许多神仙佛道的传说,在千年的山风雨雾中,缥缈地不着悲喜。因远在南高峰,虽知那儿景美,又清净,但去得极少。夏天,城里暑热逼人,南高峰一带却是绿林成荫,山风阵阵,不用出城,就恍如到了承德避暑山庄,偶尔山雨袭来,倒觉得衣衫单薄起来。

烟霞洞的神仙佛道加起来,也不及胡适之的烟霞洞。人间的红男绿女,有那么一个阶段,会将欢爱看得高于一切,胡适之无论怎样的盛名之下,对那位烟霞洞的爱侣,依然会魂牵梦萦。

烟霞洞更是因了多情才子胡适,才成为有情有义的烟霞洞。胡适之与曹佩声在这里的隐居岁月,恰似惊鸿一瞥。人世无常,后来他们再也没能一起到烟霞洞怀旧。只是那数月缱绻,被当事人奉为一生中最美好的时光,被怀念了一生。

烟霞洞内呼嵩阁　　　　　　胡曹恋见证地的亭子

不是怕风吹雨打，不是羡烛照香熏，只喜欢那折花的人，高兴和伊亲近。花瓣儿纷纷落了，劳伊亲手收存。寄予伊心上的人，当一封没有字的书信。

胡适本就是性情柔和的才子，一旦在恋爱里溺毙，更是这般的柔情似水了，京华的烟云，怎比得江南的烟霞、秘魔崖的月夜，能给水做的才子以慰藉？可怜他烟霞洞的爱侣曹佩声，到晚年还幻想着她多情的"糜哥"（编注：胡适原名嗣糜）会回来找她，然后他们将一起重回杭州西子湖，一起回到烟霞洞的旧梦里。

胡适留学回国后，在燕京掀起轰轰烈烈的新文化运动。在杭州，他却是另一个胡适之，一个不问世事，只要儿女情长的胡适之。胡适正如其名，在这新旧交替的国度，适者生存，不然情何以堪。一直到死，他将和小脚太太江冬秀一起，睁一眼闭一眼地把平凡的日子过穿，心里又每每暗流涌动地想着另几个女子。

革命的风云，也难掩江南的柔情。胡适之一声轻柔的"伊"，唤的正是"小姑"曹佩声，本名诚英，是他同父异母兄嫂的妹妹，与胡适同为安徽绩溪县人氏。他在无奈完成的婚礼上，第一次见到如花的少女，留下了甜美的印象。当时曹诚英是小脚新娘江冬秀的伴娘，之后也被父母包办完婚，所幸婚后在妇女求学的新风气下，争取到了去杭州读书的权利，成为浙江省立女子师范学校的学生。她也曾是湖畔诗人汪静之心中的女神，离婚时年方二十岁，在杭州，曹佩声一度与汪静之有感情纠缠，却不逾礼。但最终得到佩声芳心，并令她为情所困一生的，却是汪静之的同乡好友胡适之。

他们的书信交往始于1921年，当时曹佩声仍在杭州读书，第二年，她已离婚恢复自由身，第三年春天，胡适为她下江南，在杭州住了四天，曹约上汪静之和前夫胡冠英一起看望胡适。伊人美目顾盼，清脆甜蜜地唤他"糜哥"，令枯乏围城内的胡适之心波荡漾，西湖的相见，表面的平静下，郎情妾意却已暗香浮动。他寄诗《西湖》一首："轻烟笼着，月光照着，我的心也跟着湖光微荡了。"伊在他眼前绚烂，太绚烂了，他都不敢正眼看她。他们在不舍中匆匆而别，别后各居南北，他投之以木瓜，她报之以琼瑶，爱情上了轨道，要拦都拦不住了。

他为她再下江南，这一次，仿佛是下了决心的，他向北大告

汪兆铭给胡适的书信

了长假，4月来杭州找他心爱的女子，直到这一年的年末，往来沪杭间数月，才缓缓归京。

胡适到杭州后，在西湖边的新新饭店住过，但繁华之处的新新饭店人来客往，他又名气太大，并不适合热恋中的情人幽居。在杭州时间长了，终于欢喜地找到了一处理想的避世之处，可以容纳这一对地下情人清静逍遥地做几个月的神仙眷侣。1923年6月，胡适和已放暑假的曹佩声双双上山，在烟霞洞旁烟霞寺大殿东边的一幢小斋舍住了下来。虽是佛门净地，但有胡适的大名，他又是以养病为由，寺中和尚也就将房子租给了他。据说这对情人每日吃的是和尚的斋饭，其他时间或读书下棋，或月下散步，这样的惬意，怎是胡适跟江冬秀一起的无聊光景堪比的。烟霞岭上，纵使仙山琼宇，此刻的人间浓情，也让人生发"只羡鸳鸯不羡仙"之叹。恍惚中，胡适是否有山中一日，人间数年的时光之叹？

烟霞寺也就是清修寺，宋代称清修院，据《咸淳临安志》卷

胡适照

七十八载:"清修院,五代广顺三年(953年)吴越王建,旧额'烟霞';治平二年(1065年)改今额。"《湖山便览》卷八:"岁久圮,明万历己亥间孙隆重建。"这清修寺,正是当年胡适曹佩声定情之地。

山中岁月静好,没事都懒得下山了。他们上山时,西湖的睡莲开得正盛,到秋天,山中桂子飘香,别有一番情调。情人在烟霞洞后山路上的陟屺亭闲坐,在桂花树下下棋喝茶,还讲莫泊桑《遗产》等西人小说故事,或效宝黛在后花园同读《续侠隐记》。他们离开时,江南已是冬天,山上的梅花开了数枝,他见山中梅树时,梅花尚未开放,他与她凄凄别离时,山中梅正含苞待放。

说到烟霞洞的梅花,是有些来历的。西湖多梅,陈叔通先生之父、杭州名士陈蓝洲更有嗜梅之癖。他曾与烟霞寺的僧人一起在山寺边栽梅,并常去寺中赏梅吟诗,聚朋会友,留下雅名。古寺配名梅,曹佩声也是爱梅成癖之人,常以梅花自喻。

因为胡适之的名人效应,哪怕山寺时光,也全非二人世界。

烟霞洞引来了徐志摩、高梦旦、汪精卫、马君武等一干新青年才俊赶来相聚。胡曹之恋,徐志摩是知情人,在徐志摩笔下,曹佩声是那个唱"秋香"歌的曼妙女子,同为自由恋爱而奋斗的徐志摩,力挺胡适之革旧式婚姻的命。但回到京城后的新文化运动干将胡适,却未能过得了发妻江冬秀这一关。江冬秀没文化,爱打麻将,却是一烈女子,闻郎心意,竟手持剪刀,以母子三人同亡威胁胡适来保卫婚姻,可怜胡适之,一腔革婚姻命的心思,只好在妥协中哀哀偃旗息鼓了。

仍在杭州的曹佩声,黯然打掉了与胡适的爱情结晶,后来立志学农学,并在胡适的安排下赴美国留学。失恋后埋头学业的曹佩声,成了一代农学家。但别情离恨悠悠,烟霞洞的旧风月,西湖上的唱游,只能在各自的孤梦中重温了。

胡适有纪念情诗《秘魔崖月夜》一首,诗云"山风吹乱了窗纸上的松痕,吹不散我心头的人影"。漫漫长夜,彼此思念。他们最后一次见面是在1949年2月的上海,胡适后来永远离开了大陆,从此两人天各一方。

曹佩声曾写诗赠在美国的胡适:"朱颜青鬓都消改,唯剩痴情在,廿年辛苦月华知,一似栖霞楼外数星时。"她孤独终老,从未忘却烟霞洞的月光。

清冷的冬日,烟霞洞那边游人寥寥,我终于在半坡的小院内,寻到了一株待放的红梅,不知是否为佩声君最钟爱的那一株红梅?

◎ 朝云

因为北宋的一位佳人，世人方知有两个西湖，一个在江南的杭州，一个在岭南的惠州。又有两座孤山、两处苏堤。佳人生在杭州西湖，葬在了惠州西湖，在一个男人的长相忆中，一缕香魂归处，便将他乡作故乡了。

东坡居士曾云："吴侬生长湖山曲，呼吸湖光饮山绿。不论世外隐君子，佣儿贩妇皆冰玉。"这是初到钱塘的苏东坡（1037—1101），眼里都是钱塘清新的民风。至于日后成为他一生红颜知己的杭州"冰玉"王朝云（1062—1096），正是"吴侬生长"的红粉翘楚了。

北宋时期，经五代之乱后社会经济复苏，《东京梦华录》记载京都汴梁繁华的都市生活，"新声巧声于柳陌花衢，按管调弦于茶坊酒肆"，瓦市勾栏曲坊，一时十分兴盛，而在江南钱塘，词人柳永如实道出三吴都会之声色犬马："市列珠玑，户盈罗绮……羌管弄晴，菱歌泛夜"，引得金人艳羡。在这样的时代，苏轼因新旧党争被贬官到江南杭州，仿佛谪到了一个繁华梦中，一时倒不知是祸是福,是悲是喜了。

　　东坡与朝云初见,一说在西湖画舫,一说在凤凰山下。贬到杭州当了通判,反正仕途失意,不如享受湖光山色,拼诗酒与歌舞一醉。"西湖歌舞几时休"对南宋是贬义,但在北宋时,这是一个江南都会风情万种的客观写照。苏学士本是浪漫之人,一到钱塘,顿觉再吟"大江东去,浪淘尽,千古风流人物"有些不搭调,歌伎舞女在轻歌曼舞,琵琶声声中吟"沙河塘里灯初上,水调谁家唱?夜阑风静欲归时,惟有一江明月碧琉璃",却是可以入画的。

　　朝云便是这样一位曼妙的歌伎,本是杭州人,因家贫而流落风尘,在一家歌舞班中卖艺。苏王初见时,朝云只是年方十二岁的幼女,某日苏轼和友朋们聚宴,叫来歌舞班助兴,红衫翠袖们

苏东坡纪念馆

歌舞毕，纷纷坐到客人们身边侍酒，这是古人那种场合的规矩。朝云洗尽浓妆，清淡素丽地坐在了通判大人的身边，也许这一舞，又一坐，引出了苏东坡的三分怜爱，以西人纳博科夫的分析，时年三十余岁的苏东坡，或许已引动了几分"洛丽塔情结"了。

后来不知是苏轼自己买的，还是朋友知他中意买下送的，王朝云到了苏家当侍女。在宋代，文人士大夫间送婢赠姬是常有的事。在杭州的失意时刻，苏轼或许也羡慕起前人白居易为杭州刺史时，"樱桃樊素口，杨柳小蛮腰"的风流情状来。据说王朝云因年幼入歌舞班，刚到苏家时不识字，但人聪慧，能歌善舞，弹得一手好琵琶，苏轼的朋友黄庭坚看过朝云的表演，曾作诗忆道"尽是向来行乐事，每见琵琶忆朝云"，朝云作为侍女，又成为东坡继室王闰之贤良的得力助手。朝云渐渐长大，东坡有闲时常教她识字断文，她也渐渐地粗通文墨，还能写像样的楷书了。

这杭州女孩子，虽出身卑微，却是弱柳之质，多愁善感，又冰雪聪明，其情其态倒有几分像林黛玉。以朝云的才和貌，基本已修炼得堪任一代文豪的红颜知己了。

十五岁时，王朝云正式被苏轼收了房，这一年苏轼四十岁。从此，王朝云是文豪身边一抹清影，随侍在侧。东坡于中秋夜写下的"起舞弄清影"句，或许说的是朝云吧？

要知朝云的足迹，只能听苏轼的足音了。此次来杭州，共待了三年。又过了十多年，苏轼于公元1089年重返杭州任太守，前后共在杭州有五六年时间。东坡太守是杭州人的骄傲，如今因他而留下的地名，除闻名海内外的苏堤外，还有湖边两条繁华的街道，一条叫东坡路，一条叫学士路，因苏轼曾任翰林大学士而得。他常在葛岭下的寿星院（在智果禅寺西边）歇脚，也爱灵隐一带，曾作"溪山处处皆可庐，最爱灵隐飞来孤"。王朝云是杭州本地人，从小流落教坊，或许向苏轼讲过不少杭州的风土民情，以及街巷里弄的见闻逸事吧。

智果寺始建于五代，原本在孤山，后迁至栖霞岭，后再一分为二，一个在栖霞岭南，也就是现在的岳王庙，一个搬迁至葛岭，即为智果禅寺，现在仅存一方八字牌楼。如今一到这牌楼，就会想起，此地是从前苏东坡时常光临的。

疏浚西湖建苏堤的政绩，是苏轼二次来杭后的事。经宦海沉浮，再下钱塘，才有了苏堤春晓。

朝云随他宦游离杭时，才十五岁，一路跟随，到密州，到彭城，到湖州，到黄州，在黄州的困顿生活中，朝云布衣荆钗，辛

苏堤六桥之一的映波桥

智果寺旧址

苦照料一家。七月，又生下他们的儿子苏遁。再下钱塘，苏东坡曾感叹道："到处相逢是偶然，梦中相对各华颠。还来一醉西湖雨，不见跳珠十五年。"是啊，一别西湖十五年，此时的苏轼已到知天命之年，而王朝云再度回到故乡时，已是三十岁的妇人了。只是这次的故乡停留太短，两年后苏轼即离杭赴京，依依惜别间，只得接过天竺山老僧的苍石，权作对钱塘风月的回忆。而朝云以妾身与故乡一别，竟成永诀。

王朝云一生的命运就系在苏轼身上。孩子苏遁出生不久就夭折了，朝云深受打击。旧时妾乃母以子贵，学士虽爱朝云，但也以她出身妓家为卑，孩子一死，朝云一半的人生希望坍塌了，遂忧思成疾。苏轼后来仕途不顺，越贬越偏，以致垂老投荒，一路贬到了岭南的惠州。岭南瘴雾重，学士又中年潦倒，流徙中，家中各姬妾都遣散了，唯有朝云不走，当苏轼远贬岭南，视为危途，便劝江南弱柳之质的朝云离开，但朝云坚决不允。一路跟随落魄的东坡来到了惠州，所以东坡也自慰朝云比白乐天的樊素、小蛮有情义多了。到了惠州，水土不服的朝云时常生病，于是向惠州一庵中老尼学佛诵经。东坡在《朝云诗》中遂感叹道："经卷药炉新活计，舞衫歌扇旧因缘。"一色艺双全的女子，为他磨得人比黄花瘦，他心里对她是有歉意的。

再说她是那样地善解人意，在与他相知这一点上，甚至比他早亡的爱妻王弗有过之而无不及。所以她会说，"学士一肚皮不合时宜"。但她偏爱这不合时宜之人，甚至甘愿为他耗得油尽灯枯。

在岭南惠州两年困苦生活的磨难中，这柔弱的江南女儿身，终于渐渐燃尽了烛泪，化为惠州西湖边的一缕香魂。王朝云三十四岁而卒，葬在栖禅山寺东南，虽长眠之地远离故乡，但重情的苏东坡或许知道江南女儿的心事，于是在惠州西湖边修了堤、造了亭、植了梅。朝云墓上有六如亭，因她临终口念"如梦如幻如泡影，如露如雾亦如电"而气绝。

六如亭上镌有一副楹联："不合时宜，惟有朝云能识我；独弹古调，每逢暮雨倍思卿。"

惠州人因爱东坡而悼朝云，将杭州的女儿王朝云当成了惠州的女儿。因东坡咏梅以忆朝云，惠州人在朝云墓周围广植梅花。清朝时，惠州倾城仕女到朝云墓前洒酒祭拜，补植梅树，成为一方风俗。九泉之下，西湖女儿王朝云应不会寂寞。

有一则逸事，据清张宗橚《词林纪事》记载，或是王朝云之"绝唱"——苏东坡谪居惠州，一日与王朝云闲坐。时青女初至，落木萧萧，凄然有悲秋之意，命朝云把大白，唱他作的《蝶恋花》词"花褪残红青杏小"。朝云歌喉将啭，泪满衣襟。苏东坡问其故，对曰："奴所不能歌者，'枝上柳绵吹又少，天涯何处无芳草'也。"苏东坡幡然大笑曰："是吾正悲秋，而汝又伤春矣。"遂罢。

不久朝云染时疫，"日诵'枝上柳绵'二句，为之流泪，病极，犹不释口。"（《冷斋夜话》）朝云逝后，子瞻终身不复听此词。

淑真

腊月寒冬,雪花乱舞,白茫茫一片洁净中,几株梅花点点地探出红蕊来,给这白色世界增添了一点颜色,于是独思爱梅人朱淑真。

朱淑真是宋代西子湖边女词人,杭州人氏。于群芳中独爱梅花,也曾画梅竹图,满纸是清婉之气。有记载说,"朱淑真,浙人,才色清丽罕比",却因误嫁庸人而一生伤痛凄绝,为红颜薄命做了一个冷酷的注解。

有后世人感叹她的身世,道:"红颜枉说能倾国,青冢依然误托身。"我想起另一个咏雪成名的才女,东晋闺秀谢道韫。谢道蕴相貌散淡,"有林下之风",曾出名句"撒盐空中差可拟,未若柳絮因风起",后嫁给王羲之诸子中才华稍逊的王凝之,有明珠投暗之感,觉得这王郎远不如谢家子弟风神俊秀。再想这朱淑真,才貌双全的佳人却被父母嫁到市井巷里,闺阁之秀以一个粗鄙男子为夫,阳春白雪配下里巴人,怎能不愤懑一生呢?

冯梦龙的《情史·朱淑真》中记:"早失父母,嫁市井民妻,

灵峰探梅一景，也许朱淑真曾住过这样的小院

其夫村恶可厌。淑真抑郁不得志，作诗多忧怨之思。"寥寥数笔白描，就勾勒出朱淑真一生。

又有田汝成《西湖游览志余》卷十六中记："朱淑真者，钱塘人。幼警慧，善读书，工诗，风流蕴藉。早年，父母无识，嫁市井民家，其夫村恶，篷篨戚施，种种可厌；淑真抑郁不得志，作诗多忧愁怨恨之思。"传说朱淑真的墓就在杭州植物园边青芝坞。从青芝坞沿石头小径往深处去，两边冷溪淙淙，灵峰的"香雪海"就在眼前。淑真爱梅花，如今长眠之地，就在那冷香四袭的灵峰梅林隔壁。

一千年前，临安城的鹅毛飞雪落进了朱淑真的诗中。琼珠密洒，一时堆积，年年梅花依旧，岁寒松竹梅三友。朱淑真或许是在这样的日子里，独自画起了梅竹图。精神上孤寂的她，吟着"应念陇首寒梅，花开无伴，对景真愁绝"，无伴与愁绝，不正是伊的自况吗？所以她也爱雪，有了雪，梅才有了良伴，但佳人的良伴又在哪里呢？

青芝坞的黄昏，
淑真魂何处

杭州以梅花闻名的，有孤山，有灵峰，有超山，各有各的妙处。孤山之梅，高洁如处士林和靖，灵峰之梅，清雅疏淡，如千年前的爱梅人朱淑真。无论处士与美女，爱梅到骨子里的人，总是高洁冷艳，绝弃流俗的。

到灵峰，刚入冬时可探的是山中蜡梅。几株枝条遒劲的老蜡梅树也不知多少岁了，黄色的小花朵正在绽放，幽香弥漫在庭院野径。因着时差，蜡梅怒放时，灵峰园中大片的红梅、粉梅、白梅、绿梅还只是个花骨朵，却怕误了一场大雪到来后的佳期。

第一场雪下过，到灵峰的探梅人一下子多了。从山脚到山坡，再到灵峰半山腰的高台，大片的梅树开了花，人们在花海中穿梭欢笑，拍照留影。赏花时节，世俗的欢喜不过如此了。不知可有千年前的一个倩影，正好奇地躲在一棵最清雅的梅树之下，听现代赏花客的笑语？

且来看淑真的《卜算子·咏梅》——

青芝坞的一场雪后

竹里一枝斜,映带林逾静。雨后清奇画不成,浅水横疏影。

吹彻《小单于》,心事思重省。拂拂风前度暗香,月色侵花冷。

原来她在夜里赏梅呢。不论有月无月,记得我每次都要在黄昏前离开灵峰的。去探梅时一般是午后,辗转游赏半日,太阳下了山,灵峰脚下这清旷之地,渐至寒气袭人。午后强烈的阳光,旺盛的人气,将梅花映照得清艳美丽,但黄昏后,娟瘦的梅影一点点在天青色中暗淡下去,催人不忍凄寂清冷而离去。只有热恋的情侣,你侬我侬时,才肆意地怀着浪漫之心,深入到这夜晚幽静无边的梅海之中,也不顾什么"梅清月皎雪光寒"了。

去灵峰探梅吗?那就在黄昏前离去吧。不然,会像朱淑真那样,引动了伤感心事,只得借酒浇愁了。

朱淑真祖籍海宁,大约出生于宋高宗到杭州定都的那段时期。她家境优裕,父亲在浙西做官,闺阁岁月,无非弹琴赋诗,赏花弄月。旧时女子纵然有才，也只能将一生幸福寄托于姻缘，但往往情不可遇，也不可得。如朱淑真，少女时代有自己心中的情郎，有一段欢快的恋情，只惜东风恶，欢情薄，父母不为她的幸福着想，在她二十岁左右时，将她嫁给一俗吏，她只能写诗叹"吹箫归去又无缘"。这样的俗吏自然也不知珍惜她，琴瑟不和，后来丈夫又另有新欢，对她更不好，又娶妾远仕，令她独守空帏，更加重了她的凄风苦雨。

后人对朱淑真婚外恋的猜想，基本上是因为她那些大胆直抒胸臆的情诗。如她自叹："春光正好须风雨，恩爱方深奈别离。"又有："但愿暂成人缱绻，不妨长任月朦胧。"婚后所作情诗，可见得淑真对情人一往情深，后来又从她的诗中，揣测她与情人可能迫于外界压力而分手。她的婚外恋情大约发生在二十五岁至三十岁之间，藕断丝连地一直维持到她四十岁左右。情人到底是怎样的一个男子？是初恋时的旧情人，还是后来在某地邂逅的男子，却描不出真实的画像了。只料想，能让才女情意切切的男人，应该不是鄙俗之辈。

朱淑真自号"钱塘幽栖居士"，与李清照同为南宋时人，在世时，却不像易安居士有词媛名。据田汝成的《西湖游览志》之《衢巷河桥》记载，朱淑真家原住杭州城内大瓦巷，大瓦巷北通宝康巷，在涌金门内。

她大约死于淳熙七年（1180年），才四十五岁左右，据传是因对生活绝望后，被迫赴水自尽的。她死时无子女，父母健在，死得凄凉，甚至不能像当时的普通人那样埋骨黄土，于是后人分析她死于"不贞"。因婚外情败露,遭封建礼教迫害,从此不得人身自由,愤而投死。旧时乡村宗族有礼法,处置红杏出墙的妇女要施浸猪笼淹死的酷刑,可谓残忍至极,一想到朱淑真,但觉毛骨悚然。又有学者考证,朱淑真死前已离婚,回了娘家独居。不管如何而死,她成年后的凄楚,都不离"断肠"二字。

连父母也以她的诗词为耻,怕"遗污"于世,一把火将女儿一生的心血之作一烧了之。然当时的武林,"见旅邸中好事者往往传诵朱淑真词",又幸得有心人将她已流传出去的上百首诗词抄录下来,集成《断肠词》,才使后人略窥得一二。

如今在青芝坞,关于朱淑真的传说也并不彰显,不像她的同时代女词人李清照,老杭州都知道易安居士曾在杭州清波亭住过的。问灵峰脚下青芝坞的村民,竟没有人知道这里曾埋过一个宋代著名女词人的。惆怅间,缓缓转了半日,太阳果真要西下了,也不知朱淑真的墓到底在哪一块。

据传,朱淑真有一段时间因心情苦闷,曾在青芝坞的一处庵堂借居过一段时光,抑或正是与梅相依相伴的日子。宋代时,青芝坞一带多寺庙。更早在后晋开运年间,灵峰一带就建有灵峰寺,寺中有翠薇阁、眠云堂、妙高台、洗钵池等。明万历初,寺败僧散,仅存殿宇。清嘉庆间,浙江都卫莲溪重修灵峰寺,四周植梅花一百多株。宣统元年周梦坡又植梅三百株,此后这里成为赏梅佳地,故名"灵峰探梅"。民国后寺毁梅亡。

朱淑真后来葬在了青芝坞,也许是她生前的愿望。

◎ 易安

宋代有两个著名女词人，一个是朱淑真，一个是名气更大的李清照，两人都自号居士，朱淑真为幽栖居士，李清照为易安居士。朱淑真本是钱塘女子，有记载其青冢就在杭州青芝坞，后世多情人一再地到杭州玉泉和青芝坞一带寻访，却寻淑真遗迹而不遇。

李清照本是山东人，因北宋亡国之恨，北地胭脂流离江南，仓皇辗转于杭州、绍兴、金华，渡江渡海地逃难，最终在杭州居住下来，她无儿无女，孤零零地魂归客乡杭州，但到底葬在杭州哪里，竟是不着痕迹了。独步词宗的一代才女，在中年以后有二十多年是在杭州度过的，而杭州跟李清照有关的，只一座新修的清照亭而已。

清照亭在南山路上，柳浪闻莺公园，一直往清静鸟声的幽处寻去，在水杉树的丛林间，才望见那僻静林中溪边，有一古朴的茅草亭，正是这清照亭，新亭柱楹联云"清高才女，流离词客；照灼文坛，点染湖风"，也算恰如其分。

亭上刻着著名的《声声慢》词句——"寻寻觅觅，冷冷清清，凄凄惨惨戚戚"，李清照曾经的哀怨之叹，也勾起寻芳者此刻的凄清意，便无端地感喟起来。

杭州以西湖之灵秀，拥有太多的名淑才媛了，阔气得有些麻木，也没把中年之后流落到杭的易安居士当成自家人，只知李清照在杭州时，曾住在清波门一带，还曾在马塍路的一处小院住过。

清波门在五代吴越时为涵水门，南宋绍兴二十八年（1158年）增筑杭城，清波门是西城门之一，俗称暗门。该门临着西湖，以徐徐清波命名，不想很快就引来了易安居士。

李清照在江南客居的二十余年，也是做了事的。她在此帮亡夫赵明诚校订《金石录》，绍兴四年（1134年）八月，在杭州写就散文名篇《金石录后序》。李清照与其夫赵明诚曾经的美好岁月，仿佛通过这些字句还原了十之七八。初嫁之时，她十八，他二十一，都是书香门第，官宦人家，门当户对不仅在高华门第，

雨天的清波门外西湖

清波门一带的老房子，或许李清照曾在此隐居

也在两个妙人儿的相得。他是太学生，娶回大才女，不知给闺中添了多少诗酒雅趣。太学放假回家的时候，赵明诚会去相国寺，买些碑文和零食回家，小夫妻一起边吃零食边赏玩碑文，这时光真是开心。两人都爱好金石古玩字画，费尽心力买来收藏整理，渐成毕生事业。虽为贵族，却也清寒，每每银钱告急，索性脱衣典当，才购得心爱之物。有时实在周转不济，遇上奇物也贪爱不得。到后来，夫妻俩为了金石之趣，虽值青春年少，但别的欲望都一一削减了，美食、华服、珠翠、室内装饰，都尽量地清简，宁愿粗茶淡饭如平民家，以此换得一屋屋的金石收藏。夫妻俩性格也颇可爱，饭后常在归来堂闲坐，指着堆积的金石书卷，说某个典在某书某卷第几页第几行可以找到，再翻书赌喝茶的先后。李清照因博闻强记，每猜大概胜多负少，先喝到茶的多是她吧，所以小女子得意忘形之下，大笑得连茶都泼在身上了，倒像是《红楼梦》中湘云的憨态了。

想起清人沈复写《浮生六记》，忆妻子芸娘在苏州的闺房之乐，而清照与明诚夫妇悲欢离合几十载，以金石为中心的闺中之乐，或许更令人艳羡吧。

落脚在当时的临安，暂息了一颗慌张孤寂的心，李清照独自躲在清波门或马塍路的小院内生活。闭门不出的幽居岁月，一个中老年妇人，在南北宋交替的兵荒马乱时期，本也没有多少社会活动，除了和少数的圈中人交游外，基本上是一种隐居的状态。穷途离乱，岁月稍定，她埋首整理丈夫的《金石录》遗作，偶尔的诗作流入坊间，人们又争相传颂起来，才知道这位易安居士也

李清照像
（现代画家赵宏本绘）

在武林城，仍在用诗词发出自己的声音。

传说她在六十六岁那年，曾携所藏的米芾墨迹，两次走访了也在杭州的米芾之子米友仁，求其作跋。后来几年，坊间再也没有易安居士的消息，也不再闻易安新诗词传唱。于是人们猜想，也许易安居士已悄然离世了。或如晚年同样孤苦无依，飘零他乡的张爱玲，悄悄地告别了这个世界，连遗诗都懒得写了。易安埋骨何处？连一个指向都没有，大概总在西湖山水间吧。

后来仍有不能太上忘情的杭州人，排了出越剧《李清照》，再现李易安的杭州岁月，由著名越剧小百花何英演李清照，茅威涛演赵明诚，一时引起杭州人不小的兴趣。再之前，著名越剧老前辈傅全香也演过李清照。

盘点易安的杭州时期，凄风苦雨多，闲情逸致少。经丈夫的突然去世，金石收藏几乎散尽，她自己又在这乱世的亡命中生了一场大病，只剩喘息。呼喇喇大厦倾，爱人去，家园废，宝物散，中年之后的人生疾风骤雨，岂是"花自飘零水自流"似的闺中少女闲愁堪比？

这中间，据说也是在杭州，乱病交加中，又冒出个骗财骗色的张汝舟，于是有了桩似是而非的"百日婚姻"，再婚误嫁中山狼，李清照不是忍气吞声的贾迎春，她要还击，结果愤而揭发了张汝舟的罪状，按宋朝法律，妻子告丈夫自己也要坐牢，幸亏亲友仗义营救，李清照只坐了九天牢就恢复了自由，终于结束了这桩荒唐的婚姻。无论李清照再嫁的证据是否确凿，无良的张汝舟也只是雪上加霜而已，美好的爱情，如北宋的江山一般难再得了。

南渡后的李清照，只留下支离破碎的一颗心，连西湖的美景也无心欣赏。回想金人南犯，她随丈夫在南京做官，仍然是一个诗心盎然的中年美妇，每到下雪天，就要披上斗篷戴上雪笠，潇洒出门踏雪寻诗，但到杭州后，那心境全变了。纵然西湖有万种风情，四季美轮美奂，易安的心却枯萎了。

之后金兵又进犯杭州，李清照只好再次逃难，等到形势稍太平，再回杭州又是两年后。此后她住在武林门外西马塍路和清波门一带，生活才算安定下来。

清波门是南宋定都临安后，绍兴二十八年（1158年）建的城门，重返杭州时李清照已步入她生命的尽头。清波门因门濒湖，南倚吴山，景色秀美，如今仍能见湖上徐徐清波。历史上，清波门曾是诗人墨客及书画家寓居之地，文艺氛围浓厚，清照与清波,何似在人间啊。李清照无意间,也当了一回清波门雅志的始作俑者。

李清照和另一宋代才女朱淑真有同好,两人都爱梅花。临安百花开尽,易安居士也独爱梅花。在杭州的赏梅时节,写了一首梅花词《清平乐》:

年年雪里,常插梅花醉。挼尽梅花无好意,赢得满衣清泪。今年海角天涯,萧萧两鬓生华。看取晚来风势。故应难看梅花。

原来眼前这梅花,犹如普鲁斯特手中的小玛德莱娜点心,只惹得一个历经沧桑的老妇满衣清泪地追忆逝水年华罢了。

又读李清照《金石录后序》,道尽曾经繁华和繁华落尽,人生的大起大落,都一一尝得了,也未在仓皇间撒手而去。好姻缘与坏姻缘,好人生与坏人生,生离与死别,珍爱之物的聚来散去,全忍受下去,一鼓作气地活到七十余岁,真是了得啊,竟还有闲心思起项羽来。记得第一次读它时,读得泪眼模糊,现在读来,只是喟叹人生高高低低,却不再掉泪了。

乱世中能长寿的,都是人精。

◎ 苏小

若问钱塘自古最倾城的女子是谁？不是白素贞，不是祝英台，不是王映霞，也非朱淑真、李清照、冯小青，而非苏小小莫属也。外子不是杭州人，自居杭州三十年来，每过西泠桥，必以倾慕的情态向苏小小墓行注目礼，又喃喃自念"妾乘油壁车，郎骑青骢马，何处结同心？西泠松柏下"，笑他自古多少西子佳人，却对苏小小情有独钟。

三国时，"建安七子"之冠的曹植梦见了洛神，如痴如狂，挥挥洒洒地下笔描画出洛水边一个"翩若惊鸿，宛若游龙"的女神。西湖边，芸芸众生做着一个西湖柔梦，从古到今，数不清的英雄风骨，美人情态，绝代风华，一一数过，却是一位地位低微的名妓独占鳌头。

西泠桥边慕才亭，一个从清晨到夜里都神采飞扬的地方。苏小小是南齐名妓，历经千余年，香草美人的传说已如烟如雾，如幻如真。苏小小的神秘之处，在于她的才与貌，她的青春与爱情，她的自由与洒脱，捕获了千年来多情文人骚客的钟情，吸引了西

慕才亭

湖边远近游人的追慕。

曾有清傲的名士,嘲讽西湖俗艳,多美人而少处士,西湖边虽也年年笙歌箫鼓不绝,红粉脂玉成堆,但西子山灵水秀,若论红粉才情,西子女儿也不输于金陵秦淮河边的六朝金粉。

南齐名妓苏小小不以艳名,而以才名,唐朝李贺这样的鬼才诗人,都为她写诗:"幽兰露,如啼眼。无物结同心,烟花不堪剪。草如茵,松如盖。风为裳,水为佩。油壁车,久相待。冷翠烛,劳光彩。西陵下,风吹雨。"

李贺诗里,钱塘名妓苏小小是幽怨冷艳的,我以为李贺与苏小小最是心灵相通,虽相隔岁月,却可互为知音。苏小小早逝,李贺也早逝,李鬼才诗里总有幽露的气息。

后世癫狂如明代才子徐文长,也曾在杭州居住,某些酒后的日子,是否曾在苏小小墓前吟诗长啸?徐文长一定也感叹过自己怀才不遇的凄凉，遂又颠又怵地发了一回慨叹，到头来，仍要多情地惋惜"自古佳人难再得，从今比翼罢双飞"了。

但如今年华漫卷，人们在苏小小墓前感到的，已不是青楼名妓如西方茶花女般的爱情哀愁，而是与西湖水云融于一波的浪漫才调。这水月风花，正是被现代快生活榨干了浪漫、枯瘦了梦想的今世人欠缺的。

西泠桥与长桥、断桥并称为西湖三大情人桥，又名西林桥。古时，原为一处风景如画的渡口，古人诗画中的"西村唤渡处""船向西泠佳处寻"，就是这里。

今天的西泠桥已不见的渡口，一边是热闹的白堤，楼外楼酒饭飘香，一边是同样热闹的北山路，香格里拉饭店就在眼前，从桥上看，湖水烟波流金，里西湖如小家碧玉，外西湖如大家闺秀，

西泠桥

可谓"看画船,尽入西泠,闲却半湖春色"。桥上人来人往,四时不绝。冬日踏雪,夏日观满湖荷花,秋日闻桂香,春日看堤上桃花。从苏小小的南齐到现在,西泠桥坐拥着西湖的腰身,是从不曾清冷过的,苏小小所居的钱塘青楼,也曾是个极热闹富丽的所在吧。

在苏小小的传说里,在张宗子的梦里,我也一路寻到了西泠桥边的苏小小墓——

> 苏小小者,南齐时钱塘名妓也。貌绝青楼,才空士类,当时莫不艳称。以年少早卒,葬于西泠之坞,芳魂不殁,往往花间出现。宋时有司马槱者,字才仲,在洛下梦一美人,寨帷而歌,问其名,曰:"西陵苏小小也。"问歌何曲?曰:"《黄金缕》。"后五年,才仲以东坡荐举,为秦少章幕下官,因道其事。少章异之,曰:"苏小之墓,今在西泠,何不酹酒吊之。"才仲往寻其墓拜之。是夜,梦与同寝,曰:"妾愿酬矣。"自是幽昏三载,才仲亦卒于杭,葬小小墓侧。

宗子的梦,从南齐穿越到北宋,貌绝青楼,才空士类,对苏小小不吝赞美之辞。后面讲到了苏小小芳魂在花间出现,宋代人司马才仲梦见她唱《黄金缕》,又在梦中与小小男欢女爱,倒像《牡丹亭》的杜丽娘与柳梦梅的人鬼恋故事了。

苏小小如昙花一现,相传只活了十九岁,和另一杭州美才女冯小青同样的红颜薄命。西湖传说中,与苏小小相关的男人有三个。始是阮郁，之后是鲍仁，最后才是隔了数代的司马才仲。我奇怪的是对西湖旧事痴痴以求的张岱，怎么在《西湖梦寻·苏小小墓》中只提司马才仲梦小小，不提给苏小小建墓的鲍仁，也不提曾爱上小小的公子阮郁。小小曾对贫寒书生鲍仁有知遇之恩，出钱供他上京赶考，后来鲍仁终于当了官，三年后听说恩人苏小小已死，痛哭了一场，赶到杭州，遵照苏小小的遗愿，将她安葬在西泠桥畔，立了碑，上刻"钱塘苏小小之墓"。张岱不提鲍仁，难道因鲍仁与小小之间无关风月吗？

遇见书生鲍仁的苏小小，当时是否因贵公子阮郁而曾经沧海难为水了？若真如此，那么苏小小对鲍仁之助，更见青楼女子不仅重情，而且重义了。宗子先生不乐意提小小的情人阮郁，也许是先生不待见阮郁这搅动了少女真情，又有些懦弱的贵公子吧。传说苏小小与宰相公子阮郁在白堤上相遇，一个乘油壁香车的佳人，一个白马白袍的翩翩公子，公子与名妓一见倾心，定情于西泠桥边。阮郁就在苏小小家住了下来。莺莺燕燕之后，又无奈被棒打鸳鸯两分飞，因这阮郁是南齐宰相阮道的公子，岂容在烟花巷里流连，于是被父亲强行召回。阮郁离去前，也曾与小小山盟海誓，依依不舍，但苏小小等得梨花消瘦，郁郁成疾，也不见阮郎归来。之后，苏小小表面上放下了这段爱情，潇洒面对公子王孙，传说小小曾有言道："宁以歌妓谋生，身自由，心干净，也不愿闷死在侯门内。"何等有见识的性情女子啊。但爱情之花既已开过，小小岂能忘怀？传说苏小小十九岁咯血而死，也许正是死于爱情的幻灭吧。

苏小小墓

苏小小自己的诗作，还有这一首：

妾本钱塘江上住，花落花开，不管流年度。燕于衔将春色去，纱窗几阵黄梅雨。斜插玉梳云半吐，檀板轻敲，唱彻《黄金缕》。梦断彩云无觅处，夜凉明月生南浦。

因这"花落花开"，我小时候竟把苏小小与台州名妓严蕊搞混，以为是同一人。严蕊是南宋名妓，小小是南齐名妓，我竟也在前人的幽梦中颠三倒四了。

◎ 蝶仙

中学时代的暑期，有多少江南闷热的下午时光需要打发。坐在河边的弄堂口发呆，倒不如手捧一部好看的小说，才不觉时光沉闷缓慢。记得就是在这样的无数个下午，读完了一系列的绣像和章回体小说，读得昏天黑地，眼冒金星，方才起来洗个脸，走动几下。也就是那个时候，知道了中国有鸳鸯蝴蝶派小说。一部部看下来，都是才子佳人，乱世悲欢，恍如说书人口中的拍案惊奇。悲欢爱情的紧要关头，若有小友来邀出门，都是叫不动的。对鸳鸯蝴蝶的浓情到了高中，就移爱给了梁羽生和金庸，照样是看得天昏地暗。

许多年后，依然记得一个张恨水，一个包笑天，还有一个陈蝶仙。至于读过些什么，除了一部《啼笑姻缘》和一部《广陵潮》，其余都是模糊一片了。当年鸳蝴作家们的风光倜傥及明星效应，当如后来的三剑客：金庸、古龙、梁羽生吧。

后来才知道，陈蝶仙是杭州人。有一生冢名蝶冢，就在杭州玉泉附近的桃源岭上。此蝶仙虽在上海滩十里洋场浪得江湖文名，却是将杭州当成安心养性的后花园的。他一个清末民初的男子，给自己起这般妖娆的名字，让人又多几分浪漫之思。华裔明星尊龙曾演好莱坞电影《蝴蝶君》，也许这位鸳鸯蝴蝶派的蝶君也是这样一种可以反串的面相——骨格清奇中，加二分妖娆，三分风流。臆想不为罪，蝶仙泉下有知，会潇洒地付之一笑吧。

梅兰芳在台上演女子，千娇百媚，比女人更有女人味，台下的梅兰芳一样有铮铮傲骨，蓄须明志，陈蝶仙身上也有这样的两个男人：一个风流倜傥，文采绮丽，织着一个个卿卿我我的乱世鸳梦；另一个忧国忧民，不忘民族大义，投身实业，抵制日货，以他的爱国热情和聪明才智，发明出一个"无敌牌"的国货品牌来。当年"无敌牌"牙粉风光得紧，曾在杭州西湖博览会上大出

杭州植物园内

风头，一举打败日本产的"金刚牌"牙粉，以至还流传着"蝴蝶咬碎金刚石"的国货佳话，这在沪杭两地是街知巷闻的大新闻，令人激动的程度，就像今天的国货品牌美加净或孔凤春，有朝一日竟打败了舶来品资生堂或雅诗兰黛堪比。

想来这陈蝶仙一定是个有趣的人，比起民国时一些新派的"西装党"，我想陈蝶仙大概是天生的"长衫党"吧！颀长的身材，配上青蓝的长衫，戴着金丝边的眼镜，手里还总有一把洒金的国画团扇，走起路来步步生风，闲来吟诗弄词，写写小说。这清末的贡生，被时代猛地一把推进了民国，于是一脚在新，一脚在旧。陈蝶仙在报馆以文字营生，老的琴棋书画依然是不舍的。像很多旧梦刚醒，对新世界还不太适应的文人，陈蝶仙也没有成为彻底激进的革命派，所以一动笔，也写不出鲁迅、郁达夫式的新文学，而是写起了不新不旧的鸳鸯蝴蝶派小说。

陈蝶仙跟才女张爱玲一样，也早慧，十岁左右就写章回小说，十九岁就仿《红楼梦》作《泪珠缘》，少年成名，轰动一时。一个一生能写上百部言情小说，精通填词作曲这些古典文人功夫，又能翻译新派侦探小说的男人，想来也不会是无聊乏味之人。

这自号"天虚我生"的蝶仙胆子也够大。据说他年轻时曾到日本留学，有个日本名字叫"大桥式羽"，曾以此笔名写过《胡雪岩外传》、在日本出版。正所谓知己知彼，20世纪20年代，才有了"牙粉爱国"的壮举，以家庭工业社创"无敌牌"牙粉，弘扬国货，灭日本人威风。无敌牙粉初始，家庭工业社规模小，只雇用少数工人，民国作家郁慕侠的《上海鳞爪》也赞誉，"先生自充技师,夫人、公子、女公子辈充任男女工和助手,勤勤孳孳,自强不息。"

当时的牙粉是装在纸袋或纸盒里的,纸袋上印有大大的蝴蝶与红玫瑰,但"擦面牙粉"四个红色大字印在一个网球拍的图案上,球拍与网球的图案,静与动之间,可谓寓意深刻又别出心裁。"无敌牌"牙粉香气甚佳,后来沪杭两地的摩登男女也纷纷弃用日本的金刚、狮子,以"蝴蝶之香"为新时尚了。直至日本侵华,山河破碎,陈蝶仙在全国各地辗转建厂,却都遭到狠炸,其实业救国的理想和壮志,终不敌强盗们野蛮的摧毁。

当年"鸳蝴文人"也有自己的圈子,主要都在上海,陈蝶仙跟张恨水、包笑天、周瘦鹃这些同道们来往很密切。但鲁迅等当时的新派作家,对这些半新不旧的民国文人却不那么客气,说他们身上有"鸳蝴气",迎合的是小市民趣味,也曾批"蝴蝶粉香来海国,鸳鸯梦冷怨潇湘"之类的"鸳蝴体"轻靡浓艳。但儿女情长的"鸳蝴气"却颇受当时百姓的欢迎,就如20世纪80年代,琼瑶小说曾风靡一时。对劳苦大众来说,鸳鸯蝴蝶小说不难看懂,跟着书中男女哭哭笑笑,也算是劳作之余的一点快乐。

陈蝶仙1879年出生在杭州的一个殷实的中医家庭,虽日后活跃在上海的舞台,但一生都是深爱故乡杭州的。他曾以钱塘惜红生为笔名,编录《拱宸桥竹枝词》,又名《瓜山新咏》,为记录殖民地时期杭州拱宸桥下里巴文化做了回贡献。他搜集整理了一百二十首竹枝词,内容涉及清末京杭大运河南端的杭州拱宸桥地区"开埠"(即若干区域划为日本"租界")后的市井文化。

此段历史关乎国耻,被划为日租界的拱宸桥,当年成为烟花柳巷"红灯区",陈蝶仙以竹枝词记录的,正是这种畸形的繁荣。

后来其子陈小蝶继承父业,也成为鸳蝴派作家和画家,女儿陈小翠也以家学和才情,成为女画家。陈氏实业受重创后,他和儿子陈小蝶曾在杭州栖霞岭南麓开过"蝶来饭店",直至岁月突变,杭州沦陷。

陈蝶仙刚过花甲之年,终没能熬过黑暗的1940年。文人意气,到死也不忘国恨家仇。临终前他立下遗嘱:"胜利之后,葬我于桃源岭。"他活着时就在杭州桃源岭上选了一块风景绝佳地为自己的墓址,取名"蝶冢",在岭上种松树和梅树。作为杭州人,谁不想埋骨青山,永眺西湖呢?身前身后事,无非如此。

在宁静的时光里,桃源岭是一处宁静的小山岭。小小的岭上

桃源岭,蝶冢何在? 　　　　　桃源岭今日

树木繁茂,旁边就是来往于杭州植物园与灵峰之间的小径。黄昏过后,这里显得有几分寂寥。"蝶冢"就在桃源岭上,却已成荒冢,寻寻觅觅不见,不知蝶仙掩埋于何处了。忆蝶仙生前,曾自题蝶冢曰:"花鸟与人若相识,富贵于我如浮云。"又与章松庵联句,自书:"云水松月抬白鹤,石泉板火煮乌龙。"

桃源岭依旧幽然静卧,几年前,岭边又新添一处别致的建筑,乃当代艺术家韩美林的艺术馆,馆外空地上,立有韩美林雕塑的释迦牟尼大雕塑。岁月静好,爱画梅的陈蝶仙,与韩美林艺术馆比邻而居,大约也不会太寂寞。

辑六 夜航船

◎ 同窗

万松岭，一个诗情诗意的佳处，以前曾骑自行车去过几次。从南山路拐进万松岭路，空气清新起来，车声人声渐行渐远。往深处走，更觉得神清气爽，这万松绿意、溪水潺潺的幽静处，依然不变白乐天当年"万株松树青山上，十里沙堤明月中"的描画。

依松香与书香而生的是青翠。不远处，见江南院墙内的飞檐，有时是陈钢的小提琴曲《梁祝》，有时是似水柔情的越剧《梁祝》"十八相送"浮上眉心。春天陌上花开时，可曾有彩蝶双双，飞到这前世今生地来过一遭的万松书院探访，特地瘦腰如舞。

蝶说：此情可待成追忆，只是当时已惘然啊。

梁山伯与祝英台事，被称为"中国的罗密欧与朱丽叶"。千年的传唱之间，其人其事也变得如真如幻，恍惚如前人梦中说事。但是偏偏，扑朔迷离的传说后来有了一个真切的地点，那是书生梁山伯和女扮男装的书生祝英台一起读书上学的地方——杭州的万松书院，从前叫崇绮书院。这书院，几百年间历经繁荣与衰微，曾为荒圮，又在废墟上重建，之后又成荒圮，然后又再重建，在静僻的万松岭下,今犹芳存。书院之内,几度春风化雨,几度隔断的读书声复又清朗响起,到如今,这曾经的名门高师之地,却时闻红尘里求缘、问缘的声声慢。

万松书院,怎么演变成了万松书缘呢? 要怪就得怪这人间的万丈红尘了。书院的制度早已废弛,人间有男女,便要有爱情。拜梁祝的浪漫情事所赐,到万松书院来寻缘问缘的人,免不了就盖过了慕书院大名前来寻觅古代书香的读书人。

这惊天地、泣鬼神的奇情,究竟发生于什么年代? 据说,梁祝故事最早见于一千四百多年前南朝的《金镂子》,说爱情的主人公是南北朝时期的青年男女,以后初唐梁载言的《十道四蕃志》、晚唐张读的《宣室志》、宋代李茂诚的《义忠王庙记》、明

梁祝书房正门

花木掩映,细雨霏霏,梁祝书房

代冯梦龙的《古今小说李秀卿义结黄贞女》、清代吴景樯《祝英台小传》等,一遍遍地讲述着他们的爱情,但细节处却多有出入。

后来一个华丽转身,让梁祝的爱情发生地落定于杭州万松书院,这得感谢清代著名才子李渔。李渔号"湖上笠翁",曾在杭州生活多年,生命中最后的三年,在吴山铁冶岭的层园隐居。湖上笠翁的层园,离万松岭的书院很近。李笠翁写作梁祝传说的《同窗记》时,应该就住在杭州,也许某日踱步到了万松书院,想起梁祝故事,仿佛看到了东窗或西窗的廊檐下,一对书生正在月下漫步,状态亲昵地说着学中之事,朝夕共处之下,憨态可掬的梁书生竟不辨祝书生雌雄,真是匪夷所思。笠翁抖抖袍袖,踱回层园,便动笔写起了《同窗记》。

《同窗记》后来又被叫作《双蝴蝶》,讲的是浙江上虞的祝英台小姐女扮男装到杭州求学,途中碰到也是到杭州求学的绍兴贫寒子弟梁山伯,两人草桥结拜成为兄弟,传说这座草桥就是杭州东城望江门旁的草桥亭。他们一起在万松书院求学三年,同窗情深。后来英台被家中催归,山伯沿着十八里凤凰古道相送,一路上英台多次暗示山伯自己是女儿身,并许下芳心,山伯仍懵懂未解,直到后来师母点破,才恍然大悟。但怀着热烈爱情的山伯去英台家求婚时,英台却已被父亲聘给了浙江鄞县太守之子马文才。两人楼台相会,凄然一别,不想竟生死永隔。被赠空欢喜的山伯归家不久,伤痛而亡。英台被迫出嫁前,闻知山伯死讯,素服专程去山伯墓拜祭,忽然风雨雷电大作,山伯坟墓忽然爆裂,英台于是纵身跃入墓中,墓又合拢,之后风停雨霁,彩虹高悬,从坟墓中飞出两只蝴蝶，翩然而出，不离不弃，那兴冲冲的新郎官马文才呆了，只得望蝶兴叹了。

万松书院位于万松岭，原为宋代报恩寺旧址，明弘治十一年（1498年），浙江右参政周木改建为万松书院。在明清两代，万松书院是当时杭州规模最大、历时最久、影响最大的书院，曾是浙江文人会集之地，与当时的崇文书院、紫阳书院、诂经精舍并称杭州四大书院，办学历时四百多年，以齐备的祭田祭器、完备的学规章程、丰厚的藏书而位居杭城四大书院之首，成为浙江最高学府。

也就是说，万松书院成为书院讲学之地，是明代以后的事。如果山伯和英台确是在万松书院读书的话，那么他们最早也是明朝人。西方式的浪漫爱情，如罗密欧和朱丽叶，到共赴黄泉，悲剧便终止，同样是轰轰烈烈的殉情故事，东方式爱情又多了一层生死转换、羽化登仙的浪漫。一双彩蝶在漫长时代的红尘滚滚中翩跹——做人累，要讲男女授受不亲，要讲门当户对，做一双自由的蝶，能了断多少俗世的牵累呢。

梁祝之爱能深入人心，还有一层被人们普遍认同的同窗之谊，或许这是中国爱情史上最早的"同窗恋"了。古人常说郎才女貌，从梁祝传说中看，人们其实并不知道祝英台是否貌美如花，梁山伯是否翩翩才子，没准他们都只是普通的才貌，但这万松岭下的同窗之情就足以令人惊艳了。今天的大学校园是爱情发生的温柔乡，校园爱情被诗人和歌手吟唱，而民国之前不仅男女不同学，女性还不被允许出门求学，所以同窗之爱就极稀奇了。

梁祝彩塑

才子袁枚的石像

再说祝英台的父亲,不论是不是上虞人,不论是南北朝人还是明清朝人,都是个非常开明的父亲,不然怎么可能让闺中少女胆大妄为、女扮男装出门,还和男人混居一处,同窗上学呢?而祝英台说上虞这小地方,可恨没有一个好老师,所以要到杭州的书院去上学,并最终获得父母支持,说明祝家的父母也并不那么信奉"女子无才便是德"的教条。

在李渔《同窗记》的差不多时期,另一曾久居杭州的名士张岱,却在山东曲阜的孔庙撞见庙内一楼上,有"祝英台读书处"的题匾,连张岱先生都不明白,这孔庙之地怎成梁祝读书的地方了。相比之下,万松书院确是当得起梁祝读书处的。想当年,明代才子袁枚也曾在书院求学,大学者王阳明曾在书院讲经,即使没有这流芳的梁祝传说,万松书院也不是等闲之地。

◎ 道人

说到抱朴道院，作为杭州人我也没觉得有甚特别处，只是个喜爱的地方，一年总要去喝一两回茶的。清茶得佐以清谈才是，一起去抱朴的友是得有讲究的，酒肉友就差强人意。有一在北方的老友，曾被我描述的某个在抱朴道院的下午打动，于是心念江南，说最想跑到杭州的抱朴道院，清静地坐一下午。

葛岭上半山腰的地势，就着小小的高度，正够一览湖中美景，又能看得真切，又喜山不在高，有仙则灵，有葛爷在，抱朴道院就增了几分仙风道骨。于是在这半山腰上，对山下大路上的凡夫俗子们，就有了一层高高在上的沾沾自喜，但很快便收敛起心性，知道这一瞬的自喜也是不可靠的，你我不都是要下山去，继续当这大路上奔走的凡夫俗子吗？

夏天的时候，从山脚爬到葛岭之上，进得道院的黄色山门时，会出一身小汗，这时歇将下来，觅一石桌椅坐下，或在山门内的石径上小步走着，清风吹来，抹额擦汗，呼吸着道观的香火味道，你不说话的时候，生脆的鸟语，就在这道观山门内外诉说着什么。

院子的一边,一二青衣髻发的小道姑专注地扫尘,不经意间,仿佛也在你的肉身上轻扫了几下。

近年去过一些道教名山,此前去过四川的青城山,后来冲着崂山道士学穿墙术的寓言故事,去访过一回崂山。道教因是中国本土诞生的宗教,因而感到少了几分神秘感,可以带着一个旅人的平常心去亲近。对于那些要做神仙的梦想,却始终存着一个疑问:若人人都长生不老了,那地球可怎么办?

曾和女友一起去了趟武当山,到达了金顶,这武当七十二峰一齐朝拜的金顶之上,又有明朝皇室的皇家气派盖着,气势自然不同寻常。古时的善男信女,要凭怎样的毅力,才能一步一步地,爬到这一千六百多米高山的金顶之上,对着真武大帝磕头啊。相比之下,西湖边葛岭小山上的抱朴道院就亲和多了。

在我的印象中,抱朴道院不是那种高门大殿,少几分庄严肃穆,却另有一种清心小修、怡然自乐的味道。观不算大,偏安在这西湖之滨的小岭上,倒是很得老庄无为而为的真谛。这抱朴道院,千年来这样地看过了一朝朝乱世,仍然是悠悠然见南山的气度。

道院的茶是可以慢些喝的。遛鸟儿的来去了几拨,小道姑青衣小帚地扫拂了两遍庭院,手边这茶依然还在喝着。渐渐地,船歌声和笑声从西湖上的游船传来,这杯中之茶,却喝得寡淡了。边上有几个打牌的闲人,也正自在地享乐。偶有不知何方前来的虔敬道众进香。还有的爬山客,喧闹着探进山门看一眼就走的,各自忙乎着,也不相干。茶喝到寡淡处,离仙道便近了些,又念那抱朴子葛洪也要忙着炼丹药，对山门前的喜怒哀乐，也都睁一眼闭一眼为妙。

葛爷不知有没有羽化而登仙，不管有无进入仙界，葛爷都是个了不起的方士。杭州人每说到抱朴子，也都有些欢喜相的。葛爷名洪，字稚川，号抱朴子，生于西晋武帝太康四年（284年），活了八十多岁。他出生于江南的士族名门，后来父亲早亡，才家道中落。两晋南北朝在今人的眼中，自有一种"魏晋风度"，是很有些仙风道骨的，晋人士大夫中，炼丹服散长啸清谈，坐而论道，活得半仙半人，不唯这抱朴子如此。只是后来抱朴子走到了极致，终以一个奇妙高深的道士而被后人追忆了。

从史料上看，葛洪一开始的人生观曾是积极入世的，他的思想也是以儒家为主导的。无奈生逢乱世，生灵涂炭，人命如蝼蚁一般，从皇帝到平民，今天活着，明天不知为何就被杀了。经过八王之乱，儒士们的个人理想，在时代的动荡之中更显得渺小了，以逃避的心态求仙问道，成为一时士风。祸乱之中，葛洪曾想到广东投奔广州刺史嵇含避乱，任参军一职，不料嵇含却被仇人突然暗杀，他只好在广州待了几年，渐渐地便有了出世绝俗的想法。庄子说，"知其不可奈何而安之若命"，葛爷在《抱朴子内篇·论仙》中也曾自剖心迹："百忧攻其心曲，众难萃其门庭，居世如此，可无恋也。"他本是个木讷之人，清心寡欲，不爱交游，一旦世事无可恋，便只好一心问道，慢慢年纪大了，便一心寻求能让人长生不老的金丹大药去了。后来朝廷几次想召他当官，都被他推辞，但听说交趾（今越南北部）出产丹砂，就求为县令，不过葛洪最终没有去成交趾,因为到了广州,被当时的广州刺史留住,让他住在罗浮山上,还提供他炼丹的原料,所以他乐得留下了,从此在罗浮山中修炼多年。

张岱《西湖梦寻·葛岭》一则记载:"而洪坐至日中,兀然若睡,卒年八十一。举尸入棺,轻如蝉蜕,世以为尸解仙去。"也不知他到底成仙了没有?

但抱朴子炼着丹药,却意外成了著名的化学家倒是真的。炼丹要用的药物有丹砂、水银、雄黄、矾石、牡蛎、云母、滑石、黄铜、珊瑚等,共有二十多种,这长生不老药,可不是一般人想炼就能炼的啊。至于这丹药,据张岱所记,后来明代宣德年间,有个渔翁吃下一枚当年抱朴子在葛岭的井下石瓶中留下的丹药,结果活了一百来岁,果然别有仙意啊。

抱朴道院

抱朴子一生曾在不少地方炼过丹药，据说他在晋永和十年（354年）到临安，也就是今天的杭州宝石山西岭结庐炼丹，也不知在这岭上住过几年。后来他住过的山岭被称为葛岭，并建"葛仙祠"奉祀之。元代遭兵燹，葛仙祠被毁。明代重建抱朴道院。重建时，曾改称为"玛瑙山居"。清代复加修葺，以葛洪道号"抱朴子"而改称"抱朴道院"，沿用至今。抱朴子是爱着这湖上的风光美景的吧，葛岭上的丹炉里，袅袅的青烟升起，在西湖上的小舟中见了，只道是飘然如仙。

初阳台

葛洪炼丹的古井

葛岭之上,我最爱之处是初阳台。初阳台是一座上亭下台的石砌两层建筑物,位于葛岭之巅。在初阳台上远眺,西湖美景尽收眼底。据说每年十月朔日,初阳台上可观日月并升,这是名为"钱塘十景"之一的"葛岭朝暾"。传说抱朴子在初阳台上修炼。从前我一听"初阳台"三个字,喜悦感就会莫名而来。在这座石台上,传说能最早看见初升的太阳,且这名字的韵律是如此地轻美,初阳之台,一切都在希望之中,轻缓地升起。

如今的葛岭

◎ 女妖

中国传统的神仙魔怪文化里,"思凡"是不变的主题。无论是当了仙或者次一等的妖,似乎都羡慕凡人的生活,至于和尚尼姑、道士道姑诸等,思凡之心只要借着外媒一挑,便弄出夜奔之事。人性的解放,有时要大过任何的宗教与哲学。仙界和妖界到底没有人间的热闹烟火、男欢女爱,妖界要混乱些。演义小说里,魔王们也是左拥右抱着美人,甚至还有强霸民女的劣迹,但那总给人非正常生活的印象,今朝有酒今朝醉,一种没有未来的寻欢作乐,再多的美酒佳丽,终是孤寂。

在中国人看来,孤独是最难耐的,长生不老的诱惑都难以遮盖孤独的困顿,所以"嫦娥应悔偷灵药,碧海青天夜夜心"这样的诗句,冲击着一代代才子佳人的心,且民间人士已达成了共识——嫦娥离开了后羿独自去广寒宫做仙女,一定是后悔死了。

仙姑妖女思凡尘,像七仙女之于董永,白素贞之于许仙,思得急切了,偷偷到人间,见着个男人便爱了,连挑剔的心都没有。依我之见,董永和许仙都是极普通的人间凡胎,才、貌、财、权,

春天的断桥

凡间品断一个男人的要素可能一样沾不上。想起希腊神话中，被淘气的小爱神丘比特射中金箭的人，见到第一个异性就会爱上，不管这第一个是美是丑，是聪是愚，这情形颇像七仙女一下凡就见到了董永，白素贞一到西湖，同船的人就是许仙。幸好，这两个人间极普通的男子都尚未婚配，否则在可以一妻多妾的古代，七仙女和白素贞是否连当个普通男子的小妾都要勇往直前，甚至不惜与阻碍她们人间美事的任何势力闹个翻天覆地呢！

　　白蛇许仙的传说，小时夏夜在河边乘凉，就听奶奶辈说得绘声绘色了。当时有个前世今生的朦胧印象，一条冻僵的小蛇，被一个叫许仙的男童救了，温柔地放在了一只有棉絮铺着的篮子里，后来小蛇入深山修炼，功力日深，本来可以进入仙班了，但前世的恩未报，所以要化作白衣女子，到西湖边来邂逅已经成为青年的许仙，痴情地给他做妻子，给他生孩子，为他不要命地去盗仙草，和法海斗功斗心，为他忠心耿耿，为他呕心沥血。但又一想，此因果报应之说有些蹊跷：据说那白蛇是修炼了千年才成大妖的，千年下来，这凡人许仙不知已转了多少世了啊，反正，传说总是不讲逻辑的。

越是这般扑朔迷离，就越有在江南的夜航船上谈妖说道的感觉。昏黄的河水在行进之中，夜笛声呜呜的，转入一片黑色水域，舱里的客要窝在一处，说些前世今生的爱恨传奇，才不会独自在深不可测的夜里慌张。

蛇本是阴冷的动物，在英国古代的民间传说里，恐怖的蛇妖是要吃处女血来使自己美丽的，但一到了东方古国，蛇妖却被赋予了温情的人性，白蛇有情，为爱不顾一切，青蛇有义，为义铤而走险。白蛇与青蛇在民间应是妇孺皆知的，所以从古到今，白蛇故事被一再地改编成戏剧和电影上演。人人心目中都有一个白素贞，就如西人，人人心目中都有一个哈姆雷特。赐给一尾蛇以"白素贞"这样美的名字，国人看女子，以白为美，民间有"一白遮百丑"之说，白衣素雪，胜却红装几许，而贞洁又是中国传统文化中特别看重的女德，可见中国人是多么地爱这个蛇妖啊，几乎是在她身上寄托了对美好女子的所有幻想。

在杭州，西湖与白蛇许仙传说有关的景有两处：一是断桥，一是雷峰塔。杭州环西湖所有的桥中，以断桥名气最大，断桥卧于湖上，以冬日的雪景闻名，但更大的名气，还是因为有白素贞。传说白娘子听从观音点拨，到杭州寻求恩人，终于与许仙相识在断桥边，后又同舟归城，借伞定情；在经历了端午雄黄的劫难，白蛇被迫水漫金山寺之后，又在此与许仙邂逅，两人重归于好。越剧《白蛇传》中，断桥重逢的一出戏是我记忆中最深刻的，一边青蛇气呼呼地责备许仙的薄情,作势要杀了他,一边已经身怀六甲的白娘子哀叹:"西湖山水还依旧……看到断桥桥未断,我寸肠断,一片深情付东流!"但最终,痴情的白蛇还是在断桥上原谅了懦弱的凡夫许仙。苏曼殊大师临终时遗言,一切有情,都无挂碍,女妖白素贞为爱吃尽千般苦,却仍做不到"无挂碍"三个字。

这爱情之桥,也成了后世男女的温柔乡。杭州的恋人们在定情的过程中,没有不到这断桥上走一走的,就像心里的一个仪式。失了恋、落了单的,在黄昏深夜时分,也在这桥上孤独徘徊,凭吊逝去的爱情。当时年少,记得大学一痴友,因失恋曾在桥上傻坐了一夜,直到次日东方既白时方归。

再说那雷峰塔,就完全是另一番腔调。雷峰塔代表着对一切异端的镇压,法海有法海的天道,他认定妖和人不能发生爱情,更不能结为夫妇过人的生活,所以他以正义之名,最终将白素贞永远地囚在塔下了。张岱在《西湖寻梦》中说到雷峰塔一则,也说"湖上两浮屠,雷峰如老衲,保俶如美人",还题诗言,"此翁情淡如烟水",这不通人情、不解风情的法海,哪来的情呢?而寡情之人,往往视多情为仇。连民间的世故人情也是如此,那些刻薄寡恩的人,是最恨别人你侬我侬的情深作态的,如若这情有一点点逾规逾矩,此类人便将以正义的名义跳将出来,成为镇压的主凶或帮凶。

那雷峰塔最终是倒了,正顺应了民众的愿望,善良的人们愿意看到的是有情人终成眷属,所以盼着象征着法海势力的雷峰塔倒掉,至于当年的吴越国王钱俶为祈求国泰民安而建此佛塔的初

雷峰塔的春天

衷，已渐渐被后人淡忘了。国泰民安的祈愿，都不如一个女妖的爱情重要，这不可小觑的人心对爱的所向。

如今在雷峰塔的废墟之上，又重建了新的雷峰塔，夕阳之下，暮山紫气依旧，傍晚浓郁的塔影下，可以确定的是我们的女妖白素贞，从此不再是雷峰塔下的囚徒了。

据说早在唐朝，就已经有断桥了。那时的断桥还和白素贞无关。后来断桥成了白素贞的桥，雷峰塔成了白素贞的塔，这世上的事情，真是没道理可讲。

◎ 知交

旧年的最后一日下午，歇了工，和朋友相约去空气清新又看得见风景的地方晒太阳。若找满足这样条件的地儿，其实在杭州并不稀罕，也不必打算得太细致，轮子上了路，主意总会有的。车在耀眼的阳光下往西行，钻了几个隧道，闲谈间，已在清秀的天竺路上。

午后，沿着天竺路往前走，远远地就见到了一座寺院，高大连绵的土黄色墙壁，依着青山，寺前有小路，有小溪。寺院周围，一路有小店铺形成了不小的香市，是专做香客生意的，香客最旺的时节，应是桃红柳绿时，烧香客从各地来，挂黄色布袋，成群结队鱼贯入城，这是西湖边年年有的景观，带几分喜气。杭州人称之为"烧香老太太进城"，其实不尽是乡下老太，也有脸蛋红润、长相丰美的少妇。那时节，是天竺山一年中最热闹的光景。

如今天冷，香客寥寥，又不像龙井或梅家坞，总是热闹的所在，市井茶客饭客，日日地迎来送往。天竺不同，幽居于山野，跟尘间烟火隔得远，仿佛一心在清幽处垂目，口念阿弥陀佛的僧人，不问世事，客多客少也请自便。凡有缘人，自然会心心念念地踏访而来。

私底下以为杭州诸寺中，唯天竺诸寺最能让人在静默中虔敬，与天地相通。最爱这山谷林间，小石桥下，溪水清澈，云卷云舒，将进山的凡人，洗脱了庸脂俗气。况且天竺三寺历代佛学氛围浓厚，日常讲经说法，是高僧禅师辈出的地方。

驿路边，迎面走来外出归寺的黄棉袍小僧人，小溪上，仍有不知冷的孩童玩水玩石。天竺路边，见一家叫"十年"的餐馆，高高的白墙，别有一种安适的乡间情调，于是停车吃饭。店家的茶水是自助的，用一只只带耳朵的搪瓷茶缸盛大麦茶，菜单写在几块大黑板上，像现在玩情调的青年旅馆的流行做法。这冰冻三尺的冷天里，你只需站起身来，热茶水是无限量供应的。

天竺这个地名，不免令人遐想它的异域色彩。天竺乃古中国对古印度的称呼，两个东方古国，一龙一象，各有锦绣江山和文明。《西游记》中唐僧取经的故事很多与天竺国有关，早在《后汉书·西域传》中已有记载，"天竺国一名身毒"，到唐代初年，统称印度为天竺。

这一带有天竺山，有名刹天竺诸寺，天竺山分上天竺和下天竺，以寺院香火和茶园闻名。上天竺寺、中天竺寺、下天竺寺三寺中，下天竺寺创建最早，今名法镜寺，距今已有一千六百多年，创建最晚的上天竺寺也有千年历史。果然古天竺国与杭州是有密切联系的，这渊源，又得算在天竺高僧慧理身上。

天竺山边，有一块状貌崟崎磊落的巨石，在与飞来峰相连接的莲花峰东麓，峭拔玲珑，名"三生石"，石上刻有"三生石"三个碗口大小的篆书，还有《唐·圆泽和尚·三生石迹》的碑文，记述"三生石"之由来。从前巨石上多唐、宋时的题词石刻，如今大多已漫漶不可辨。

先不说天竺僧慧理，倒是这一奇石，更让人牵肠挂肚。

忆及最早读《西湖梦寻》时，读到"三生石"一则，真乃如梦如幻，前世今生，想想其中禅味，不觉呆了。

讲的是古代的两个朋友，一个隐士，一个僧人。有一日相约游四川青城和峨眉，隐士李源想从荆州水路走，僧人圆泽却想取道长安，但李源不同意，说自己已与尘世隔绝，怎么可以再去京师呢，圆泽只得依从。于是两人走水路，行船到一个地方，看到水边一个锦裆背瓦罐的女子取水，圆泽叹道："我不想走这条路，正是因为她啊。"李源忙问其故，圆泽说："那女子姓王，我应该是她的儿子。如今已怀孕三年了，我不来，她就没法把孩子生下来。今天既然遇见了，我也不能再逃避了。"圆泽委托李源助他快速投胎，并约了三天后相见，以笑为信。三天后，李源去那女子家看望，果然看到一正在沐浴的婴儿朝他微笑。圆泽临终时，约十三年后的中秋月夜，在杭州天竺寺与李源相见。十三年后，李源如约从洛阳到杭州天竺寺外，只听见葛洪川畔有一牧童歌唱："三生石上旧精魂，赏月吟风不要论。惭愧情人远相访，此身虽异性长存。"

我每次念到此诗时，眼泪就要落下来。三生石边，牧童告诉故友，你俗缘未尽，还得修炼，我们才能再次相见，这便是两人

天竺，三生石边

三生石边茶园

的来生之约了。

　　最初听三生石传说时，不知年代，只知一僧一隐，何其缥缈。后来才知李源与圆泽都是唐朝安史之乱前后的人。隐士李源年少时是生活豪奢的贵公子，经历乱世后，不仕不娶不吃肉，在洛阳惠林寺中一住就是五十余年，而圆泽正是寺中高僧。两人从此成为知音，时常通宵达旦地促膝清谈。圆泽投胎后，李源折回慧林寺，从此一直隐居，直至八十一岁终老。

到三生石边时，阳光已经西斜，天竺诸寺的暮鼓声尚未响起。法镜寺外，南无阿弥陀佛的佛乐飘过高高的黄墙。拾级而上，一片很大的茶园边，一条小径通向三生石，再绕过一池一亭，静谧的山与树间，那块已独卧了千年的石头就在眼前。只闻足音清响，四周却一个游人也没有。旷野间，又闻数声鸡鸣。

想人间这情字，无论是友情、亲情、爱情，能有三生之约的，须到怎样地深浓。古人男女事乃媒妁之言，缺乏爱情的水土，故亲情之外，更重人与人之间自然生发的友情，金兰之交、一诺千金的传奇自是不少；到了现今，时代氛围不同了，关于友情的传奇也让位于爱情了。有些慕名来寻三生石的游客，原以为三生石因缘于一个爱情故事，山道弯弯地寻到了这清冷幽境，来这却发

三生石碑

现原来古人的友情，能这般地惊天地、泣鬼神，竟露出匪夷所思状。凡俗中人，从三生之约联想到爱情之地老天荒，也是顺理成章，但知天下有情人、有情事，未必仅男女之情那么狭窄的。

最近又听得一段三生石的逸闻，有学者名土默热，创下"新红学"大胆求证，认为《石头记》里的那块石头，正是杭州天竺山上的三生石。土先生认为《红楼梦》作者非曹雪芹，乃江南文人、剧作家洪昇，而贾王史薛四大家族，影射的并非满人，却是江南杭州的望族。《红楼梦》中说石头来自"西方灵河岸上三生石畔"，由一僧一道携带，要到"昌明隆盛之邦，诗礼簪缨之族，花柳繁华地，温柔富贵乡"中去历凡劫，于是才有了宝黛的木石前盟。而"西方灵河岸"即灵鹫峰，灵鹫峰就在杭州"飞来峰"，此峰传说就是从古天竺飞来，真令人拍案称奇。不论"新红学"可信度如何，因缘成就，情义重过天的三生石与宝黛之恋通上款曲，在世间红男绿女眼中，这嶙峋而深沉的巨石，更是传奇中的传奇。

上天竺寺

女鬼

上海博物馆藏明末清初画家陈洪绶的《铸剑图》，似与戏曲《红梅记》有关。画中一老者，一女子，席地而坐，老者扶剑，女郎面前亦有一剑置地，并题四言诗一首："侠烈慧娘，而语兰陵。以肠铸剑，斩此有情。"

《红梅记》是地道的鬼戏，梅花在戏中是淡出的，但泣血红梅之于凄艳复仇故事的女主角李慧娘，犹如桃红扇之于李香君，最是物我相配。

飘雪的阴天，坐在有取暖设备的屋内，品着红茶，贪望窗外斜飞的冷雪，细细地落在惨淡的天空。金圣叹说，雪夜闭门读禁书乃人生快事，我却想在雪夜独自看一部幽怨的鬼片。王祖贤的《倩女幽魂》，把女鬼的美刻画得要让人情不自禁爱上鬼了，是否也有一缕李慧娘的芳魂，阴郁地游荡过细雪飞舞的葛岭之上。

细雪天的西湖葛岭，抱朴道院红梅阁边，应是霜寒乌未啼、梅绽未成葩的光景。

《红梅记》中李慧娘故事，儿时就听长辈讲过，在心里留下个凄婉恨女的影子，年岁渐长，这女子的孤影也在岁月中慢慢地拉长了。之后渐渐明白，自己被这个鬼故事吸引，正因这故事的两重极致。一是衰老与青春，贾似道外号蟋蟀宰相，有权有势，虽妻妾成群，但也不能掩饰其乃一介衰朽老夫。裴舜卿是白衣秀士，无权无势，却是一翩翩少年郎。也许贾似道平日听惯阿谀奉承，很少会想到自己的老态，听到侍妾慧娘的一声"美哉少年"，顷刻间，便觉权术建立起来的男性帝国，竟不如西湖边一个少年的美好，果然再霸道的人，也敌不过岁月。对于一个要风有风、要雨得雨的男人，这是无情处。贾似道一触及世间美好事物的真相，为了平复心中的失落与恨意，干脆杀了发出"美哉少年"赞叹的贱妾。

在西方，古希腊时代，有大量雕塑作品和诗歌赞叹少年之美，引得其他同性或异性的追慕。希腊神话中的美少年海辛瑟斯，正是死于西风之神泽费罗斯的嫉妒，后者因讨好不了他而杀死了他。更著名的美少年名叫那西索斯，因爱上自己的水中倒影而成为自恋的水仙。跟古希腊对少年之美的崇拜比起来，中国文化要的是郎才女貌，史上正面对少年之美发出赞誉的，也不过寥寥几声。我所知的，一是魏晋时期弱冠之年的卫玠，坐在羊车上被大家赞叹着，后来被"看杀"，因出门时围观者太多，本就身体羸弱的卫郎过度劳累，后来就病死了。另一声赞叹，却是出自南宋末年时勇敢的小女子李慧娘口中，她说出"美哉少年"，就像孩童说穿了皇帝的新装，只是不料说一句真话的代价竟是杀身。

另一重极致，乃慧娘的无辜。李慧娘死得冤，冤在她看到美书生而发出赞叹,当时情境,全因情不自禁。这也并不代表她爱上了他,想跟他有私情,更不代表她要跟他去私奔,她只是一声赞叹脱口而出,仅这一声。我宁愿相信慧娘本不识裴郎,也不知这湖上的美少年从哪儿来,到哪儿去,只是出于人性爱美,发出这一声感叹,是无关风月、如此纯粹的赞美,却因此而做了冤鬼。连这一声付出生命代价的赞美,也不知从湖上飘然而过的当事人裴舜卿听到了没有。《红梅记》故事,缘起最纯粹的审美,比起有情人被棒打鸳鸯的故事,不知要脱俗多少。

从明代起,关于李慧娘的故事,各种版本很多。有一版本说李慧娘赞叹裴舜卿时,人是在葛岭上的贾府半闲堂,远远地看到西子湖上,裴舜卿离舟登岸的英貌,便赞叹了那么一声,偏不巧被她的主人贾似道听到了。这一版本,让我觉得缥缈得太遗憾,慧娘离裴公子,要说身体距离,实在是太远了。远远地一望,总不如近看真切些。

半闲堂

我喜欢的版本,是江南民间口口相传的湖上泛舟相遇。说某日,贾似道率诸姬妾坐画舫游西湖,吹笙弄管,好不得意。正在这时,有一条船从画舫边经过,船上的几个书生谈笑风生,其中一个,正是美少年裴舜卿。那边船上,裴生远远望见画船箫鼓,载着丽人迎面而来,好不繁华,或许也多看了两眼。这边舫上,慧娘赞了一声"美哉少年",贾似道当时没发作,还半真半假地说,那把你配给他如何,慧娘微笑不语。结果一回家,李慧娘就被杀了,头被放在一锦盒内。贾似道为何要杀李慧娘?据说是有感于自己姬妾众多,怕美姬们对他怀有二心,拿慧娘杀一儆百。

慧娘变鬼后,冤情太深,连冥府都同情她,慧娘自然要找贾似道报仇的。一弱女子变成厉鬼,才有了对抗权贵的力量。后来贾似道又要害裴生,将他囚于葛岭半闲堂的红梅阁中,慧娘持阴阳扇化作人形,与裴生相会于红梅阁。午夜时分,人鬼在红梅阁发生恋情,只叹良宵苦短,慧娘才意识到自己是鬼,她听到贾似道奸计,终于勇敢救出裴生,并怒斥奸相贾似道。后命运逆转,贾似道奸人被除,发配充军,最终被郑虎臣击杀于粪坑之中,而裴舜卿科举高中了探花。

至于李裴之情的生发,我以为大约是出于让戏文好看些的需要。看客们总是希望李裴之间能发生真爱,于是红梅阁相会后,裴生感动于慧娘之义,要自尽与慧娘做阴间夫妻,但此时的慧娘却从情梦中醒来,晓以大义拦住。这一幕有类于明亡后,侯方域(1618—1654,字朝宗)与李香君劫后相遇,欲与香君续前缘,但被识大义的香君点醒,国破家亡之时,儿女之情何以堪?身世

红梅阁

低微的贾府姬妾李慧娘,竟也有这般大见识,说风雨中的南宋需要裴舜卿这样的人,所以他不能跟她一起死,于是人鬼永隔。

尽管近年来读史,读到为贾似道翻案的文章也有不少,说贾似道是个帅才、能人,没有贾似道这样的能人镇在那里,南宋朝廷在更早时就倾覆了。而南宋末年的危局,不是贾似道苦苦支撑就能拯救的,这"蟋蟀宰相"只是当了一个朝代灭亡的背锅侠,于是贾似道被"黑化",成了南宋著名奸相。贾似道姐姐贾妃是宋理宗的宠妃,贾似道靠姐姐的关系上位,逐渐权倾一时,王朝末期需要一个"奸臣"背锅,这也属于大众情绪之一种,至于他是否真有治国之才,已不是重点了。

南宋时葛岭上遍布梵宫庙宇,但早先名闻天下的皇家御园乃集芳园。后来,皇帝把集芳园赐给贾似道,贾修建为别墅半闲堂。后元兵入城,半闲堂从此萧条。贾似道好色,身边美姬歌妓侍妾众多,但李慧娘是否真有其人,却不得而知了。

最早创作李慧娘与裴舜卿人鬼情传奇的,是明朝的周朝俊。周朝俊是戏曲家,所编戏剧中,存世至今的只有《红梅记》一出,本来周朝俊的"红梅因缘",是指裴生与另一卢姓小姐的人间梅缘,与之并行的是裴李的人鬼情,但到后来,裴李人鬼情的影响力更令世人动容,裴卢的红梅姻缘反倒淡化了。

戏文中裴李夜会生情的红梅阁,今天仍立于葛岭抱朴道院之内,就在葛仙殿东侧,与半闲草堂比邻。道家清静之地,承载着传说中一美丽女子的爱恨情仇。仙与鬼,本也没有什么一墙之隔的。

只是贾似道的那座红梅阁,被李慧娘化成的鬼一把火烧了,怎么今天还在呢?!

红梅阁侧影

隐人

从前,杭州人去灵隐进香,香事已毕,兴步郊游。从灵隐寺西侧,经岣嵝山房直上,蜿蜒曲折,有三华里的台阶山径,步步好景致,处处可入诗画。

岣嵝山房,现在很多杭州人都没听说过的名字,是明末隐士李芨(号岣嵝)在慎庵废址上修建的一座园林式别墅,今已不存。在山房遗址上,可见北高峰蹬道盘曲,翠竹夹荫,山谷幽静,林海滔滔,顷刻疑入仙境一般。

20世纪30年代,富商考夫曼在美国匹兹堡市东南郊的熊跑溪买了块地,准备造一所别墅。那个地方远离市声,高崖林立,青山茂林,溪水潺潺,后来,建筑师赖特把考夫曼的这块地建成了名垂世界建筑史的流水别墅。按中国人的审美,那真是个天人合一的隐逸之所。

不到百年历史的流水别墅时常被世人提及,杭州灵隐寺边,这岣嵝山房,一样是在回溪绝壑之上,巨石之间,溪流淙淙声,风入林啸声,有时夜里还能听到清猿的啼声。

灵隐寺边法云古村，从前岣嵝山房就在这里

今日法云古村，何处觅李岣嵝

　　岣嵝山房虽已不存，法云古村落依然静谧，颇有些遗世而独立的味道，村边小路旁，溪水依然清澈见底，淙淙流淌，不舍昼夜。

　　明清时期的几位名人和岣嵝山房都有过亲密接触。画家陈洪绶、作家张岱、书画家徐渭（字文长）诸人中，陈洪绶和张岱都曾在岣嵝山房读书，此时山房虽在，原主人却早已作古，有僧人在此住持。而居住在绍兴的徐文长是原山房主人的知交，常到岣嵝山房主人家做客。因这岣嵝山房的主人是位隐士，若不是张岱、徐渭等文人的诗文记录，如今有心人将叹这岣嵝山房，既不闻其屋，也不闻其声，和隐士李岣嵝一样大隐得无影无踪了。

晚明张宗子，曾在岣嵝山房这清净之地读书七个月，耳饱溪声，目饱清樾，所以岣嵝山房的美好都在他的字里：

逼山、逼溪、逼韬光路，故无径不梁，无屋不阁。门外苍松傲睨，蓊以杂木，冷绿万顷，人面俱失。石桥低磴，可坐十人。寺僧刳竹引泉，桥下交交牙牙，皆为竹节。

在这样绝尘脱俗的地方学习，宗子这样的性情才子竟自惭形秽起来，恨自己名利之心未净，一身浊气唐突了这清幽的山灵。

明代大才子徐渭留下的诗《访李岣嵝山人于灵隐寺》，让我们能略知山房主人的一二性情。诗曰：

岣嵝诗客学全真，半日深山说鬼神。
送到涧声无响处，归来明月满前津。
七年火宅三车客，十里荷花两桨人。
两岸鸥凫仍似昨，就中应有旧相亲。

徐渭在历史上是非同一般的传奇才子，在江南民间，关于他的传说很多，智慧如精怪，常和权贵们斗智斗勇，很受百姓爱戴，坊间爱叫他徐文长。三十一岁那年，屡试不中的徐渭在杭州玛瑙寺中借居、读书，后历经磨难，郁郁不得志时，常到杭州去解闷。

一个乡试八次不中的天才，和住在灵隐山水间的隐士成为莫逆之友，不同的是，徐渭有家庭，有世俗生活，而李茇孑然一身。徐渭在人生苦旅中痛苦癫狂，仕途情场两失意，曾精神崩溃，多次自杀未遂，又因疑继室张氏有外遇而杀妻入狱，出狱后，功名心化为尘土，唯剩与隐士骚客啸傲山林，慰藉千疮百孔的心灵。

《访李岣嵝山人于灵隐寺》一诗，正是徐渭入狱七年释放后，到杭拜访朋友李茇而作。当时，他已是五十多岁，从阴暗苦难的监狱中重获自由，见到了故友李隐士，两人驾一叶小舟，荡桨于西泠断桥之间，吟诗作赋，对酒当歌，笑咏竟日，也算是快意恩仇。

坎坷如徐渭，若早些放下俗事俗情、功名伟业，像早已看破红尘的李茇那样，沉迷于啸傲山林，只在深山说鬼神，或许能减少些悲苦凄凉。只是天才的一生，多如美人之"天生丽质难自弃"，本想出人头地，可一再地失望，难以招架。西方的狂人凡·高，割自己的耳朵向自己复仇，中国的徐渭，癫狂和才华都不逊色于凡·高，我们似乎看到，他们的脸上，有同样孤高郁愤的表情。

徐渭一生，始终不入主流正统，七十三岁去世后才文名日隆。而李岣嵝看淡生死，"以山石自礧生圹，死即埋之"，大有"竹林七贤"中的醉汉刘伶之风。

以现代眼光看，李茇的建筑才华也不亚于建筑大师赖特，硬是在早已倾圮的慎庵废址上建起了一座山林别墅，筑紫盖楼、翠雨阁、孤啸台、礼斗阁、香寻巢等亭台楼阁，又借自然景貌，辟

今日溪涧上，猿声何在

桃溪、茶坂、梅坞、橘坡等景物，在这么美的园林里住着，没有市声扰心，若不是像徐渭这样的名士来，恐怕岣嵝先生连西湖都懒得看了。

隐居终身的李芨，曾留下一部诗文著作《岣嵝山人集》，今天已很少有人看到了。

神佛之说，仙有五等，佛有三乘，修持功行不齐，所以超脱的方式各异。飞升冲举者为上，坐化尸解者其次，投胎夺舍者又在其次。驾祥云而飞升入仙界的，其中就有一位李芨。我初以为此李芨就是彼李芨，后来才知风马牛不相及。虽两个李芨都与杭州有关，也涉神仙道教，但传说中飞升为仙的李芨是宋朝人，曾寓居杭州，这位李芨在前往净慈寺的竹林中遇仙，而岣嵝山房主人却是明代万历前后的杭州人。

洪迈的《夷坚志》中，有一则《李芨遇仙》，抄录下来：

　　济南李芨，字定国，寓临安军营中，以聚学自给，暇则纵游湖山。尝欲诣净慈寺，过长桥，于竹径迷路，见青衣道人，林下斸笋，芨揖之。道人问所往，曰："将往净慈，瞻礼五百罗汉。"道人曰："未须去，且来同食烧笋。"食之甚美。俄风雨晦暝，失道人所在。芨皇惧，伏林间。少顷雨止，寻径而出，至寺门下，觉身轻神逸，行步如飞。泪归舍，不复饮食。其从兄大猷莫为诸王宫教授，将之任，遣仆致书，见其颜如桃红，且能辟谷，以语大猷。及大猷至，则已去，云游茅山矣。后又闻入蜀，隐青城山。大猷为梓路提刑，使人至眉访所在，眉守复书报："数年前已轻举乘云而去，今唯绘象存。"

两个李芨，给西湖的夜色增添了不少的异趣啊。又想到曾有人出偏激之语，批评西湖乃"多美人而少处士"，我心想，隐于杭州湖山之中的处士一定不会少的，只是处士们喜独自清幽，并不想在人间留名，自然不如美人名声大了。隐在西湖山水间的，只留下林和靖和李峋崄等极少数的几个名字，偶尔会进入夜航船上旅人的旧梦。

◎ 猿声

杭州的生态环境好,说人间天堂也并不算过誉。就说近几年,西湖景区内的野生动物是越来越多了。飞鸟走兽,都想来与山水亲厚。湖上的野鸭、野天鹅,林中的松鼠、野兔,还有刺猬,都是游人喜爱的,在山上时有出没的野猪,却让人又爱又怕,毕竟这家伙是有攻击性的。记得前些年,本地报纸还特意开辟《动物新闻》,专说大自然中飞鸟走兽的事,一加渲染,倒成了飞鸟走兽们的爱恨情仇实录,市民们也爱心泛滥,跟着小动物们欢喜或悲伤着。

听老一辈说,老底子的西湖景区可比现在"野"多了,如今人们只能在杭州动物园里观猿猴,可从前,猿们是自由自在地在杭州的山里行走的。

猿是人类的近亲,夜幕之下,西湖山水加清猿长啸,会是一种怎样的光景,如今只能凭自己野天野地地胡想了。

元代"钱塘十景"中,就有一景"冷泉猿啸"。景在飞来峰北麓呼猿洞。清雍正《西湖志》也有记载——

> 冷泉在云林寺外飞来峰下。峰有呼猿洞。宋僧智一善啸，尝养猿山中。临涧长啸，声振林木，则猿毕集，谓之猿父。故峰下至今多猿，时时闻啸声。

因以名景。明代以后，山中猿已少见，清代基本绝迹，猿啸绝响。

云林寺就是灵隐寺的别称，因乾隆皇帝题词而得名。引得人心生起山林之思的野猿啸音，可以追溯唐朝诗人崔颢的诗《游天竺寺》，其中有两句："鸣钟集人天，施饭聚猿鸟"，不知是虚写还是实写。

北宋时，诗人潘阆因思念杭州，填词《酒泉子》十首，词中念念不忘猿声："长忆西山，灵隐寺前三竺后。冷泉亭上旧曾游，三伏似清秋。白猿时见攀高树，长啸一声何处去。别来几向画阑看，终是欠峰峦。"看来北宋时期，灵隐寺周围山林间白猿出没，是文人们特别喜爱的一景。

可是到了清代，杭州的猿猴声却成绝响，那些傍山而居的野猿，不知所踪，也不知最后搬迁去了哪里，还是因为生态改变，慢慢地灭绝了。

关于野猿的传说，似乎都与和尚有关，想来这古代的动物心性高傲，不屑与凡夫俗子为伍，却愿意收敛野性，与高僧相依相随，真乃"性情中猿"。

灵隐寺前，面向天王殿，后临冷泉处，有冷泉亭，亭对着峭

一线天　　　　　　　　　　冷泉亭

壁，一泓冷然，涧流淙淙，此亭也是张岱最爱的佳处，西湖老人避喧嚣于灵隐，每每夜间独坐冷泉，夜对山月，听清猿啸声，多少心事，都付于灵隐寺夜色了。

　　跟西湖山林之猿缘分最深的，当属晋代高僧慧理。慧理是古印度人，来到东土杭州，兴建佛寺，传播佛教。在灵隐与天竺分道之处，黛瓦黄墙之间，有一处照壁为清代遗存建筑，上题有擘窠大字"咫尺西天"，旁有灵鹫，前有天竺，都是古印度僧人慧理坐禅说法之处，即"西天佛国"。因年代久远，真真切切的事，也成了如雾如幻的传说，史称在杭州"连建五刹"的慧理，其名头倒不如近代来杭州传播基督教的司徒雷登家喻户晓。

　　《佛学大词典》中有一则记载，大致可观缘由："晋咸和三年（328年）至武林山（今浙江杭州西灵隐、天竺诸山），见飞来峰，叹云：'此天竺灵鹫峰一小岭，不知何代飞来？佛在世日，多为仙灵所隐。'"于是大建佛寺，其中所建灵隐寺最为著名，后世数经毁弃磨难，又多次重修，今存大殿系清代遗构，尚有五代、宋、元时遗迹。

慧理是东晋咸和初，从中原云游入浙的。印度僧人的样子，高鼻深目，肤色略深，在杭州的山寺间来往，一眼便看出殊相来。晋朝那年代在杭州能见到外国人，肯定算是件稀罕事了。慧理又爱猿，养黑白两猿做伴，在常人眼中，更是异域风情。

慧理一直在杭州礼佛，直到晚年退隐，在中国年久日长，这印度人便有了中国式的称号：理公。在他的骨灰埋葬处，还有了

理公塔

一座理公塔。慧理初建禅寺的晋代，佛教在中国尚未兴盛，此后香火渐旺，鼎盛时期的五代，灵隐寺一再扩建，曾有九楼、十八阁、七十二殿堂，僧房一千三百间，僧众多达三千余人。

古时灵隐一带，山石怪异，古木参天，洞窟幽深，这样的环境能被猿类喜爱，并不稀奇，猿不像狗，真不知慧理和尚是如何将山上野猿驯化为友的。据说慧理养的白猿很通灵，活泼可爱。白天，白猿在溪涧中嬉耍跳跃，令人想起孙悟空随唐僧取经前的水帘洞生活；入夜，白猿在明月下长声吟啸，幽深婉转，古代诗人们似乎很喜将"猿啸"的景象入诗，而且心有向往，而我最怕猿声，因为猿声听起来清凄哀伤，很容易令人心惊。

传说中，慧理在飞来峰下一山洞口一呼，一黑一白两猿就从洞中跳了出来，仿佛是旧时相识，此后黑白二猿常在灵隐的明月空山之间长啸，跟高僧厮混久了，常闻理公说法。雨堕天花地，想来这二猿也结上佛缘了吧。明末画家陈洪绶有诗句，"明月在空山，长啸是何意"，到底是何意呢？恐怕除了高僧慧理之外，无人懂得这啸声里的禅意了。

有趣的是张岱写《呼猿洞》时，说这黑白两猿还在，但只有高僧才能偶一得见，如此说来，黑白二猿当时就该有一千多岁了。即使这般的痴人说梦，也足见古往今来，人们对啸傲山林不减的性灵之思了。

◎ 隐帝

净慈，是和灵隐遥遥相对的佛寺。灵隐烧头香，净慈听钟声，都是每逢新春时，杭州人传统的祈福活动。

每年元旦前夜，去净慈寺听钟声也是人山人海闹盈盈。将近十二点时，寺内法师敲响一百零八下钟声。古人将一年分为十二个月、二十四个节气和七十二候，加起来正好一百零八的吉祥数字。当晚钟声在冬夜洪亮地响起，回荡于净慈寺背靠的南屏山麓和面朝的西湖水面，这座江南城市，就在这祥和的钟声中进入了新一年，而没到敲钟现场的市民则舒坦地守在家中，收看着电视上直播的敲钟仪式。北宋画家张择端曾画《南屏晚钟图》，只是没有像《清明上河图》那样成为稀世绝品。

净慈寺就在杭州南山路上，紧邻繁华的街市，门前就是西湖。寺门前日日车马喧嚣，永不止歇。能在这里清修的人，真有大隐隐于市的高人。但不管门前马路上如何的闹腾，净慈寺山门黄墙之内，依然不变的是端然，清寂。

一千多年前，吴越国钱弘俶为高僧永明禅师建净慈寺。净慈寺原名永明禅院，这地方让人想起禅宗里一段著名的公案。据传六祖慧能南下广州法性寺，一日，风吹旗幡，幡随风飘动，慧能偶遇两个僧人正在争辩，一说是风在动，一说是幡动，看着两僧争辩不休，慧能就说了一句佛偈：既非风动，亦非幡动，而是心在动。永明禅师一定是深悟这佛偈的。

若要心动，身处灵隐之幽也难真隐，若能心静，身处净慈之喧，依然清静。

净慈寺不大，因是寺庙，人们不会像西湖边的公园那样，到了门口就进去转一转。印象中，凡寺庙的里面都是大同小异的，不过净慈寺却仍有那种古代禅院的味道，也说不出这香飘至今的禅院之味，究竟是来自哪一处。在渐近的暮色中，山门外，下石阶，是急急归家过路的人流，山门内，却是一座月白风清的江南庭院，清秀又标致，眼前飘过纳兰性德词里的"纤月黄昏庭院"之句，净慈如是一僧人，也是一个长相清秀的僧人吧。

净慈禅寺

今日净慈寺

就连南屏山慧日峰下，名扬四海的南屏晚钟，也是各声入各耳。我有一友，在杭州的诸景中最爱南屏晚钟，曾一再提及净慈寺的夜晚。有一年漂泊到杭州，夜色茫茫中，独自来听晚钟，冷月照在南屏山，他听到的是能包容一切杂音的宁静。只一转身，面向着夜晚的森林墨影，世界便退后了，只剩下天、地、人，以及钟声。从此他爱上了这个城市，居住了下来。再后来，他又去听钟声，同样是站在净慈寺的夜色下，听到的却是心跳，因为这一次，他是和一个心爱的姑娘一起去的。再后来，他和一起听晚钟的姑娘结婚了，再后来，他们又离婚了。再去听钟时，不知他是何种心境。

但我仍相信南屏的晚钟是这样的洪钟大吕，大扣大鸣，小扣小应。说到净慈寺，有一则关于明朝建文帝隐于此寺的传说，我也宁信其有了。

建文帝朱允炆是明朝皇帝中非常特殊的一个人物，只当了四年皇帝，他强悍的叔叔朱棣就从北京跑来，抢去了他的龙椅，是为"靖难之役"，明朝的历史总体给人阴沉幽暗的感觉，越到后面的皇帝，似乎都阳气不盛阴气有余。朱棣却不同，他用很不磊落的手段夺得王位，就像黑社会的"教父"，一世枭雄，终极目标就是洗白自己，进入真正的上流社会。所以，朱棣在当上皇帝之后，是非常用功地以文治武功来证明自己的。

在明朝，没能上演一出东方版的《王子复仇记》，被阴谋夺位的朱允炆也成不了哈姆雷特，因为即便是像后来有些史家考证的那样，建文帝并未死于皇宫的大火，而是通过密道出亡，剃度当了和尚，隐居了下来，他也没有哈姆雷特的力量去和叔叔对抗。关键并不在于建文帝自己，而是朱棣不是《狮子王》里的刀疤叔叔，或者哈姆雷特的狡诈叔叔，他的确是具有雄才大略的霸主，

南屏晚钟碑　　　　　　南屏晚钟

某些政绩，甚至可以与以玄武门之变当上皇帝的李世民媲美。他的庙号，也是"太宗"。皇帝家的内政，老百姓是很容易遗忘的，建文帝是朱元璋的孙子，朱棣是他的第四个儿子，谁当皇帝，反正都是朱家天下，后来朱棣皇帝当得好，自然也就天下太平了。

传说朱棣驾崩之前一年，还有心病，一直在追查侄儿的下落，但最终，这心事算是放下来，也不打算再杀建文帝了。他已经坐稳江山，很多方面比父皇朱元璋还了得，比如终于定都北京，派郑和下西洋，开创了"永乐盛世"，他已经没有必要再拿一个不问世事的和尚动刀了。朱棣最后不杀建文帝，相信是出于完全的自信，而不是一念之仁。至于仁慈之心，恰是明朝的皇帝极欠缺的。

被赶下台的朱允炆，听说后来就是逃到了江南的寺院里隐居的。仅杭州就有两处沾上建文帝皇气的寺院，一是余杭东明禅寺，一是净慈寺。如今东明寺已重建，净慈寺也延续着千年香火。有记载说，永乐四年（1406年），朝廷听说净慈寺有僧人在篡修文典，即征其为"释教总裁"，迁往五台山，但此僧却悄然隐遁不知去向，后人传说他正是隐匿于寺中的朱允炆，寺中有他的画像为证，说是"状貌魁伟，迥异常人"。为此杭州有个僧人因涉嫌助其出逃，先后系狱十五年，这段传说，也给净慈寺增添了神秘色彩。

在民间，人们对建文帝似乎一直有同情和好感。毕竟是爷爷钟爱他，要把皇位传给孙子的，朱元璋爱这孙儿，就像曹操爱他最小的儿子曹冲，皇帝年纪大了，普通人的情感就丰富了些。朱允炆一个文弱的年轻皇孙，羽翼尚未丰满时，就穿上了龙袍，行使一个皇帝的权力和职责，又想改革削藩，结果，灾难临头了。退隐的建文帝，有时让我联想到同样被逼退位，又幽禁到死的光绪帝，建文帝身边的大儒方孝孺，又让人想到光绪帝身边的康有为。这两个青年皇帝都有仁善的一面，可能性格偏柔，缺少铁腕，又无真正的实力派朝臣助力。就连长相，想象建文帝也是比较清秀俊逸的，跟祖父朱元璋那样的丑陋相貌一比，应该是惊为天人。

若果真隐居在净慈，在黄昏的苍茫暮色中，朱允炆在南屏山下听到的钟声，与金陵帝都曾经的皇家钟声，想来是大不相同的。

◎ 国君

童年的夜航船上，在杭州和江南古镇间来来往往，听老者讲述吴越国那一段往事，船在河心摇晃着，水面点缀昏淡的灯光，钱王射潮的故事到了高潮处，吴侬软语的老者说得唾沫横飞，听的人却有扑朔迷离之感，仿佛那不是真实发生过的，而是一段野史，或是金庸、梁羽生、卧龙生等武侠世界里的杭州，被人添油加醋之后，好听兼离奇，西湖上刀光剑影，白衣飘飘，但可信度却令人怀疑起来。

又像夜航船上故事，一切皆为虚幻。此中情节和人物，都由说客自由发挥了去。若不是后来亲眼对着保俶塔和雷峰塔看了又看，仍然会怀疑，真的有过钱镠这个人，还有钱俶这个人，在杭州像模像样地统治过一个王朝吗？

五代十国本来就是个混乱的时代，像一个散乱的拼盘，至今对那拼盘上的人和事，远没有唐宋元明清那么清晰和肯定。混乱时代的江山，几分悲切地含着人生短促的味道。混乱时代的英雄，像如今电影里的群戏，每人只给足十五分钟的表演。

这个开创了吴越王朝八十多年江山的钱镠是个聪明人，即便在那拼盘般的舞台上，只有十五分钟，他也要撑足了，过把主角的戏瘾。

张岱老人的《夜航船》中，简约地记录了吴越疆界："钱镠王以苏州平望为界，据浙闽，共一十四州。"这个吴越国，就是这么精致的一块地方。说它精致，是因为它有一种低调的富庶安康，你只有身在其中，才知它的好。老子心目中小国寡民的安逸日子，也许就在吴越国吧。

钱镠就是个杭州人，出身于今天的临安区，死后的墓地也在临安，钱王祠却在西湖边的南山路上，红色的围墙，是一座很恢宏的仿古建筑，祠前还有轩昂的牌坊，威武的钱镠铁雕塑。

保俶塔

今天的杭州人对这个没有多大野心、比较现实主义的小国王仍然有亲切的好感。有了他，才有杭州在江南城市中的迅速崛起，才有今日杭州的城市地位。他是个精明的江南人，没有诸葛亮那样六出祁山想统一中原的雄心壮志，他是懂得见好就收的人，等到"满堂花醉三千客，一剑霜寒十四州"，便罢了兵戈。为保一方太平，他在必要时也不会缺了礼数，表示效忠中原王朝，谦逊称臣，但关起门来，他还是穿龙袍的皇帝，将都城定在了杭州，将王宫造在了凤凰山麓。他的都城，当时已有十万人家。

钱镠这国王，年轻时候有点像刘邦，出身低微，身上带着点痞子气，但这点痞性加上聪明，在乱世里很快显露峥嵘。玩世的少年跑马射箭，玩着玩着，改邪归了正，又投了军，知道光靠蛮干是不行的，于是又读起了《孙子兵法》，从此人生走上了金光大道。

钱镠虽也是个军阀出身的武人，不过流传下来的事迹中，给人一个文武全才的印象。江浙地域，缺少点霸气，但吴越人相较北方人本就灵巧细密，有商业头脑，钱王很好地发挥了他的子民的聪明才智。近一千年前的工商文明发展起来了，后来人们说"上有天堂，下有苏杭"，这军人出身的钱镠，背靠渐渐繁荣的杭州和苏州，他心目中的幸福生活，或许更接近现代人的幸福观念。这小小的吴越国政权，也避免了很多军人政权的弊端。

杭州人是喜欢这个会生活的国君的。关于他的传说，基本都是正面的，比如钱王射潮。钱镠在射潮的传说中，成了一位射术高超又有大无畏勇气的英雄人物。后羿射日，钱王射潮，钱镠几乎能和后羿相提并论了。自古钱塘潮朝夕两至,农历每月十八潮大,一年中八月十八潮最大。

张岱的《夜航船》中写道:"梁开平四年,钱武肃王始筑捍海塘,在候潮门外,潮水昼夜冲击,版筑不就。王命强弩数百以射潮头,潮水东击西陵,海塘遂就。"当年的巨潮可是极危险的,人们带着敬畏的心情唱着候潮歌。射潮的那天,是农历的八月十八,今日在钱塘江边常见八月十八观潮节的盛况,而传说中钱王在此日命万箭齐发,击退潮神,筑成海塘,后来才有了"钱塘"之名。虽说这故事有点像神话,但不论钱王是用什么办法,他确实解决了困扰杭州百姓的海塘问题。

如今的滨江公园边,还有一座巨大的"钱王射潮"雕塑,是当代艺术家韩美林创作的,钱王坐镇江边,头戴战盔,直视前方,

钱王雕塑

弯弓欲射，身下是波涛汹涌的钱江潮水，好一个英雄形象。

钱镠一定是个有意思的人。他身上既有江和海的雄伟和浪漫，也有西湖的温柔性情，同时他又是个虔诚的佛教徒。他和子孙统治不到百年，在杭州兴建了很多寺庙和佛塔，杭州今天的佛教名胜，如六和塔、保俶塔及飞来峰的佛像等，都是钱王们留下的。或许正是因为这种佛教的信仰，使他在嗜血杀戮和安稳和平中，内心更倾向于后者。

杭州的诸塔中，我最喜欢的是保俶塔。雷峰似老衲，保俶如美人，宝石山上这清瘦如美人的塔影，与西湖最成绝配。从清晨到深夜，那灰白石塔的塔影，总保持着恒定的素淡仪态，春花秋月，年年岁岁，我每次在塔身前都会想，这座保俶塔的塔心，一定藏着颗江南心。

钱镠这乱世的武夫，也有一颗江南心。"陌上花开，可缓缓归矣"，他给回娘家的王妃信中说的私房话，后来成为被千年激赏的名句，也是始料未及。国王在西湖边住得久了，日子又太平起来，也就有了吟诗作书的闲情，还有儿女情长的柔情。钱镠一生有六房妻室，三十三个儿子，在那样的乱世，他能活到八十一岁并寿终正寝，且家族人丁兴旺。今天中国很多科学界、文化界的钱氏，如钱玄同、钱穆、钱锺书、钱学森、钱伟长、钱三强等，一个个响当当的名字，都是钱镠的后人，钱门之盛，钱氏后代人才之多，又有多少古代帝王家血脉能比。

如今杭州有一传统，每年元宵佳节，在南山路西湖边的钱王祠内，钟鼓齐鸣，钱王祭隆重举行，每当此时，钱镠的后人

钱王祠

们会从四海之内赶来杭州，身后兴隆如此，钱镠真是一千古有福之人了。

偶一路过南山路上钱王祠，但闻戏文丝竹之声。原来现在的祠内还有了古戏台，不时演出一台《钱镠记》。

史书记载中，钱镠在兵荒马乱的年代初尝平定十三州的胜果，当上节度使后，便在杭州穷奢极欲地大造房舍，但他的父亲提醒他居安思危，此后钱镠也渐渐地读了一些书，收敛了年轻时的心性，开始小心谨慎地力保他的小国。但这个钱镠是个真正的明白人，他知道小江山能坐，却只是乘内乱割据一时，过把小朝廷的瘾，不能一直坐下去的，他内心里一定始终装着一个中国，知道大势不能违。临终时，他还提醒继承者不忘"善事中原"，这才有了几十年后，他的孙辈钱弘俶纳土归宋，避免了江南生灵涂炭，成全国家和平统一的明智之举。

后记

终于到"后记"了。这句话好像是我所有书的《后记》的"开场白"。

写作者熬到写《后记》,意味着这一段码字生涯的尾声,一定是开心的。

"流光"是个容易煽情的词。回想2010年后,为了写这本书,大半年的时光,我时常一个人,有时是带着我家那时才七八岁的握瑜儿,在最熟悉的杭州城里晃荡,在一处处带有流光印痕之地停留,如今离那一年的晃晃悠悠,又一个十年快过去了。

有几本书是必须要写的。比如写日本的《樱花乱》,正在写的长篇小说《鹊桥仙》,还有这本《流光记——杭州往事》,都与我的生命历程有关。日本,西方。半生兜兜转转,再回到我的江南小镇,这是我至今的笔迹路线图,也是我的生命路线图。"你从何处来,要到何处去",来世界一遭,好像得有个交代。

《杭州往事》2013年出版后,比我自己想象的更受欢迎,原来的花城出版社版本早就断货几年了。我这人有个德性,对自己已经做完的事好像一点兴趣都没有，真正做完了，就会放下，很少会去回看它。直到去年，仍有身在西安的导演陈非先生因为《杭州往事》在微博上找我，表达很想拍电影的想法。我的反应这是一部文化随笔，怎么拍电影呢。但心里还是很感谢，一位远在古都西安的陌生人，对这本写杭州的文化书的浓厚兴趣，令写书人欣慰。十年来，这本书不时被相识或不相识的人提起，作为一本书，《杭州往事》经历了岁月，应该感到很荣幸了。

这两三年，随着老版权到期，已有几家出版机构表达了想重出修订本之意，怎奈我太吝啬个人时间，怎肯把时间分配给一件重复的事情呢？现在手头有做不完的事，写不完的字，于是"修订"这件枯燥无味的事，被我一拖再拖，拖到了不久前，还有人告诉我：你书里写的杭州南山路上那块"再生缘"巨石，现在已经不见了。

忽然就惆怅了一下，晚来雨急，重翻旧稿，读到郁达夫的这首诗，重新有了心绪——

客里光阴，黄梅天气，孤灯照断深宵。
记春游当日，尽湖上逍遥。
自车向离亭别后，冷吟闲醉，多少无聊！
况此际，征帆待发，大海船招。
相思已苦，更愁予，身世萧条。
恨司马家贫，江郎才尽，李广难朝。
却喜君心坚洁，情深处，够我魂销。

叫真真画里，商量供幅生绡。

我的浮生十年，多少流光，深深浅浅，大半勾留在此城。等到手头正在写的长篇小说《鹊桥仙》告一段落，广西师范大学出版社出版人多马一再催促，遂下决心，着手修订《杭州往事》。可"修订"这件事，真是个寂寞苦差啊，甚至连当年校对过的书稿都找不到了。

感谢我大学时代的老友赵辉先生为本书手绘了两幅《杭州往事》地图，这两幅手绘图也经历了近十年的岁月打磨，幸好，十年后，当年一笔一笔勾勒的手绘原稿还在。

十年前我写《杭州往事》的后记时，是初夏时节，于是有了以下文字——

像我此时，夜九点半，懒散地取一个斜倚的姿势，一边听窗外池塘的蛙鸣，喂自己两口翠绿艳红的西瓜，一边想，我的城市，到底是彩色的，还是黑白的呢。

想起前一日，几个女友一起约了去天竺。五月还未到，阳光已经猛烈得，催促女子们脱去春装，该露臂的露臂，露肩的露肩，露颈的露颈，在天竺的石径上嚷嚷着要吃棒冰。其实春装还没穿过瘾呢，夏天便急急地到了。记忆中，杭州的春天正一年年地越来越短促。两个星期前，我没能赶在桃花开得最好的时候去湖边一拍，便忐忑地想，错过了最艳的桃花，我还会错过整个春天吗？

从初冬到初夏，四季未及，我写《杭州往事》，就像要将一泓流水的缠绵悱恻，献给那看不见也留不住的情人。你我将老去，爱人将老去，城市将老去。每一条寻常巷陌，翻越过屋瓦的阳光和月光，像人脸上额上的皱纹。每一片青砖和墙隙里，藏的是城市的记忆。

有美人，有处士，有大师，有帝王，有太守，有侠客，有烈士，有法师和道人，有妖有鬼有仙，有万贯的豪奢，一庐的清寒，都在这座城池的年轮里。城墙已废，陌上花开花落，但山中庙宇，水上画舫，依然是清的清，雅的雅，艳的艳。江南的别院里，琴声幽微，梨园声腔里，戏子有情，尘世间也依然是红的红，绿的绿。在一曲曲时代的变奏里，凡人们期望的岁月静好，对帝王将相、才子佳人来说却未必能够。弘一大师说，悲欣交集，曼殊大师却说，世间一切有情，都无挂碍。张岱呢，历经了朝代的更替，只将风流富贵美婢华服全抛了，到西湖寻最后一个梦，他们的岁月都不曾静好，却成了杭州往事里最精彩的部分。

流光啊，流光。

我的杭州日子变了吗？并没有。十年来，我依旧在大多数人早已熟睡的凌晨一点熬夜，我生活的重心依旧是在城西，在西湖、浙大与西溪之间徘徊。我的窗口依旧可以望见老和山。错过了桃花，我依旧每年与亲朋相伴，去灵峰、孤山或超山探梅。我最亲近、时常厮混的杭州朋友还是那么几个。

这本书里的图片，绝大多数是我自己一处处拍摄的，摄影水平不好，只为留个见证。重翻这些摄于十年前的照片，"当时只道是寻常"。

在杭州，如果你太急了，就不可能西湖梦寻。在杭州，男人也能看淡名利之心，温言细语，风花雪月。女人更不负春柳秋香，经得起老。

还是那句话，献给我用脚一步一步丈量而生的这一部《流光记——杭州往事》。

就献给我成长过，缱绻过，热爱过，厌倦过，逃离过，发呆过，因为某种难以言说的魅力，或许将让我一生无法真正离开的杭州吧。

明天是寒露，我的老友、诗人阿波给了我他的《寒露》诗中的一段，以此作结——

不能折断，这些枝条和月光啊
我想念的人，世事繁多，无以为思
渐渐一切安静，面容变得模糊
你陌生的眼神和黑夜一起消失

萧 耳
庚子年 寒露前一日